KB009097

가만히, 걷는다

봄날의책 세계산문선

가만히, 걷는다

신유진 엮고 옮김

봄날의책

차례

아직 남겨진 말

시선이 머무는 곳

다른 나라에서

잠이 달콤한데

콜레트

하루의 탄생

바람이 세졌다. 구멍 뚫린 벽돌로 울타리를 친 포도밭을 향해 열린 문이 경첩 위에서 미약하게 몸부림을 치고 있기 때문이다. 바람은 순식간에 지평선의 4분의 1을 쓸어버릴 것이며, 겨울의 순수함을 간직한 푸르른 북녘땅에 매달릴 것이다. 그러면 함몰만 전체가 조개처럼 윙윙대겠지. 안녕, 라피아야자 침대 위로 아름다운 별이 뜨던 나의 밤이여……. 밖에서 자겠다고 고집을 피웠다면, 춥고 건조한 숨을 내쉬는, 모든 냄새를 소멸시키고 땅을 마비시키는 그 강력한 입이, 노동과 쾌락과 잠의 원수가 긴 두루마리처럼 만 침대보와 이불을 거둬가버렸을 것이다. 맹수라도 된 듯이 인간을 주시하는 이상한 박해자! 예민한 사람들은 나보다 그에 대해 더 잘 알고 있다. 우물 근처에서 공격을 받은 나의 프로방스 요리사는 양동이를 내려놓고, 머리를 붙잡으며 소리친다. "나를 죽이려고 달려드네!" 북풍이 부는 밤, 그녀는 포도밭 오두막 안에서 바람에 신음하며 어쩌면 바람을 보고 있을지도 모른다.

방 안에 숨은 나는 초조함을 달래며 이 방문객이 물러나기를 기다린다. 그에게는 닫힌 문이 없기에, 벌써 문 밑으로 시든 꽃잎과 얇게 키질한 곡식, 모래, 박해받은 나비를 향한 독특한 찬사를 밀어넣는다. 저리 가! 가! 다른 상징들은 기를 꺾어놓았는데……. 지는 장미 앞에서 고개를 돌리기에 나는 이미 마흔 살을 넘겼다. 그러니 이 투사의 삶도 끝이란 말인가? 이런 질문을 하기에 적절한 순간이 세 번 있다. 저녁을 먹은 후 잠깐 눈을 붙이는 휴식 시간,

파리에서 도착한 신문의 바스락거리는 소리가 이상하게 방 안을 가득 채울 때, 그리고 새벽이 오기 전 한밤중의 불규칙한 불면……. 그래, 곧 세 시가 된다. 그러나 이토록 빠르게 아침으로 기우는 이 깊고 불안정한 밤에 내 슬픔과 나의 지나간 행복과 내 문학 그리고 다른 이들의 문학이 약속했던 씁쓸함이 담긴 커다란 주머니를 어디서 찾아야 할까? 나는 내가 모르는 것 앞에서 겸손해지곤 한다. 남자와 나 사이에 긴 놀이가 시작될 것 같으면 실수하는 게 두려워진다. 남자여, 나의 벗이여, 함께 숨 쉬러 오지 않으렵니까……. 나는 당신과 함께하는 것이 늘 좋았습니다. 당신은 지금 나를 부드러운 눈으로 바라봅니다. 당신은 해초처럼 무거워진 조난자가 여성의 흐트러진 헌 옷가지들 사이에서 떠오르는 모습을 봅니다. (머리를 구하면 나머지 몸이 발버둥을 친다. 구조가 불확실하다.) 당신은 당신의 누이, 당신의 공모자가 떠오르는 것을 보고 있습니다. 여성의 나이를 벗어난 여성. 당신이 보는 그녀는 목이 두껍고 우아함이 조금씩 사라지는 육체의 힘과 당신이 더는 그녀를 절망에 빠지게 할 수 없다는 것을, 혹여 그렇다고 해도 그것은 순수한 절망 그 자체라는 것을 보여주는 권위를 갖고 있지요. 함께 머물러요. 당신은 이제 나를 영원히 떠날 이유가 없습니다.

존재의 커다란 진부함 중 하나인 사랑이 나를 떠나간다. 모성 본능 역시 또 다른 진부함이다. 거기에서 빠져나오자. 우리는 그 외의 모든 것이 즐겁고 다채로우며 다양하다는 것을 깨닫는다. 그러나 사람들은 원하는 때에 원하는 방식으로 거기서 빠져나오지 못한다. 내 남편들 중 한 명이 보냈던 질책은 얼마나 현명했던가. "그러니까 당신은 사랑이나 불륜, 반은 근친상간인 이야기, 이별 같은 책 말고는 쓸 수가 없는 거요? 당신 인생에 다른 것은 없소?" 시간이 그를 애인과의 약속 장소로 달려가게끔 재촉하지만 않았더라면(그는 멋지고 매력적이었으니까), 어쩌면 그가 내게 소설 속에서 그리고 소설 밖에서 붙잡아야 할 만한 것, 사랑의 자리를 알려줬을지도 모른다……. 그러니까 그는 떠났고, 지금 어두운 탁자 위에서 반짝이는 물체처럼 내 손을 이끄는 청색 종이를 따라 나는 사랑에, 사랑의 후회에 바치는 고칠 수 없는 몇 장(章)을, 온통 사랑에 눈이 먼 한 장(章)을 기록했다. 나는 자신을 '르네 네레'*라 불렀고 혹은 '레아'**라는 인물을 구상했다. 그러나 이제 합법적으로, 문학적으로 그리고 일상적으로 내게는 하나의 이름, 내 이름밖에 남지 않았다. 여기에 이르기까지, 여기로 돌아오기까지 내 인생에서 30년밖에 걸리지 않았단 말인가? 결국 그리 비싼 값을 치른 것이 아니라고 믿게 될 것 같다. 생식능력이 있든 없든 늙은 여자의 오래 묵은 천진함을 땅속까지 가져갈 정도로 한 남자에게 전념하는 그 여성들, 운명이 나를 그 여성 중 한 명으로 만들었다는 사실을 알겠는가? 과거의 위험을 돌이키며 아직 몸을 떨 수 있다면 기울어진 거울 속에서 내가 보고 있는, 햇빛과 물에 그을린 나의 살찐 분신은 이런 저주를 생각하는 것만으로도 전율할 것이다.

분홍 월계수를 쓴 스핑크스는 창문 앞에 내린 얇은 철망에 기대어 머리를 내밀면서 다시 활기를 띠고 또 활기를 띤다. 팽팽한 철망은 북의 가죽처럼 울린다. 날이 차다. 고귀한 이슬이 흐르고 북풍은 공격을 늦춘다. 별은 널리 반짝이고 염분 섞인 습기에 팽창한다. 가장 아름다운 날에 앞선 또 한 번의 가장 아름다운 밤, 나는 잠에서 깨어나 즐긴다. 오, 내일도 나를 부드럽게 바라봤으면! 나는 이제 아무것도 혹은 가질 수 없는 것을 선의로도 요구하지

* 콜레트의 소설 《방랑의 여인》의 주인공 이름.

** 콜레트의 소설 《셰리》의 주인공 이름.

않는다. 내가 이렇게 유순해지도록 누군가가 나를 죽인 것일까? 전혀 아니다. 오래전에 나는 진짜 악인에 대해 알지 못했다. (이마와 이마를, 가슴과 가슴을 맞대고 다리를 함께 뒤섞으며 알았다.) 진정한 악인, 진짜 순수한 예술가는 평생에 한 번밖에 만나지 못한다. 평범한 악인은 용감한 사람들 속에 섞여 있다. 밭에서 제 삼시*를 맛본 이들이 관대해지는 것은 사실이다. 그들은 파래지는 창문 아래에서 자기 자신만을 만난다. 맑은 하늘의 공허함, 이미 동물을 의식하고 있는 잠, 꽃받침이 다시 닫히는 차가운 수축은 정열과 타락에 맞서는 약이다. 그러나 나는 과거에 아무도 나를 죽이지 않았다고 선언하기 위한 관용조차 필요로 하지 않는다. 고통을 느낀다. 그렇다, 고통을 느낀다. 나는 고통을 느낄 줄 안다……. 그러나 고통을 느끼는 것이 큰 문제인가? 나는 그것에 막 의문을 품기 시작한다. 고통을 느끼는 것, 그것은 어쩌면 유치한 일이거나 품위 없이 시간을 보내는 방식일지도 모르겠다. (여기서 내가 말하는 고통은 여성이 남성에게서 받는, 남성이 여성에게서 받는 것을 말한다.) 그것은 정말 힘든 일이다. 견디기 어려운 일이라는 것을 인정한다. 그러나 그런 유형의 고통이 어떤 배려도 받지 못하게 될까 염려스럽다. 그것은 내가 커다란 혐오감을 느끼는 노화나 질병만큼이나(이 둘은 곧 나를 가까이에서 안으려 할 것이다) 위엄이 없다. 나는 먼저 콧구멍을 막는다……. 사랑의 병, 배신, 질투는 같은 냄새가 나게 되어 있다.

내가 사랑에 배신당해 고통받을 때, 내 동물들이 나를 덜 사랑했던 것을 분명히 기억하고 있다. 동물들은 내게서 커다란 상실, 고통을 감지했다. 나는 훌륭한 종이었던 개 한 마리에게서 잊을 수 없는 눈빛을 보았다. 여전히 자비로웠지만 신중했고,

* 신약시대의 유대인들의 시간개념, 아침 아홉 시를 뜻한다.

지나치게 난처한 듯한 눈빛이었다. 그 개는 내 모든 존재의 의미를 (사람의 시선, 어떤 사람의 시선) 더는 이전만큼 사랑하지 않았던 것이다. 불행한 사람을 위한 동물의 호의……. 그러니까 우리는 이 흔해 빠진 일, 전적으로 인간이 벌이는 이 어리석은 짓에 대해 절대 잘못을 가릴 수 없을 것인가? 동물들은 우리만큼이나 행복을 좋아한다. 오열은 동물을 걱정시키고, 동물이 그 흐느낌을 따라 할 때도 있으며, 잠시 우리들의 슬픔에 대해 생각하기도 한다. 그러나 동물은 열병을 피하듯 불행을 피하고, 나는 동물이 결국 불행을 몰아낼 수 있다고 믿고 있다.

밖에서 싸우는 수고양이 두 마리, 그들은 얼마나 7월의 밤을 잘 이용하는가! 공기처럼 가벼운 수고양이들의 그 노래들, 그들은 내 존재의 밤을 그토록 많은 시간 함께해줬고 경계의 상징이자 관례적인 불면의 상징이 됐다. 그렇다, 지금은 세 시이고 나는 잠이 들 것이며, 일어나면 바다를 녹이기 시작한 푸른 젖이 하늘에 도달하여 퍼지다가 수평선 위로 붉게 물든 절개에서 멈추는 순간을 헛되이 보냈음을 후회하리라는 것을 알고 있다…….

거친 바리톤의 웅장한 소리가 트레몰로에 능한, 콧소리가 섞일수록 더 격렬해지고, 맹렬한 소리에 끊기는 고음의 반음계에 능한 테너 고양이의 날카로운 소리 사이에서 긴 호흡으로 계속 울린다. 그 두 수고양이는 서로를 미워하지 않지만, 밝은 밤은 싸움과 과장된 대화를 부추긴다. 왜 잠을 자겠는가? 그들은 밤낮으로 여름의 가장 아름다운 것만을 선택한다. 그들은 선택한다……. 제대로 보살핌을 받은 모든 동물은 그들을 둘러싼 것, 우리 안에 있는 것 중 더 나은 것을 선택한다. 나는 떠날 때 그들의 비교적 차가운 태도로부터 내가 느낀 모욕감에 대해 알게 됐고, 그 시절을 경험하고 극복했다. 분명히 말하지만 그것은 '모욕감'이었다. 나는 이 낮은 땅을 떠났어야 했을까? 이 닦아낸

악의 눈물 속에, 이 의미심장한 눈빛 속에, 반만 걷어 올린 커튼 밑에 서 있는 이 상황 속에, 이 통속극 속에 어떤 비참한 맛이 들어 있는가……. 그러니 동물이, 암캐 한 마리가 나 같은 여자에 대해, 예를 들자면 한 번도 채찍을 맞고 구슬프게 울어본 적이 없는, 사람들 앞에 울어본 적 없는 암캐가 스스로 불을 숨긴 비밀스러운 여자에 대해 무슨 생각을 했기를 바라겠는가? 그 암캐는 나를 무시했다. 그것은 말할 것도 없다. 나와 비슷한 처지인 사람들에게 감춰본 적 없는 나의 불행이 그 암캐 앞에서 나를 부끄럽게 만들었다. 그 암캐와 내가 같은 남자를 사랑했던 것은 사실이다. 그렇지만 나는 그 개의 눈에서 '사랑, 그것은 명예로운 감정이 아니다……'라는 생각을 읽었다(어머니가 보내신 마지막 편지에서 그것을 다시 읽게 됐다).

내 남편들 중 한 명이 내게 이렇게 조언했다. "당신이 쉰 살 즈음이 되면, 사랑하는 남자와 평화롭게 사는 법을 알려주는 일종의 개론서를 쓰는 게 좋을 거야. 두 사람이 사는 법……." 나는 어쩌면 그것을 쓰고 있는지도 모른다……. 남자여, 나의 옛사랑들, 당신의 곁에서 얼마나 많은 것을 얻는지, 얼마나 많이 배우는지! 아무리 친한 벗도 이별하게 마련이다. 나는 여기서 정중하게 작별을 약속한다. 아니다, 당신은 나를 죽이지 않았다, 어쩌면 나를 절대 아프게 하고 싶지 않았는지도……. 안녕을 고한다, 사랑하는 남자여, 그리고 당신을 환영한다. 푸른 여명이 환자의 침대보다 글을 쓰기에 더 적합한, 건강한 사람을 위한 침대를 향해 다가온다. 청색 종이까지, 손까지, 청동 색깔의 팔까지. 바다의 냄새는 내게 공기가 물보다 더 차가운 시간에 이르렀다는 사실을 알려준다. 일어나야 할까? 잠이 달콤한데…….

시도니 가브리엘 콜레트(1873-1954)
프랑스의 대표적인 여성 소설가 중 한 명. 콜레트를 필명으로 사용.
콜레트의 이름 앞에 '여성'이란 성별이 늘 붙는 것은, 그녀가 프랑스 사회에서
여성으로서 이룬 것들이 갖는 의미 때문일 것이다. 그녀는 남성주의적이며
보수주의적인 공쿠르아카데미에 들어간 두 번째 여성으로, 1949년부터
1954년까지 의장 자리에 오른다. 초기 작품은 주로 소녀 시절의 자전적인
이야기를 담고 있으나, 전쟁 후에는 자유분방하고 더욱 상상력이 풍부해진
작품들로 원숙해졌다는 평가를 받았다. 연작 소설《학교에서의 클로딘》,
《파리의 클로딘》,《가정의 클로딘》,《클로딘 떠나다》로 데뷔하였고,
《클로딘의 집》,《시도》가 있다.

콜레트

선인장의 편지

선생님께,

선생님께서는 저에게 당신의 집에서 여덟 날 정도 머물러달라고 부탁하셨죠, 그러니까 사랑하는 제 딸아이 곁에서요. 그 아이 곁에서 살고 계신 당신은 제가 그 아이를 얼마나 자주 못 보는지, 그 아이의 존재가 얼마만큼 저를 기쁘게 하는지 알고 계시는군요. 딸아이를 보러 오라고 초대해주셔서 감동했습니다. 그러나 적어도 지금은 당신의 다정한 초대에 응할 수가 없네요. 이유를 말씀드리자면, 저의 분홍 선인장이 곧 꽃을 피우기 때문입니다. 아주 희귀한 식물이죠. 누군가에게 받은 것인데, 우리 기후에서는 4년에 한 번씩만 꽃을 피운다고 하더군요. 그렇지만 저는 이미 매우 늙은 여자이고 저의 분홍 선인장이 꽃을 피우는 동안 제가 없다면, 분명 다음에 다시 꽃을 피우는 것을 볼 수 없을 것 같습니다…….

그러니 이해해주세요, 선생님. 진심으로 감사하는 마음으로 멀리서 애정과 아쉬움을 담아 보냅니다.

'시도니 콜레트, 랑도이 출신'이라 서명된 이 짤막한 편지는 어머니가 내 두 번째 남편에게 쓰신 것이다. 어머니는 이듬해, 일흔일곱의 나이로 돌아가셨다.

나는 내 주위의 모든 것보다 열등하다고 느끼고, 나의

보잘것없음에 흔들리며, 근육이 활력을, 욕망이 힘을, 고통이 날카롭게 날을 세우는 기질을 잃는 것을 알아차리는 게 두렵다고 느끼는 시간에도 몸을 바로 세우고 "나는 이 편지를(이 편지 그리고 내가 간직하고 있는 많은 다른 편지들도) 쓴 여성의 딸이다"라고 자신에게 말할 수 있었다.

이 열 줄의 편지는 어머니가 일흔여섯 살에 여행을 계획하고 시도하려 하셨으나, 개화의 가능성, 열대 꽃을 향한 기대로 그 모든 것을 중단하고, 어머니의 사랑을 위한 마음마저 침묵시켰음을 내게 알려주고 있다. 나는 부끄럽고 인색하며 협소한 작은 고장에서 길고양이와 방랑자들과 임신한 하녀들에게 자신의 시골집을 열어줬던 여성의 딸이며, 타인에게 줄 돈이 부족하여 스무 번을 절망하고, 눈보라 속에 찬 바람을 맞으며 부잣집 문 앞에서 배내옷도 없이 발가벗은 아이가 초라한 아궁이 옆에서 무능력한 이의 헐벗은 손에 태어났다고 외쳤던 여성의 딸이다. 나는 꽃을 약속한 선인장의 모래 사이에서 떨리는 몸을 기울인, 모든 주름이 눈부신, 4분의 3세기 동안 지치지 않고 스스로 꽃피우기를 멈추지 않았던 그런 여성의 딸이다.

내가 조금씩 수척해져서 거울 속의 모습이 점점 그녀를 닮아가는 지금, 우리의 이목구비가 닮았다고 하지만 어머니가 돌아오신다면 과연 나를 당신의 딸이라 알아보실 수 있을지 의심스럽다. 혹시 어머니가 동틀 무렵에 오신다면 일어나 잠든 세상을 지키는, 깨어 있는 나를 불시에 찾아오신다면 모를까, 어머니가 그랬듯이, 내가 자주 그렇듯이, 누구보다 먼저 깨어 있는 나를…….

거의 누구보다도 먼저, 오 나의 순결하고 평온한 유령이여, 그러나 나는 당신에게 닭 모이를 담은 파란색 앞치마도, 전지용 가위도, 나무로 된 양동이도 보여줄 수 없습니다……. 거의 누구보다도 먼저 일어나, 그러나 밤의 발자국이 찍힌 문턱에서, 그러나 서둘러 걸쳐 입은 펄럭거리는 코트 속에 반나체로, 그러나 열정으로 떨리는 팔로 그토록 가냘픈 한 인간의 그림자를 감싸며(오, 부끄러워라. 나를 숨겨주렴)…….

"비켜봐, 어디 보자." 친애하는 나의 유령은 내게 이렇게 말할 것이다……. "아! 네가 안고 있는 그것이 나보다 더 오래 살아남은 나의 분홍색 선인장이 맞지? 정말 많이 자랐구나, 정말 많이 변했어! 그렇지만 딸아, 네 얼굴을 살펴보니 알아보겠구나. 너의 열기에서, 너의 기대와 활짝 벌린 너의 손에 담긴 애정에서, 너의 심장의 두근거림과 네가 참고 있는 외침에서, 너를 감싸며 떠오르는 태양에서 나는 알아본 거야, 그래, 나는 알아봤어, 그 모든 것을 확신해. 숨지 말고 그대로 있으렴. 사람들은 너희들을 가만히 둘 거야, 너와 네가 안고 있는 그것을 말이야, 정말로 좋은 선인장이니까, 마침내 꽃을 피우길 원하는 내 분홍색 선인장이니까."

알퐁스 도데

오렌지

파리의 오렌지는 나무 밑에서 떨어진 것을 주워온 열매처럼 슬퍼 보인다. 오렌지가 당신에게 오는 시기, 비가 많이 오고 추운 한겨울에 오렌지의 빛나는 껍질과 선명한 향기는 이 조용한 맛의 고장에 이국적인, 조금은 보헤미안 같은 느낌을 안겨준다. 안개 낀 저녁, 붉은 종이 등의 희미한 불빛 아래 행상하는 손수레에 담긴 오렌지가 처량하게 보도를 따라가면, 자동차 주행 소리와 완행열차의 굉음 속에 묻힌 단조롭고 가냘픈 외침이 오렌지를 호위한다.

"발렌시아 오렌지가 2수!"

파리 사람 네 명 중 세 명은 저 멀리, 가는 녹색 꼭지만 남은 나무에서 따온 이 평범하고 둥근 열매를 그저 과자류나 사탕류라고 생각하는데, 오렌지를 감싸는 비단 종이와 오렌지와 함께하는 축제들이 그런 인상에 일조하고 있다. 특히 1월이 다가오면 길에 흩뿌려진 수천 개의 오렌지와 개천 진흙 속을 굴러다니는 오렌지 껍질이 가짜 열매가 열린 가지를 흔들어대는 파리의 거대한 크리스마스트리를 연상시킨다. 오렌지가 눈에 띄지 않는 곳은 어디에도 없다. 고르고 선별한 진열장 선반에, 교도소 문 앞 그리고 병원 문 앞, 비스킷 상자 속에, 사과 사이에, 무도회장 입구에, 일요일 공연장 앞에. 맛있는 오렌지 향기는 가스 냄새와 싸구려 바이올린 소리와 극장의 마지막 층 의자의 먼지와 뒤섞인다. 그 과일이 상자에 가득 담겨 남부에서 올라오는 동안, 따뜻한

온실에서 겨울을 보낸 나무는 잘리고 가공되고 꾸며져 야외 공원에 잠깐 등장하고, 그러므로 사람들은 오렌지를 생산하려면 오렌지 나무가 필요하다는 사실을 잊고 만다.

오렌지에 대해 잘 알려면 오렌지가 나오는 곳, 발레아레스 제도, 사르데냐, 코르시카, 알제리, 온난한 지중해성 기후의 황금빛 푸른 공기 속에서 오렌지를 봐야 한다. 나는 블리다 항구의 작은 오렌지 나무숲을 기억하고 있다. 바로 그곳에서 오렌지는 얼마나 아름다웠는지! 윤기가 흐르고 반들거리는 짙은 나뭇잎 사이에서 그 과일은 채색 유리처럼 찬란했고, 눈부신 꽃을 감싸는 화려한 오로라와 함께 공기를 황금빛으로 물들였다. 나뭇가지와 작은 도시의 성벽 사이로 여기저기 쏟아지는 빛이 사원의 첨탑과 성자의 둥근 무덤 그리고 그 위로 거대한 아틀라스 산맥을 드러냈는데, 산기슭은 푸르고, 봉우리에는 흰 모피 같은 왕관을 썼으며 하얀 물결처럼 희미한 눈꽃 송이가 떨어져내렸다.

그곳에 머물던 어느 날 밤, 그것이 무엇이었는지는 알 수 없으나 30년 동안 일어난 적 없었던 어떤 현상에 의해 이 서리 내리는 겨울 지대가 잠든 도시 위에서 흔들렸고, 블리다는 잠에서 깨어나 하얀 가루로 변해버렸다.

그토록 가볍고 맑은 알제리의 대기 속에서 눈은 진주 가루처럼 보였다. 그것은 하얀 공작 깃털처럼 반짝였다. 가장 아름다운 것은 오렌지 나무숲이었다. 단단한 잎이 칠기 쟁반에 담긴 셔벗처럼 순결하고 곧은 눈을 품었고, 서리가 뿌려진 모든 열매는 눈부시게 부드러웠으며, 하얗고 환한 천을 씌운 금처럼 은은하게 반짝였다. 그것은 막연하게 교회의 축제와 기퓌르로 싼 제단의 금장식과 레이스를 덧댄 사제복 속 빨간 수단* 같은 느낌을 줬다.

* 성직자들이 평상시에 입거나 제복 속에 입는 발목까지 오는 긴 옷.

그러나 오렌지에 관한 나의 최고의 기억은 여전히 바르비카글리아다. 아작시오 근처에 있는 커다란 공원으로, 나는 더위가 기승을 부리는 시간이 되면 그곳에 낮잠을 자러 가곤 했다. 그곳의 오렌지 나무밭은 블리다보다 더 높았고 더 듬성듬성했으며, 도로까지 뻗어 있었다. 공원은 생울타리와 구덩이로만 경계를 나누었는데, 그 너머는 바로 바다였다. 파랗고 거대한 바다……. 그 공원에서 얼마나 좋은 시간을 보냈던가! 내 머리 위로 꽃이 피고 열매가 열린 오렌지 나무가 향유를 태웠다. 가끔은 무르익은 오렌지가 갑자기 내 옆에 떨어지기도 했다. 마치 더위에 무거워진 것처럼 메아리 없는 투박한 소리를 내며 노지 위로. 나는 그저 손을 뻗기만 하면 됐다. 속이 붉고 자주색인 훌륭한 과일로, 먹음직스러워 보였다. 그리고 수평선은 너무 아름다웠다! 나뭇잎 사이로 바다는 안개 섞인 공기 속에 깨진 유리처럼 반짝이는 푸르르고 눈부신 공간을 만들었다. 멀리서 그것과 함께 대기를 따라 파도치는 물결의 움직임, 보이지 않는 배를 탄 것처럼 리듬에 맞춰 당신을 흔드는 이 속삭임, 더위, 오렌지 향기……. 아! 바르비카글리아 공원에서 잠이 들면 얼마나 좋았던가!

그러나 때로는 한창 단잠을 자던 중에 갑작스레 울리는 북소리 때문에 벌떡 일어나기도 했다. 그들은 저 아래, 도로에 와서 연습하는 가엾은 북 치는 사람들이었다. 나는 울타리 사이 구멍으로 북에 달린 징과 빨간 바지 위에 걸친 커다란 하얀색 앞치마를 엿봤다. 눈부신 빛과 가차 없이 달려드는 도로의 먼지를 조금이나마 피하고자 그 불쌍한 악마들은 정원 아래, 울타리의 짧은 그늘 안에 앉았다. 그리고 두드렸다! 그들은 더웠다! 나는 최면 상태에서 억지로 빠져나와 내 손에 잡히는 이 아름다운 황금빛 붉은 열매 몇 개를 그들에게 던졌고, 저격을 당한 북치기는 연주를 멈췄다.

그는 잠시 머뭇거리더니 자기 앞을 지나 구덩이 속으로 굴러가는 그 훌륭한 열매가 어디서 왔는지 보느라 눈이 휘둥그레졌다. 그러고는 재빠르게 오렌지를 주워서 껍질도 벗기지 않고 한입 가득 베어 물었다.

나는 바르비카글리아 옆에 작고 낮은 벽 하나로만 분리해놓았던 작은 정원 또한 기억하고 있다. 내가 있던 언덕에서 내려다보이던 그 이상한 정원은 부르주아식으로 가꾼 작은 땅이었는데, 푸르른 회양목이 늘어선 금빛 모랫길과 출입문의 사이프러스 두 그루가 마르세유의 별장 같은 느낌을 줬다. 그늘은 단 한 줄기도 없었고, 안쪽에는 지면과 같은 높이로 지하실 창을 낸 흰색 돌 건물이 있었다. 처음에는 시골집이라고 생각했으나, 더 자세히 보니 위로 십자가가 있었고, 저만치 돌에 새긴 글자가 보였다. 무슨 글자인지 알아볼 수는 없었지만, 코르시카 가문의 무덤이라는 것을 알 수 있었다. 아작시오 주변에는 정원 중앙에 혼자 우뚝 선 빈소 예배당이 많고, 가족들은 일요일에 그곳에 와서 망자를 찾는데, 그렇게 죽음은 어수선한 공동묘지보다 덜 음울한 것으로 받아들여진다. 친구들의 걸음만이 침묵을 깨뜨릴 뿐이다.

내가 있던 곳에서 나는 어느 노인이 그 길을 천천히 걸어가는 모습을 봤다. 그는 온종일 나무를 자르고 삽질하고 물을 주고, 세심한 정성으로 시든 꽃을 땄다. 그리고 해가 지자 노인은 죽은 가족들이 잠들어 있는 그 작은 예배당에 들어갔다. 그는 삽과 갈퀴, 커다란 물뿌리개를 다시 쥐었다. 그의 모든 행위에는 묘지를 돌보는 정원사의 고요함과 평온함이 있었다. 이 용감한 남자는 자신도 모르는 사이에 어떤 경건한 태도로 일하고 있었다. 모든 소리가 잠잠해졌다. 마치 그가 누군가를 깨울까 두려워하는 것처럼 창고의 문은 매번 조용히 닫혔다. 커다랗고 찬란한 고요 속에 그 작은 정원을 가꾸는 일은 새 한 마리도 방해하지 않았다. 그의 주변은 아무것도 음침하지 않았다. 다만 바다가 더 커다랗게, 하늘이 더 높게 보였으며, 생명의 힘으로 우리를 뒤흔들고 짓누르는 자연 속에서 이 깨지 않는 잠이 그를 둘러싼 모든 것에 영원한 휴식의 느낌을 줬을 뿐이다…….

알퐁스 도데(1840–1897)

프랑스 19세기 후반의 소설가. 자연주의 일파에 속하는 문인. 시정이 넘치는 작품을 썼다. 님(Nîmes) 출신으로 1857년 형이 있는 파리에 와서 아내 쥘을 만나 평생 파리에서 살았으나, 그의 작품에는 고향에 대한 애착과 그리움이 많이 담겨 있다. 대표작으로는 〈별〉, 〈마지막 수업〉 등이 있다.

마르셀 프루스트

봄의 문턱에서

비교적 따뜻한 올해 겨울에 관한 글을 언젠가 읽었다(오늘 겨울이 끝났다). 지난 세기에 2월부터 산사나무꽃이 피던 때가 있었다고 한다. 나는 내가 처음 사랑한 꽃, 그 꽃의 이름에 심장이 두근거렸다.

요즘도 그 꽃을 보고 있노라면, 그것을 처음으로 봤던 나이와 심장을 되찾는다. 멀리 울타리 너머로 그 꽃의 하얗고 투명한 베일이 얼핏 보이면, 그 시절 어린아이였던 내가 되살아난다. 다른 꽃들이 내 안에서 일으켰던 약하고 벌거벗은 느낌이, 어떤 대연회에서 지친 목소리의 늙은 테너가 옛 노래를 부르는 동안 그를 지탱해주고 풍부하게 해주는 보이지 않는 합창단원들의 산뜻한 목소리처럼, 더 오래된, 더 어릴 적에 받았던 인상이 산사나무에 더해져 강렬하게 나타났다. 그러니 내가 산사나무를 보고 생각에 잠긴 듯 걸음을 멈춘다면, 그것은 나의 시선만이 아니라 내 기억이, 나의 모든 주의가 걸려 있는 것이리라. 나는 과거처럼, 영혼처럼 꽃에 더해지는 꽃잎이 떨어지는 듯한 이 깊이가 무엇인지 밝혀보고자 한다. 왜 나는 그 나무에서 성가와 그 옛날 달 밝은 밤을 기억해낸다고 믿는 것일까.

산사나무를 처음 본 것은 혹은 처음 눈여겨본 것은 5월이었다. 종교의식과 떼려야 뗄 수 없는 산사나무는 제단에 올려져 기도하는 사람들처럼 미사에 참여했다. 산사나무는 촛대와 꽃병 사이에서 수평으로 오밀조밀 묶은 가지를 펼쳐 축제를 장식했으며, 웨딩드레스의 옷자락처럼 작고 하얀 꽃봉오리들이 잔뜩 뿌려진,

나무의 잎사귀로 만든 꽃줄을 더욱 돋보이게 했다. 산사나무의 윗부분에는 화관이 마지막 가벼운 치장처럼, 꽃 전체를 엉클어뜨리는 수술 다발을 무심히 붙잡으며 열렸다. 마음속으로 개화의 몸짓을 흉내 내던 나는 나도 모르게 그것을 산만하고 활달한 소녀의 덤벙대는 움직임으로 상상했다. 제단을 떠나기 전, 그 앞에 무릎을 꿇고 앉았을 때 나는 몸을 일으키며 씁쓸하면서도 부드러운 아몬드 향기가 빠져나가는 것을 느꼈다. 산사나무꽃의 고요한 부동의 자세에도 불구하고 간헐적으로 퍼지는 그 냄새는 마치 강렬한 생명의 속삭임 같았고, 그 냄새에 이제는 꽃이 된 봄의 독기와 곤충의 성가신 능력을 품은 불그스름한 수술을 볼 때면 생각나는, 더듬이가 있는 생명체가 찾아오는 시골 울타리처럼 제단이 떨리는 것 같았다.

5월이 끝나가는 날 저녁, 날이 선선하고 달이 밝으면 아버지는 공명심에 곧장 집에 돌아가지 않으시고 우리를 데리고 예수상을 지나 긴 산책을 시키셨는데, 방향을 잘 모르고 길을 잘 못 찾으시는 어머니는 그것을 전략적인 천재의 위업으로 여기셨다. 우리는 도시에서 가장 좋은 빌라들이 있는 역의 큰길로 돌아왔다. 정원마다 밝은 달이 위베르 로베르*처럼 하얀 대리석의 깨진 계단을, 분수를, 살짝 열린 철문을 흩뿌리듯 비췄다. 그 빛은 전신국을 부서뜨렸다. 하나밖에 남지 않은 그곳의 기둥은 반이 부서졌지만, 폐허의 변치 않는 아름다움을 간직하고 있었다. 아무것도 흡수하지 않은 침묵 위로 이따금 저 멀리서 들려오는 소리가 나무랄 데 없이 선명했다. 미미하지만 그토록 '완성된' 섬세함을 가진 그 소리는 멀리서 오직 피아니시모로만 들리는 듯한 효과를 냈다(사람들이 공연장에서 멀리 떨어진 곳에서 들려오는 것이라고 믿는, 늙은

* 18세기 프랑스를 대표하는 풍경화가.

관객들이 아직 트래비스길을 돌지 않은 군대가 멀리서 다가오는
것처럼 즐거워하며 귀를 기울이는, 음악원의 오케스트라가 한 음도
놓치지 않고 너무나도 훌륭하게 연주한 소리를 죽인 곡처럼).

나는 다리를 질질 끌며 걷다가 잠들어버렸다. 향기롭게 퍼지는
보리수 냄새가 아주 피로해야만 얻을 수 있는 무용한 보상처럼
느껴졌다. 아버지는 갑자기 우리를 멈춰 세우고 어머니에게 물었다.
"여기가 어디지?" 걷는 데 지치셨지만, 아버지가 자랑스러웠던
어머니는 당신은 전혀 알지 못한다고 다정하게 고백하셨다.
아버지는 어깨를 들썩이며 웃으셨다. 그리고 우리 앞에 서서,
웃옷에서 꺼낸 듯한 열쇠로 우리 집 정원에 있는 뒷문을 가리키셨다.
길모퉁이를 돌자 낯선 길 끝에 우리를 기다렸다는 듯이 문이
나왔다. 어머니는 놀라워하며 아버지에게 말씀하셨다. "당신은 정말
대단해요!"

그때부터 한 발자국만 내디디면 됐다. 아주 오래전부터
의식하지 않고 행동하던 그 정원에서 땅이 저절로 움직이는
듯했다. 익숙함은 나를 막 품에 안고 어린아이처럼 들어 침대로
옮겼다.

어느 일요일, 점심 식사 후에 밭으로 올라가는 오솔길에서
부모님을 만났다. 나는 그 길이 산사나무꽃 향기로 윙윙거린다고
생각했다. 울타리는 제단에 올린 꽃바구니 아래로 사라지는, 줄지어
선 예배당 같은 형상을 이뤘다. 그 위로 태양이 스테인드글라스를
막 통과한 것처럼 빛으로 땅 위에 바둑판무늬를 내려놓았다.
꽃향기는 성모상 제단 앞에 있는 것처럼 그 형상 안에서 진하게
퍼졌으며, 치장한 꽃들 역시 각각 산만한 모습으로 성당 주랑의 난간
혹은 스테인드글라스의 창살을 투명하게 장식하는 꽃이나,
딸기나무에 하얗게 활짝 핀 꽃처럼 가늘고 빛나는 잎맥 같은 수술
다발을 지니고 있었다. 이 더운 일요일 오후, 태양 아래 시골길에서

한 줄기 바람에 흐트러지는, 붉은 실크 블라우스처럼 핀 찔레꽃은 산사나무 옆에서 얼마나 순진하고 촌스럽게 보였는지.

그러나 내가 아무리 산사나무 앞에서 그것의 보이지 않는 불변의 향기를 맡아보고, 그것으로 무엇을 해야 할지 모르면서 생각하고 잃고 되찾고 여기저기 젊음의 환희로 꽃을 버리는 리듬에 어떤 음악의 음정처럼 뜻밖의 음에 나 자신을 맞춰보아도, 산사나무는 고갈되지 않은 풍요로 한결같은 매력을 무한히 선물해주면서도, 백번을 연속으로 연주해도 비밀을 밝히지 못하는 멜로디처럼 내가 더 깊이 파고드는 것을 허락하지 않았다. 나는 더 새로운 힘으로 다가가기 위해 한순간 산사나무를 등지고 울타리 뒤로 밭을 향해 가파르게 올라가는 비탈길까지 계속 걸었다. 길을 잃은 양귀비꽃 몇 송이와 뒤로 게으르게 남아 있는 수레국화 몇 송이가 이곳저곳을 양탄자의 가장자리처럼 장식했다. 군데군데 야생의 무늬가 표지판을 덮쳤고, 그보다 더 희귀한 꽃들은 마을이 가까이에 있음을 알리는 고립된 집들처럼 간격을 두고 내게 밀밭이 펼쳐지고 구름이 양털처럼 피어나는 드넓은 땅을 알려줬다. 줄기 끝에 기어오른 기름진 검은 부표 위에 자신의 붉은 불꽃을 바람에 내맡겨 흔드는 한 송이 양귀비꽃의 모습이, 저지에서 처음 좌초한 배를 고치는 수리공을 얼핏 보고 바다를 보기도 전에 "바다다!"라고 외치는 여행자처럼 내 가슴을 뛰게 했다.

그리고 나는 한동안 보지 않으면 더 잘 알 수 있을 것이라 믿는 걸작 앞에 선 것처럼 산사나무 앞에 되돌아왔다. 그리하여 가장 사랑하는 화가의 작품 중 잘 아는 작품이 아닌 다른 작품을 봤을 때 혹은 지금까지 연필로 그린 밑그림만 봤던 작품 앞에 누군가 우리를 데려갈 때, 피아노 연주로만 들었던 곡이 오케스트라의 색을 입고 나타날 때 느끼는 기쁨을 느끼게 됐다. 할아버지는 나를 부르며 우리가 언저리를 따라 걷고 있던 공원의 울타리를 가리키셨다.

“너는 산사나무꽃을 좋아하잖니, 이 분홍색 가시나무꽃도 보렴! 얼마나 예쁘니!” 그것은 진짜 가시나무꽃이긴 했지만 분홍색이었고, 하얀색 꽃보다 더 아름다웠다. 그 꽃 역시 축제를 위한 장식을 달고 있었는데(진짜 축제는 종교축제다. 그 꽃의 우연한 변덕은 사교적인 파티처럼 그 꽃을 위한 날이 아니거나 축제일이 아닌 평범한 날에는 어울리지 않기 때문이다), 그것은 더 호화로운 장식이었으며, 로코코 양식 지팡이에 달린 방울처럼 꾸밀 공간을 남기지 않고 가지에 다닥다닥 붙어 있는 꽃은 ‘색깔이 있었고’, 그러므로 마을의 미적 기준에 따라, 분홍색 비스킷이 가장 비쌌던 광장의 ‘가게’ 혹은 식료품점의 가격 등급에 따라 판단했을 때, 더 나은 품질의 장식이었다.

그러니까 그 꽃들이 그렇게 먹음직스러운 색감 중 하나를 위한 혹은 성대한 파티를 위한 단장에 어울리는 부드러운 색감을 선택해서 그것으로 자신들의 우월한 아름다움을 드러내기에 아이들의 눈에는 그 꽃이 당연히 가장 아름답게 보이며, 그런 이유로 그 꽃들이 실제로 그리 맛있지 않다는 것을 알았을 때나 재단사가 선택한 색감이 아니라는 사실을 알았을 때도, 아이들에게는 다른 색감보다 늘 더 생기 있고 더 자연스러운 것으로 간직되는 것이다. 분명 나는 산사나무꽃 앞에서 그랬듯이, 아니 더 감탄하며, 그것이 인간이 인위적으로 만든 가짜가 아니라는 것을 느꼈다. 그 꽃에는 축제의 의도가 담겨 있긴 했으나, 그것은 자연이 무의식적으로, 너무 부드러운 색감의 전원풍 퐁파두르 스타일의 장미꽃 가지를 잔뜩 올려 제단을 꾸미는 마을의 어느 상인의 순수함으로 표현한 것임이 느껴졌다. 가지 윗부분에는 성대한 축제날 제단 위에서 가는 방추형 빛나는 레이스 종이로 가린 화분의 작은 장미꽃처럼 천 개의 작은 꽃봉오리가 가득했다. 살짝 벌어진 꽃봉오리는 분홍색 대리석 절단면의 바닥 같은 핏빛 붉은색을 드러냈다. 꽃봉오리는 그것이 움트고 꽃을 피우는 곳 어디에서나 꽃 자체보다 더, 가시나무의 거부할 수 없는, 분홍색일 수밖에 없는 특별한 본모습을 드러냈다. 울타리 사이에 낀 가시나무는 집에서 옷을 대충 입고 머무는 사람들 사이에서 파티복을 입은 소녀만큼이나 달랐다. 그 달콤한 가톨릭 나무는 이미 일부가 된 5월을 맞이할 준비를 마치고, 산뜻하게 분홍색 치장을 하고 미소를 지으며 그토록 빛났다.

그해, 내 부모님은 평소보다 조금 이르게 파리로 돌아가는 날짜를 정하셨다. 떠나는 날 아침, 나는 사진을 찍기 위해 머리에 컬을 넣었고 한 번도 쓴 적 없는 모자를 조심스럽게 썼으며, 벨벳으로 지은 누비 외투를 입고 있었다. 사방으로 나를 찾아다니시던 어머니는 그 가파른 비탈길에서 눈물을 흘리며 가시 돋은 가지를 두 팔로 껴안고 산사나무에게 작별을 고하는(쓸데없는 장신구를 얹은 비극 속의 공주처럼 내 이마 위에서 머리카락으로 매듭을 묶기 위해 정성을 다하는 성가신 손의 은혜를 모르고), 찢긴 컬페이퍼와 새 모자를 밟고 있는 나를 발견하셨다. 어머니는 내 눈물에는 아랑곳하지 않으셨지만, 망가진 머리카락과 잃어버린 누비 외투에는 고함을 참지 못하셨다. 나는 듣지 못했다. "오! 나의 불쌍한 산사나무." 나는 울면서 말했다. "나를 슬프게 하는 것은, 나를 떠나라고 등 떠미는 것은 너희들이 아니야. 너희들은 나를 아프게 한 적이 없단다! 나는 너희들을 항상 사랑할 거야." 나는 눈물을 닦으며 산사나무에게 내가 어른이 되면 다른 이들처럼 몰상식한 삶을 살지 않겠다고, 파리에 가서도 봄이 되면 어리석은 것들을 보고 듣는 대신에 시골로 떠나 첫 산사나무꽃을 보겠노라고 약속했다.

마르셀 프루스트(1871–1922)

프랑스 소설가. 20세기 전반의 소설 중 최고의 걸작으로 꼽히는《잃어버린 시간을 찾아서》의 저자이다. 부르주아 집안 출신으로 풍족하게 자랐지만, 어릴 때부터 몸이 약했고 천식 때문에 코르크로 밀폐된 방에서 침대에 누워 글을 썼다고 전해진다. 또 어떤 시기에 자각하게 된 동성애 역시 그의 작품에 큰 영향을 끼쳤다. 1919년에 공쿠르상을 받았다.

마르셀 프루스트

발코니에 든 햇빛

커튼을 막 열었다. 태양이 발코니에 푹신한 방석을 펼쳤다. 나는 나가지 않을 것이다. 이 빛들은 내게 어떤 행복도 약속하지 않는다. 왜 그 빛의 풍경은 금세 희망처럼(아무것도 아닌 희망, 모든 사물에 대한 변질된 희망, 그러나 그 자체로서는 수줍고 다정한 희망) 나를 어루만졌던가?

열두 살에 나는 좋아하는 여자애와 샹젤리제에서 함께 놀고는 했다. 지금은 결혼해서 한 가정의 어머니가 된 그녀를 한 번도 다시 만난 적은 없지만, 언젠가 그녀의 이름을《르 피가로》지의 구독자 명단에서 본 적이 있다. 나는 그녀의 부모님을 알지 못했기 때문에 샹젤리제에서만 그녀를 볼 수 있었는데, 그렇다고 그녀가 그곳에 날마다 오는 것은 아니었다. 수업, 교리교육이 있거나 간식을 먹거나, 어린이를 위한 공연에 가거나 어머니와 함께 장을 봐야 했기 때문이다. 그 낯선 삶은 그녀의 것이었고, 그 삶이 나와 그녀를 갈라놓았기에 고통스러운 매력으로 가득했다. 나는 그녀가 오지 않으리라는 것을 알게 되면, 부모님과 함께 사는 여자친구의 집 앞까지 선생님을 순례길에 끌어들였다. 나는 그녀를 너무 사랑해서 그 집의 집사가 개를 데리고 산책을 나오는 것만 봐도 얼굴이 하얗게 질렸고, 두근거리는 심장을 진정시키기 위해 공연히 애를 써야 했다. 그녀의 부모님은 내게 더 강렬한 인상을 남겼다. 그들의 존재는 세상을 신비로워 보이게 했다. 나는 여자친구의 아버지가 가끔 치과에 가실 때 지나다니는 길이 파리에 있다는 사실을 알았을 때, 마치 누군가 농부에게 요정이 다녀갔다고 알려준 길만큼이나 그 길이 신비로워 보여서 오랫동안 그곳을 지키고 있으려 했다.

집에서 나의 유일한 기쁨은 그녀의 이름 혹은 성(姓) 아니면 적어도 그녀가 사는 길을 교묘한 책략으로 발음할 기회를 만드는 것이었다. 물론 머릿속으로 끊임없이 불러봤지만, 나는 그 말들의 달콤한 울림을 들어야만 했고, 소리 없는 낭독으로는 불충분한 그 음악을 나를 위해 연주시켜야 했다. 그러나 내 부모님은 사랑이 주는 순간적이며 부수적인 감각, 그 소녀를 둘러싼 모든 것으로부터 신비롭고 기분 좋은 것을 지각하도록 허락하는 감각이 전혀 없으셨기에, 나의 단조로운 대화를 이해하지 못하셨다. 그들은 내가 나중에 바보가 되거나 혹은 그보다 더 심한 꼽추가 되지는 않을까 (내가 여자친구의 아버지를 닮으려고 어깨를 구부리고 다녀서) 걱정하셨다.

나는 그녀가 이따금 샹젤리제에 올 시간이 지났는데도 나타나지 않으면 절망했다. 그러나 마리오네트 인형과 회전목마 사이로 그녀의 선생님의 보라색 깃털이 다가오면, 늦었지만 행복한 그 등장이 심장 한가운데로 날아든 공처럼 나를 때렸다. 우리는 즐겼다. 우리는 내 여자친구가 보리 과자와 과일을 사는 가게에 들를 때만 걸음을 멈췄다. 자연적인 것을 좋아하는 그녀는 차라리 벌레 먹은 것들을 골랐다. 나는 한쪽에 놓인 나무 그릇에 담긴 빛나고 매력적인 마노 구슬을 동경의 눈으로 보았는데, 그 구슬들은 미소를 짓는 금발 머리 소녀들을 닮은 그 구슬들은, 하나에 50센트나 했기 때문에 내게는 귀한 것으로 보였다.

여자친구의 선생님은 비옷을 입으셨다. 아아! 부모님은 내 부탁에도 우리 선생님께 비옷을 선물하기를 거절했다. 보라색 깃털도 마찬가지다. 안타깝게도 선생님은 습기에 너무 민감하셨다

(그녀 자신을 위한 걱정이었다). 날씨가 맑으면 1월에도 여자친구를 볼 수 있다는 것을 알고 있었다. 아침에 어머니께 인사하러 들어가서 피아노 위에 먼지 기둥이 오뚝 서 있는 모습을 보며, 창문 아래 크랭크 오르간이 〈쇼에서 돌아오면서〉를 연주하는 것을 들으며, 겨울이 빛나는 봄날의 갑작스러운 방문을 받게 된다는 소식을 들으며, 태양이 떼어낸 발코니가 집 앞을 금빛 구름처럼 길을 따라 떠다니는 것을 보며, 나는 행복했다!

날씨가 애매했던 어느 날, 부모님은 아직 해 뜰 가능성이 있고, 그러기 위해서는 햇빛 한 줄기면 되지만 비가 올 확률이 더 높다고 말씀하셨다. 비가 오면 샹젤리제에 가는 게 무슨 소용이 있겠는가? 그래서 나는 점심부터 오후의 구름 낀 애매한 하늘에 걱정스레 물었다. 하늘은 계속 어두웠다. 창문 앞 발코니는 회색이었다.

나는 그 침울한 돌 위로 돌연, 덜 음울한 색이 아닌, 덜 음울한 색을 향한 노력 같은 것, 빛을 방출하길 원하며 망설이는 한 줄기 빛의 파동 같은 것을 느꼈다. 잠시 후 발코니는 희미해지면서 아침의 물처럼 반짝였고, 격자무늬 철망의 천 개의 반사광이 그곳에 내려앉았다. 바람 한 줄기가 그것들을 흩뜨려놓자, 돌은 다시 어두워졌으나 반사광이 되돌아오는 것에 익숙한 듯했다. 그것은 미묘하게 다시 표백되기 시작했고, 나는 그 돌이 음악의 서곡 마지막에 중간의 모든 음계를 빠르게 훑으며 절정의 포르티시모를 향해, 하나의 음을 끌고 가는 크레셴도처럼 연속적으로 점점 강해지는 빛에 의해 맑은 날의 변함없고 움직임 없는 황금색에 이르는 것을 봤다. 그리고 그 위로 세공된 난간 기둥의 잘린 그림자가 변덕스러운 식물처럼 검은색으로 선명하게 드러났다. 작은 디테일까지 표현한 윤곽 속에 예술가의 열정과 만족감을 드러낸 듯한 미세함과 어둡고 행복한 덩어리의 휴식 속에 있는 그런 입체감과 부드러움으로, 사실상 그 태양의 호수 위에 누운 커다란 나뭇잎 모양의 반사광들은 그들이 고요와 행복의 보장임을 알고 있는 듯했다.

순식간에 자라난 담쟁이덩굴, 곧 사라질 그 쐐기풀과 식물! 가장 무미건조하며 가장 슬픈 그것은 다른 수많은 식물처럼 벽을 올라타거나 십자형 유리창을 장식했다. 발코니에 나타난 그날부터 내게 가장 소중했던 그 식물은 어쩌면 이미 샹젤리제에 있었는지도 모르는, 내가 도착하면 “우리 바로 놀이를 시작해요, 당신은 내 편이에요”라고 말해줄 여자친구의 존재를 나타내는 그림자처럼 연약하고 바람에 잘 휩쓸려가며, 계절이 아닌 시간과 관계를 맺고, 하루가 거절하거나 이행하는 즉각적인 행복의 약속이자 (여기서 즉각적인 행복이란 무엇보다 사랑의 행복을 말한다) 돌 위의 이끼보다 더 부드럽고 더 따뜻하며, 한겨울에도, 모든 식물이 사라지고 늙은 나무의 기둥을 감싸는 아름다운 녹색 가죽이 눈에 가려질 때도, 또 발코니를 덮는 눈 위에 갑자기 등장한 태양이 금색 실을 엮고 검은 반사광을 수놓을 때도, 빛 한 줄기만 있으면 태어나 기쁨을 부화시키는 강한 생명력을 갖고 있었다.

그러다 삶이 더는 기쁨을 가져다주지 않는 날이 온다. 그러나 빛은 기쁨을 자기 것으로 만들어 우리에게 돌려주고, 우리가 마침내 인간적인 어떤 것으로 만들 줄 알게 된 햇빛은 우리에게 아련한 행복의 추억으로만 남아 기쁨을 맛보이며 햇빛이 빛나는 현재의 순간 그리고 그 빛이 우리에게 상기시키는 과거의 순간에, 보다 정확히 말해 그 둘 사이, 그러니까 시간의 밖에서 영원한 기쁨을 만든다. 시인들이 달콤한 장소를 그릴 때 습관적으로 지루하게 보여주려고 한다면, 그것은 자신들의 고유한 삶을 통해 어떤 특별한 무엇이 달콤했는지를 떠올리는 대신에 그곳을 반짝이는 빛에 담그고 그곳에 낯선 향기를 퍼트리기 때문일 것이다.

그것은 언젠가 우리가 기억에 입력해놓았던 빛도 달콤한 향기도 아니다. 대체로 감지할 수 없으나 멈추지 않는 우리의 생각과 신경의 변화가 이전에 느끼던 방식으로부터 우리를 멀리 데려간 지금, 빛과 향기는 우리가 예전에 느끼던 방식, 더 독창적이라고 여기는 그 방식에 더해 가벼운 연주를 들려주는 법을 알고 있다. 빛과 향기만이(아직 인생에 대해 아무것도 모르는 바보 같은 빛이나 새로운 향기는 제외하고) 더는 맡아볼 수 없는 옛 공기를 우리에게 다시 가져다주며, 진짜 유일한 낙원, 잃어버린 낙원이라는 느낌을 줄 수 있다. 그리고 어쩌면 나는 방금 떠올린 이 짧은 '어린 시절의 장면' 때문에, 조금 전에 발코니에 내려앉은 영혼을 옮겨놓은 빛에서 슈만의 한 소절 같은 환상적이며 우수 어리고 다정한 어떤 것을 발견했는지도 모르겠다.

프랑수아 르네 드 샤토브리앙

파리에서의 고독한 생활

예전에 갔던 길로 파리에 들어갔다. 메일 길에 있던 그때 그 호텔로 내려가려 했다. 아는 곳은 그곳이 전부였으니까. 이전에 묵었던 방과 가까운 곳에 머물렀는데, 그때보다 조금 더 컸고 거리가 내려다보였다.

나의 태도를 창피하다고 여기거나 나의 소심함을 불쌍히 여긴 형은 나를 바깥 세상으로 데려가지 않았고, 아무도 소개해주지 않았다. 형은 포세몽마르트르 길에 살았는데, 나는 매일 세 시가 되면 형의 집에 갔다. 우리는 점심을 먹고 헤어졌다. 그리고 그다음 날이 되어서야 만났다. 나의 뚱뚱한 사촌, 모로는 이제 파리에서 살지 않는다. 나는 샤스트네 부인의 호텔 앞을 두세 번 지나갔지만, 문지기에게 그녀가 어떻게 지내는지 물어보지 못했다.

가을이 시작됐다. 여섯 시에 일어나 승마 연습장에 들른 후에 아침을 먹었다. 다행히 그리스 문학에 미쳐 있었기에 두 시까지 오디세이와 키루스의 교육을 번역했고, 중간중간에 역사 공부를 했다. 두 시에는 옷을 입고 형의 집에 갔다. 형은 내게 무엇을 했는지, 무엇을 봤는지 물었고 나는 "아무것도"라고 대답했다. 형은 어깨를 들썩이며 내게서 등을 돌렸다.

어느 날 밖에서 시끄러운 소리가 났다. 형이 창으로 달려가더니 나를 불렀다. 나는 방구석의 커다란 의자에 몸을 축 늘어뜨린 채 의자를 떠나고 싶어 하지 않았다. 내 불쌍한 형은 내가 아무도 모르는 사람으로, 자신에게도 가족에게도 쓸모없는 사람으로 죽을 것이라고 말했다.

네 시, 나는 집으로 돌아갔다. 십자형 유리창 뒤에 앉았다. 열다섯, 열여섯 살 정도 된 젊은 사람 두 명이 길 건너편 호텔 창문가에 그림을 그리러 왔다. 내가 그녀들의 규칙적인 방문을 눈치챈 것처럼 그녀들 역시 내가 그곳에 자주 앉아 있었다는 사실을 알아챘다. 그녀들은 때때로 이웃을 보기 위해 고개를 들었다. 나는 그녀들이 보여준 관심에 언제나 감사하리라는 것을 알고 있었다. 그녀들이야말로 파리에서 내가 유일하게 교류하는 사람들이었으니까.

밤이 오면 몇몇 공연을 보러 갔다. 표를 사고 사람들 사이에 섞이는 데 언제나 약간의 비용이 들었지만, 군중의 사막이 좋았다. 나는 생말로 극장에 대해 품었던 생각을 바꿨다. 아미드 역을 맡은 생위베르 부인을 보며 내 작품의 마법사에게 무언가 부족한 점이 있음을 느꼈다.

오페라와 프랑스인들이 있는 공연장에 갇혀 있지 않은 날에는 길을 따라 걷거나 강을 따라 저녁 열한 시까지 산책을 했다. 요즘에도 공연이 있을 때마다 베르사유에 가기 위해 그 길을 따라 걸으면, 파시 장벽에서 루이 9세 광장의 가로등 행렬을 보며 불안해했던 내 모습을 꼭 떠올리게 된다.

집으로 돌아오면 아무 말 없는 불 쪽으로 고개를 기울이고 밤의 한 조각을 보냈다. 나는 페르시아인들처럼 불꽃이 아네모네를, 숯은 석류를 닮았다고 여길 만큼 상상력이 풍부하지는 않았다. 마차들이 오가는 소리가 들렸다. 멀리서 그들이 굴러오는 소리는 브르타뉴 모래사장 위 바다의 속삭임이나 나의 콩부르 숲속의 바람과 비슷했다. 고독을 부르는 그 세계의 소리가 나의 후회를 깨웠다. 나는 지난날 잘못했던 일을 곱씹거나 그 수레가 데려가는 사람들의 이야기를 상상으로 지어냈다. 번쩍이는 살롱, 춤, 사랑, 유혹이 보였다. 그러나 그러다 금세 나 자신에게 돌아왔다. 호텔 방 안에서 창을 통해 세상을 보며, 숙소의 메아리를 듣고 있는 버림받은 나를 되찾았다.

프랑수아 르네 드 샤토브리앙(1768–1848)

19세기 프랑스의 작가이자 정치가. 프랑스의 낭만주의 문학의 선구자이며, 프랑스대혁명 시기에 반혁명군에 참가하였다가 영국에서 혹독한 망명 생활을 하기도 한다. 《기독교의 정수》로 프랑스의 낭만주의 문학의 시작을 알렸으며, 대표작으로 《순례자들》, 《나체즈족》, 《무덤 너머의 회상》 등이 있다.

드니 디드로

나의 오래된 가운을 버린 것에 대한 후회 혹은 돈보다 센스가 더 많은 사람에게 알림

왜 간직하지 않았을까? 우리는 서로를 위해 존재했는데. 그것은 불편함 없이 내 몸의 모든 굴곡에 딱 맞았으며, 나는 그림처럼 아름다웠다. 다른 것은 뻣뻣하고 부자연스럽고 어색하며, 그것의 배려는 나의 욕구와 맞지 않는다. 가난은 언제나 겉으로 드러나는 것이 아니니까. 먼지로 뒤덮인 책은 옷자락으로 닦았다. 펜촉에서 흘러나오지 않는 굳은 잉크는 가운의 옆구리를 빌렸다. 그곳에 길게 그어진 검은 줄은 그 옷이 내게 얼마나 유용했는지를 보여줬고, 그 긴 줄은 문학을, 작가를, 일하는 사람을 말해주었다. 그러나 지금 나는 게으른 부자 같다. 내가 누구인지 알 수 없다.

그것의 보호 아래에서 나는 하인의 어설픔도, 나의 서투름도, 불꽃이 튀는 것도, 물이 떨어지는 것도 두려워하지 않았다. 나는 나의 오래된 가운의 완벽한 주인이었다. 그러나 이제 새 가운의 종이 되었다.

황금 양털을 지키던 용도 나보다 더 불안하지는 않았다. 걱정이 나를 감싼다.

발과 주먹이 묶인 발정 난 늙은이가 젊은 여자의 변덕에 넘어가서 아침부터 저녁까지 말한다. "내 하녀, 나의 옛 가정부는 어디 있는 것이냐? 이 가운을 위해 그 가운을 버린 날에 도대체 어떤 괴물이 나를 사로잡았었단 말인가!" 그러고는 울면서 한숨을 쉰다.

나는 울지 않는다, 한숨을 쉬지 않는다. 그러나 매 순간 말한다. "평범한 천에 진홍색으로 색을 입히는 기술을 개발한 놈을 저주한다! 내가 경외하던 귀한 옷을 저주해! 나의 편안하고 허름한 옛 누더기는 어디에 있단 말이냐?"

친구들이여, 오랜 벗을 버리지 말기를. 친구들이여, 부에 이르는 것을 두려워하기를. 나를 보고 배우기를. 가난은 그것만의 특권이 있고, 부유함은 그것만의 불편함이 있다.

오, 디오게네스*여! 아리스티포스**의 화려한 겉옷을 걸친 너의 제자를 봤다면 너는 얼마나 비웃었을까! 오, 아리스티포스여, 그 화려한 겉옷은 비싼 값을 지불하고 산 것이로구나. 무력하고 비굴하며 유약한 너의 삶과 누더기를 걸친 키니코스학파의 견고하고 자유로운 삶이 얼마나 비교되는가! 나는 내가 지배하던 장독만 한 왕국을 떠나 폭군을 모시게 됐다.

친구들이여, 그것이 전부가 아니다. 사치의 폐허를, 사치가 초래한 일들을 들어보시게.

내 낡은 가운은 나를 둘러싼 하찮은 것들 중 하나였다. 짚으로 만든 의자, 나무 탁자, 베르가모 타피스리, 책 몇 권을 지탱하고 있던 전나무 판자, 타피스리 위에 액자 없이 모서리 부분에 못을 박은 검게 변한 판화들, 이 판화 사이에 있던 몇 점의 석고상, 이들은 나의 옛 가운과 함께 가장 조화로운 빈곤을 이루고 있었다.

* 고대 그리스 키니코스학파의 철학자. 가난하지만 부끄럼 없는 생활을 실천했다. 욕심 없이 살기, 순간에 만족하기, 아무것도 부끄러워하지 않기, 곧 '개처럼 살자'를 주장했다.

** 고대 그리스 키레네학파의 철학자. '인생의 목적은 개개의 쾌락이며 행복은 과거, 현재, 미래의 개개 쾌락의 총화이다. 쾌락은 매끄러운 운동이고, 고통은 거친 운동이다. 육체적 쾌락이 정신적 쾌락보다 우위에 있다'라고 주장했다.

그러나 모든 조화가 깨졌다. 더는 어울리지 않고 통일성이 없으며 아름답지도 않다.

사제관에 새로 온, 아이를 갖지 못하는 가정부도, 홀아비의 집에 들어간 여자도, 총애를 잃은 장관의 후임이 된 장관도, 얀선주의* 성직자 교구에 사로잡힌 몰리니즘** 성직자도 부당하게 끼어든 이 찬탈자가 내 안에 일으킨 것보다 더 큰 동요를 일으키진 않는다.

나는 촌스러운 여인을 보는 것은 견딜 수 있다. 머리를 덮은 조잡한 천 조각, 볼 위로 헝클어져 내려온 머리카락, 몸에 반쯤 걸친 구멍 난 넝마, 다리를 반절만 덮은 그 흉한 속치마, 진흙탕으로 덮인 그녀의 맨발은 내게 상처를 줄 수 없다. 그것은 내가 존중하는 모습이며, 내가 동정하는 불행과 어쩔 수 없는 상황이 만든 추함의 집합이다. 그러나 속은 메슥거리기에 그녀를 따르는 환경이 향기로울지라도 멀찌감치 떨어져, 찢어진 소맷부리에 더러운 실크 스타킹, 어제의 호사스러움과 뒤섞인 오늘의 초라함을 드러내는 찢어진 신발을 신은, 영국식으로 머리를 장식한 화류계 여자에게 시선을 돌리고 만다.

내 집도 그러했다. 너무도 강압적인 진홍색과 조화를 이루지 못했다.

나는 베르가모 타피스리가 아주 오랫동안 자신이 걸려 있었던 벽을 무늬가 있는 염색 천에 내주는 것을 지켜봤다.

가치가 있는 판화 두 점, 푸생***의 〈사막에 떨어지는 만나〉와

* 네덜란드의 가톨릭 신학자 코르넬리스 얀선이 주창한 교의. 얀선니즘이라고도 한다. 예수회를 비판하고 엄격한 윤리적 생활을 주장했다.

** 신의 은총은 인간의 협력이 이루어지는 곳에서만 성립한다는 에스파냐 예수회 신학자 몰리나가 주장한 신학설.

*** 니콜라 푸생. 프랑스의 화가. 고전주의의 대표적 존재.

〈아하스에로스 왕 앞의 에스더〉는, 하나는 루벤스*의 〈노인〉에게 수치스럽게 밀려났으며, 떨어지는 만나는 베르네**의 〈폭풍우〉로 흩어져버렸다.

짚으로 만든 의자는 응접실의 커다란 모로코풍 의자에 밀려났다.

호메로스, 베르길리우스, 호라티우스는 그들의 무게에 구부러진 저 연약한 전나무의 고통을 덜어주기 위해, 나보다는 그들에게 더 어울릴 법한 상감세공을 한 옷장 속에서 몸을 웅크린다.

커다란 유리가 나의 맨틀피스***를 차지했다.

팔코네****에 대한 우정으로 갖고 있던 저 아름다운 석고상 두 점은 그가 직접 손봐준 것들이었지만, 웅크린 비너스상 때문에 자리를 옮기게 됐다. 고대 청동이 현대의 점토를 부서뜨린 것이다.

나무 탁자는 여전히 자리를 두고 다투고 있다. 소책자 더미와 이것저것 섞어 쌓아놓은 종이의 보호 아래 오랫동안 자신을 위협하는 재난을 피하고 있는 듯하나, 언젠가 내 게으름에도 불구하고 탁자가 자신의 운명을 따라야 하는 날이 오면, 소책자와 종이는 고급 책상의 서랍 속에 정리될 것이다.

적정선의 끝을 예고하는 본능! 파산을 초래하는 섬세한 촉각, 변화하고 움직이고 세워지고 뒤집히는 취향, 아버지의 금고를 비우고, 딸들을 위한 지참금을 날리게 하고, 아들이 교육을 받지 못하게 하며, 그토록 아름다운 것들과 몹시 큰 고통을 불러일으키는

* 페테르 루벤스. 플랑드르의 화가.

** 클로드 베르네. 프랑스 풍경화가.

*** 벽난로의 윗면에 설치한 장식용 선반.

**** 에티엔 팔코네. 프랑스의 조각가.

그것은 너, 너는 아마도 언젠가 내 물건들을 생미셸 다리*로 안내할 테고, 그곳에서는 어느 목이 쉰 배심원이 이렇게 외칠 것이다.

"웅크린 비너스상이 20루이!"

이 책상의 상판과 그 위에 있는 베르네의 〈폭풍우〉 사이에 보기 싫은 여백이 있었고, 그 여백은 추시계로 메꿔졌다. 또 무슨 추시계란 말인가! 조프랭**의 추시계, 금과 청동이 대조를 이루는 추시계다.

창문 옆에 비어 있는 구석이 있었다. 그 구석은 작은 책상을 요구했고, 그것을 얻었다.

작은 책상의 상판과 루벤스의 아름다운 얼굴 사이에 마음에 들지 않았던 또 다른 빈 곳은 라그르네***의 두 작품으로 채워졌다.

여기에는 같은 작가의 세 번째 그림이 있고, 저기에는 비앵 혹은 마시의 스케치가 있다. 나는 스케치도 좋아하기 때문이다. 그렇게 모범적이었던 철학자의 작은 방이 징세인의 추잡한 사무실로 변했다. 나는 국가적 가난 역시 모욕한다.

나의 보잘것없던 처음 것들 중에 남아 있는 것은 가장자리가 장식된 카펫뿐이다. 그 초라한 카펫은 나의 사치와 어울리지 않지만, 나는 맹세하고 맹세했다. 마치 자신의 초가집을 군주의 성으로 바꾼 농부가 자신의 신발만큼은 버리지 않는 것처럼, 이 카펫을 간직하기로. 철학자 드니의 발은 절대 최고급 양탄자를 밟지 않기로 다짐했으니까.

아침이면 화려한 진홍색 가운을 걸치고 서재로 들어간다. 시선을 낮추면 옛 카펫이 눈에 들어온다. 그것이 나의 처음을 상기시키고, 오만이 나의 가슴속에 들어오는 것을 멈추게 한다.

* 빚을 갚기 위해 가구를 팔았던 곳.

** 마리 테레즈 로데 조프랭. 살롱을 이끌던 사교계의 유명 인물.

*** 장 프랑수아 라그르네. 프랑스의 화가.

아니, 나의 벗이여, 아니다. 나는 부패하지 않았다. 내 문은 항상 내게 호소하는 요구를 향해 열려 있다. 나는 여전히 친절하다. 요구를 듣고 조언을 해주며 돕고 동정한다. 내 영혼은 무정해지지 않았다. 나는 자만하지 않는다. 예전처럼 여전히 이해심이 있고 굽힐 줄 안다. 그것은 솔직함과 같은 것이며 그것과 비슷한 감수성이라 할 수 있다. 나의 사치는 최근의 일이어서 아직 독이 오르지 않았다. 그러나 시간이 흐르면서 무슨 일이 일어날지 누가 알겠는가? 자신의 아내와 딸을 잊고 빚을 지며 남편과 아버지의 역할을 포기한 사람에게, 금고에 돈을 모으는 대신 쓰는 사람에게 무엇이 기다리고 있겠는가…….

아, 선구자여! 하늘을 향해 팔을 들어 올려 위험에 처한 벗을 위해 기도하소서, 신에게 이렇게 말해주기를. "부(富)가 드니의 양심을 더럽히는 것을 보시거든, 당신의 뜻 안에서 드니가 신봉하는 걸작들을 눈감아주지 마옵소서. 그것을 없애버리고, 그를 예전의 가난으로 돌리소서." 그러면 내 쪽에서도 하늘을 향해 말할 것이다.

"오, 신이시여! 저는 선구자의 기도와 당신의 뜻을 받들겠습니다! 모든 것을 버리겠습니다. 모든 것을 가져가소서, 네, 모든 것을. 단, 베르네만은 제외하고요. 아! 베르네는 그냥 두세요!

그것은 예술가가 아니라 당신이 창조한 것입니다. 우정의 작품이자 당신의 작품을 존중해주세요. 저 불빛을 보십시오, 그 옆에 반듯하게 솟은 탑을 보십시오. 바람이 찢어놓은 이 늙은 나무를 보세요. 이 나무는 너무 아름답습니다! 어두운 나무 아래로 풀로 덮인 저 바위들을 보십시오. 결국 당신의 전능하신 손이 그것들을 만들었습니다. 결국 당신의 자비로운 손이 그것들을 장식했던 것입니다. 바위 밑에서 바다까지 이어지는 이 비할 데 없는 단구를 보십시오. 시간이 세상에서 가장 단단한 것들을 파괴하도록 당신이 허락했다는 사실을 보여주고 있지요. 당신의 태양이 다르게 비췄을 수도 있었을까요? 신이시여! 당신이 이 작품을 없애버리시면, 사람들이 당신을 질투하는 신이라고 부를 것입니다. 이 연안에 흩어져 있는 불행한 이들을 불쌍히 여기소서. 이들에게 깊은 구렁의 밑바닥을 보여주는 것으로 만족하지 못하십니까? 그들을 버리기 위해 그들을 구하신 것입니까? 당신에게 감사하는 이의 기도를 들어주소서. 서글프게 남은 재물을 챙기는 이의 노력을 도우소서. 저 분노한 이의 저주에 귀를 닫으소서! 슬프도다! 그는 돈을 많이 벌어 돌아가겠다고 약속했습니다. 그는 쉼과 은둔을 깊이 생각했습니다. 그는 마지막 여행 중이었지요. 그는 길에서 자신의 재산을 손가락으로 백번씩 계산했습니다. 그의 희망은 완전히 사라졌지요. 그에게는 벗은 몸을 덮어줄 것이 거의 남아 있지 않았습니다. 이 두 부부의 다정함에 마음을 움직이소서. 당신이 이 여인에게 불어넣은 공포를 보시옵소서. 그녀는 당신이 주지 않은 고통에 감사합니다. 그러나 당신이 어떤 위험 속에 자신과 아버지와 어머니를 빠트렸는지 알지 못하는 아이는 여행의 충직한 동반자를 돌보고 있지요. 개의 목줄을 다시 묶고 있습니다. 무고한 자를 사하여주소서. 남편과 함께 막 물을 피한 저 아이의 어미를 보십시오. 그녀는 자신을 위해서가 아니라 아이를 위해 떨고 있습니다. 그녀가 아이를 가슴 안에 꼭 껴안은 모습을 보십시오. 어떻게 키스하는지를 보세요. 신이시여, 당신이 창조한 그들을 알아봐주세요. 당신이 숨을 불어넣었을 때 그들이 움직였고, 당신의 손이 그들을 반죽했습니다. 당신이 모이게 한 저 어두운 구름을, 흐트러뜨리는 것을 좋아했던 구름을 알아봐주십시오. 이미 구름이 흩어지고 멀어지고 있습니다. 오늘의 별들의 미광이 수면 위에서 다시 태어납니다. 저는 저 붉은 수평선에서 고요함을 예측합니다. 저 수평선은 얼마나 멀리 있는지!

바다에 맞닿아 있지 않습니다. 그 위로 내려오는 하늘은 지구를 맴도는 것 같습니다. 마침내 저 하늘을 밝히는 것을 끝내고 바다의 잔잔함을 끝내지요. 저 선원들이 뒤집힌 배를 다시 띄울 수 있게 허락하소서. 그들의 일을 도우소서. 그들에게 힘을 주소서. 그리고 제 그림을 그냥 두세요. 건방진 인간에게 당신이 내리는 매처럼 제가 간직할 수 있게 그냥 두세요. 사람들은 이미 나를 보러 오는 것이 아니라, 나의 말을 들으러 오는 것이 아니라 나의 집에 있는 베르네를 감상하러 오고 있지요. 화가가 철학자에게 창피를 준 것입니다."

오 나의 친구, 내 손에 있는 아름다운 베르네! 주제는 끝이 난 폭풍우다. 유감스러운 재앙은 일어나지 않았다. 아직도 물결이 일렁인다. 하늘은 구름으로 덮여 있다. 선원들은 좌초한 배를 돌본다. 주민들은 인근의 산을 향해 달린다.

얼마나 영리한 예술가인가! 그가 선택한 순간의 상황을 표현하는 데 중요한 인물 몇 명이면 충분했다. 모든 장면이 진짜 같지 않은가! 모든 것을 이렇게 가볍고 쉽게, 힘차게 색칠했다니! 나는 당신의 우정의 증거를 간직하고 싶다. 내 사위가 이것을 아이들에게, 그 아이들이 다시 자신의 아이들에게, 그들이 다시 그들의 태어날 아이들에게 물려주기를 원한다.

이 조각들의 아름다운 조화를 본다면, 모든 것이 얼마나 조화를 이루고 효과가 이어지는지, 모든 것이 얼마나 노력 없이 꾸밈없이 가치를 만드는지, 오른쪽의 저 흐릿한 산과 바위와 위에 얹은 건물들이 얼마나 아름다운지, 저 나무들의 정취가 얼마나 그윽한지, 저 경사지가 얼마나 밝은지, 빛이 흐려지고 배치된 인물들은 다양하고 움직이고 자연스럽고 생명력이 있으며 얼마나 흥미로운지, 그 인물들을 그려낸 힘, 그 인물들이 그려진 순수함, 얼마나 눈에 띄는지, 공간의 엄청난 규모, 물의 변화, 저 밀운,

저 하늘, 저 수평선! 일반적인 기법과 다르게 배경은 빛을 빼앗겼고 전면은 밝다. 나의 베르네를 보러 오시기를. 그러나 내게서 그것을 빼앗아가서는 안 될지니.

시간이 지나면 빛은 갚을 것이고, 후회도 가라앉을 것이다. 그러면 순수한 기쁨을 갖게 되겠지. 내가 아름다운 것들을 쌓아 두는 열정에 사로잡혔다고 두려워하지 말기를. 벗이여, 이미 가졌고 또 가진 것이지 그 수가 더 늘어난 것은 아니다. 나는 〈라이스〉*를 갖고 있지만, 〈라이스〉는 나를 갖고 있지 않다. 품고 있는 것이 행복하지만 내가 주고 싶은 이에게, 나보다 저 그림에 더 행복할 이에게 그것을 넘길 준비가 됐다. 그리고 한 가지 비밀을 말하자면, 다른 이들에게 매우 비싸게 팔리는 이 〈라이스〉는 사실 공짜로 얻은 것이다.

* 클로드 베르네의 작품명.

드니 디드로(1713–1784)
프랑스의 대표적인 철학가이자 계몽주의 사상가. 작품 《맹인서간》에서 무신론의 경향을 드러냈다. 대표작으로 《달랑베르의 꿈》, 《수도녀》 등이 있다. 오래된 가운을 버리고 새로운 가운을 사면서 그것에 맞춰 모든 것을 바꿔야 했다는 내용의 이 산문에서 하나의 물건을 사면 그 물건과 어울리는 다른 물건들을 계속 사야 하는 현상인 '디드로 효과'라는 용어가 탄생했다.

나의 어린 바다

프랑수아즈 사강

어린 시절에 만난 부랑자

이 이야기를 하려면 파리를, 파리의 여름을 기억해야 한다. 하얗게 눈부신 거리, 밤나무 잎사귀들이 발밑에서 바스락거린다. 이따금씩 길모퉁이에서 일어난 먼지 같은 것이 풀썩거리다가 당신의 발밑에서 가라앉는다. 이제 거리에는 사람이 없다. 다만 그해 여름 나와 같은 처지에 있던, 그러니까 7월 기말고사로 부모님께 수치심을 안겨드리고 공부의 고통을 떠안은 불행한 학생들이 이따금 보일 뿐이다.

내가 지내던 기숙사는 조용한 주택가에 있었다. 우리는 숨 막히는 더위에 창을 열고 공부를 했고, 포기했던 바다와 해변을 생각하며 지루함에 몸살을 앓았다. 유일한 기분 전환은 늦은 오후에 텅 빈 거리를 무리 지어 돌아다니는 것이었는데, 그 산책은 금세 늘 같은 길을 걷는 단조로움과 여자아이들끼리 몰려다니는 창피함으로 견딜 수 없는 것이 되고 말았다.

나는 이런저런 핑계로 산책을 면제받았다. 그러니까 해 질 무렵, 한 시간 정도 혼자서 기숙사 안뜰의 달그락거리는 자갈길을 산책하거나 먼지가 쌓인 벤치에 앉아 있을 수 있는 시간이 주어진 것이다. 나는 그 느리고 단조로운 시간을 좋아했다. 기지개를 켜고, 하품을 하고, 나무가 몇 그루인지 세어보면서 조금은 무미건조한 고독의 맛을 느꼈다. 그러던 어느 날 기숙사 출입구까지 한 친구를 바래다주었는데, 그사이에 수위가 문을 잠그는 바람에 나는 혼자가 되어버렸다. 낯선 파리에서 온전히 한 시간을 자유롭게 보낼 수 있게 된 것이다.

센강은 가까이에 있었다. 예전에 산책할 때 언뜻 본 적이 있었는데, 아닌 게 아니라 길이 하천처럼 센강을 향해 내려가고 있었고, 나는 그 길을 따라가기만 하면 됐다. 그런 모험심은 별로 느껴본 적이 없었다. 잉크가 묻은 검은색 낡은 책가방을 메고 있었지만 걱정하지 않았다. 한 도시와 한 시간이 내게 주어졌고, 내가 차지하기만 하면 그만이었다. 만약 다른 아이들이 들어갈 때 돌아가지 못한다면 퇴학을 당하겠지만, 더는 그런 생각을 하지 않기로 했다. 강변에 도착했다. 센강은 내 앞으로 천천히 물길을 돌리고 있었다.

센강이 노란빛 파란빛으로 반짝였다. 여섯 시였고, 해는 막 강물을 버리고 창백한 하늘 깊숙한 곳에 있었다. 나는 계단을 내려가 둑길을 걷기 시작했다. 아무도 없었다. 난간 위에 걸터앉아 다리를 흔들었다. 완벽한 행복이었다.

저 멀리 강변에서 해를 등지고 다가오는 그림자가 보였다. 까맣고 야윈 그 형체는 손끝에 보따리 하나를 들고 있었는데, 그의 걸음걸이는 노숙자라기보다는 운동선수처럼 편안하고 유연했다. 나는 그가 내게 가까이 다가오고 나서야 그의 얼굴을 제대로 볼 수 있었다. 나이가 쉰 정도 되어 보였고, 눈은 파랗고 주름이 셀 수 없이 많았다. 그는 나를 잠시 바라보더니 머뭇거리며 미소를 지었다. 나 역시 그에게 미소로 답했다. 그러자 그가 짐을 내려놓고 내게 물었다.

"앉아도 되겠습니까?"

센강과 강변이 거실처럼 느껴질 만큼 완벽하게 사교적인 어조였다. 겁을 먹었던 나는 대답 대신 미소를 지었고, 그는 내 곁에 앉았다.

그는 내가 무엇을 하는지, 이름이 무엇인지, 몇 살인지, 무슨 연유로 저녁 여섯 시에 검은 덧옷을 입고 센강 변에 나왔는지 묻지 않았다. 그는 주머니에서 담배를 꺼내 내게 건넨 후에 자신의 담배에 불을 붙였다. 그의 손은 일해본 적 없는 사람처럼 아름다웠지만, 손톱에는 때가 조금 끼어 있었다. 그는 몇 분을 아무 말 없이 그냥 그렇게 앉아 있다가 나를 향해 돌아앉으며 말했다.

"센강에서 가장 낡은 거룻배 한 척이 지나가는 것을 보게 될 겁니다. 3년 전에 그 배를 알게 됐는데, 나는 그 배가 아직도 떠다닌다는 사실에 3년째 놀라고 있어요."

우리는 아주 낡은 거룻배가 지나가는 광경을 바라봤다. 그러나 나는 그 배에는 그다지 관심이 없었다. 내 관심이 향하는 쪽은 그 남자였고, 그런 사실에 나 자신도 놀랐다. 그때 나는 열여섯 살이었고, 사람보다는 책에 훨씬 더 관심이 많았으니까. 나는 그에게 책을 읽느냐고 물었다가 책 한 권 살 돈도 없어 보이는 사람에게 던진 내 질문이 바보 같아서 이내 얼굴을 붉히고 말았다. 그러나 그는 책을 많이 읽는다고 대답했다. 그리고 요즘 읽는 책이 무엇이냐고 물었다. 나는 책 제목을 말해주었고, 그는 그 책에 대해 매우 능숙하게 이야기했다.

나는 곧 일곱 시가 다 되어간다는 사실을 깨닫고 자리에서 벌떡 일어났다. 벌을 받을까봐 두려워서 자동으로 나타난 반사 반응이었다. 나는 당장 돌아가야 한다고 했고, 그는 "유감이군요"라고 말했다. 그리고 살짝 웃으며 이렇게 물었다.

"그렇게 시간을 정확히 지켜야 합니까?"

그는 그곳에 더 머무를 것이며, 이튿날 나를 다시 보면 좋겠다고 덧붙였다. 그러면서 조금 전 함께 얘기했던 책의 저자와 관련하여 내게 흥미로운 이야기들을 들려주겠다고 약속했다. 그 저자는 플로베르였는데, 나는 플로베르에 대해 전혀 몰랐기 때문에, 그 노숙자가 그에 대해 가르쳐준다고 생각하니 무척 흥미롭게 느껴졌다. 나는 그에게 인사를 하고 기숙사까지 뛰어서 되돌아갔다. 다행히 어느 길모퉁이에서 산책하고 있던 아이들과 마주쳤고, 그 행렬에 슬며시 끼어들어 무사히 기숙사로 돌아갈 수 있었다.

그날 이후로 이상한 일주일이 시작됐다. 나는 별문제 없이 기숙사를 빠져나와 센강까지 달려 친구를 만나러 갔다. 나는 그의 이름을 몰랐고, 그도 내 이름을 알지 못했다. 센강이 우리 앞에서 회색에서 하얀색으로 빛깔을 바꾸는 동안, 우리는 난간에 앉아 대수롭지 않은 이야기를 나눴다. 태양이 사라지면 나는 내게 십 분이라는 시간이 남아 있음을 알아챘다. 나는 그를 향해 몸을 돌려 슬픈 미소를 지었다. 그도 미소를 지으며 약간 가엽다는 듯이 마지막 남은 담배를 건넸다. 시간을 걱정하는 나에게 그가 보인 연민과 동정이 짜증스럽게 느껴지지는 않았다. 나는 결국 그에게 기숙사에 늦게 돌아가면 쫓겨난다고 말해버리고 말았다. 그는 전혀 놀란 기색이 아니었지만, 진지한 얼굴로 나를 불쌍히 여겼다. 순간적으로 나는 그에게 그와 같은 사람이 돼서 강변을 산책하며 사는 편이 더 낫겠다고 말했다. 그가 웃음을 터뜨리며 말했다.

"당신이 생각하는 것보다 훨씬 어려워요. 자질이 있어야 한다니까요!"

나는 그것이 무엇인지 물었다. 그는 내게 "사는 법을 아는 것"이라고 대답했다. 내게 산다는 것은 친구와 돈을 갖고 춤추고 웃고 읽는 것이었는데, 그는 그 모든 것 중에 어느 것도 하지 않는 사람이었다. 나는 저녁 내내 생각하다가 다음 날 그에게 산다는 것이 무엇을 의미하는지를 물어보리라 결심했다.

이튿날 비가 조금 내렸다. 그래도 반 친구들은 우비를 입고 외출했고, 나는 나대로 덧옷을 입고 빗속으로 나갔다. 그가 가고 없을까봐 걱정이 되어 계속 달렸다. 나는 숨을 헐떡거리며 비에 젖은 채 도착했고, 그는 다리 밑에서 늘 그렇듯 담배를 물고 있었다.

그가 보따리에서 더럽고 구멍이 난, 커다란 스웨터를 꺼내 내 덧옷 위에 걸쳐줬다. 센강 위로 빗물이 천천히 떨어지고 있었다. 강은 서글프고 물은 탁해 보였다. 나는 그에게 '사는 법'이란 말이 무엇을 의미하는지 물었고, 그는 웃음보를 터뜨리며 대답했다.

"생각에 일관성이 있으시네요. 어쨌든 나는 내일 떠나야 하니 이야기를 해드리죠."

그는 아내와 아이들 그리고 좋은 차와 돈이 있었다고 이야기했다. 그는 웃으며 말했다. "최고의 환경이었어요. 아침 여덟 시에 출근해서 온종일 일을 하고, 저녁에는 아름다운 아내와 예쁜 아이들을 보고 칵테일을 마셨죠. 친구들과 저녁 식사를 했고, 같은 주제로 대화를 나눴고, 극장에 가고 연극을 보고 매우 아름다운 해변에서 휴가를 보내는 것에 열광했죠. 그러다 어느 날……."

어느 날 그는 지겨워졌다. 불현듯 그의 인생이 흘러가고 있다는 것과 정작 자신은 그 흘러가는 인생을 볼 새가 없다는 사실을 깨달았다. 그는 자신이 톱니바퀴 같은 것에 물려서 아무것도 이해하지 못한 채, 20년 후에 어느 정도의 지위를 유지하는 것 외에는 아무것도 한 일 없이 죽을 수도 있다는 사실을 깨달은 것이다.

"시간이 흐르는 것을, 날이 저무는 것을 보고 싶었어요. 내 손목에서 피가 팔딱팔딱 뛰는 소리를 듣고 싶었고, 세월의 냉혹함과 달콤함을 느끼고 싶었습니다. 그래서 떠났죠. 사람들은 내가 책임감이 없다고 말했지만, 약간의 돈을 주기도 해요. 그 이후로는 산책을 하지요. 강을 보고 하늘을 보고, 해야 할 일은 아무것도 없어요. 사는 거죠. 그것뿐입니다. 아마도 당신에게는 이상하게 들리겠죠, 그렇죠?"

나는 그의 말이 이상하게 들리지 않았다. 다만 나 역시 언젠가 톱니바퀴 같은 것에 물리게 될 거라고, 아무것도 보지 못하고 이해하지 못한 채 어쩌면 발버둥을 쳐야 했다고, 격렬히 발버둥을 쳐야 했다고 말하며, 얽매인 시간과 다가오는 나의 죽음을 보게 될 거라고 생각했다. 처음으로 나는 그의 손을 잡았다. 거칠고 메마른 손이었지만 기분 좋은 감촉이었다.

어쩌면 나의 유일한 친구일지도 모르는 그가 떠나려 하고 있었다. 나는 그를 다시 볼 수 없을 것이라는 생각에 그에게 물었고, 그는 내게 영영 다시 볼 수 없겠지만, 그런 것은 중요하지 않다고 말했다. 센강 변에서 보낸 그 여름의 일주일은 친구를 사귀고, 친구를 잃기에 좋은 시간이었다. 그리고 그는 내게 미소를 건네며 떠났다. 나는 햇빛 속으로 멀어지는 그의 모습을 지켜봤다.

나는 기숙사까지 달렸다. 이제 하얀 햇살이 쏟아지던 거리를 지나 센강까지 달아나는 일은 없을 것이다. 그러나 다른 것 하나, 행복한 피로 같은 것 그리고 그날 이후 친숙한 짐승처럼 내게 매달려 있던 시간의 냄새만이 남았다.

프랑수아즈 사강(1935–2004)

20세기 프랑스의 소설가. 열아홉 살에 《슬픔이여 안녕》으로 문단에 데뷔하여 비평가상을 받았다. 스피드광, 사람들의 입에 오르내리기 좋은 사생활, 폭음과 마약과 도박, 사강의 인생은 그녀의 글만큼이나 관심을 받았다. 마약 복용으로 재판을 받던 중에 했던 변론 "나는 나를 파괴할 권리가 있다"라는 말은 지금도 사강의 어록처럼 남아 있다. 대표작으로 《브람스를 좋아하세요》, 《어떤 미소》, 《한 달 후, 일 년 후》 등이 있다.

마르그리트 뒤라스

80년 여름, 첫 번째

그러니까 이 글은《리베라시옹》*을 위해 쓴 글이다. 기사의 주제는 없다. 그렇지만 어쩌면 불필요할 것이다. 아마도 비에 관해서 쓰게 될 것 같다. 비가 온다. 6월 15일부터 비가 온다. 길을 걷듯이 신문에 실릴 글을 써야 할 것이다. 사람들이 길을 걷고 쓰고 도시를 통과한다. 사람들이 도시를 통과하면, 도시는 멈추고 걸음은 계속된다. 시간, 날짜, 하루를 통과하는 것처럼 그리고 지나간 하루는 멈추는 것처럼. 바다에 비가 내린다. 숲속 해변이 텅 비었다. 여름 파라솔은 접혀 있는 것도 없다. 드넓은 모래사장에 유일한 움직임은 여름 캠프다. 올해는 매우 어린 아이들이 온 듯하다. 가끔 캠프장 강사들이 아이들을 풀어놓는데, 그것은 미치지 않기 위해서다. 아이들은 소리 지르며 오고 빗속을 가로질러 바다를 따라 뛴다. 그들은 즐거워 소리를 지르고 젖은 모래와 싸운다. 한 시간 정도 지나면 아이들은 아무것도 할 수 없게 되고, 그러면 안으로 들여보내 〈월계수가 부러졌네〉라는 노래를 부르게 한다. 한 명만 빼고. 한 명은 가만히 보고만 있다. 너는 뛰지 않니? 아이는 말한다. 아니요. 그렇군. 아이는 다른 아이들이 노래하는 것을 바라본다. 누군가 묻는다. 너는 노래하지 않니? 아이는 노래를 하지 않는다고 한다. 그러고는 입을 다물고 운다. 사람들이 묻는다. 너는 왜 우니? 아이는 자신이 우는 이유를 말해도 이해하지 못할 테니 말할 필요가

* 프랑스 일간지. 대표적인 좌파 성향의 언론이다.

없다고 말한다. 로슈누아르*에 비가 내린다. 로슈누아르의 작은 점토질 언덕, 담수로 사방에 구멍이 뚫려 천천히 앞으로 향하는 그 진흙은 바다로 미끄러지듯이 스며든다. 그렇다, 신의 손에서 나온 이 점토질 언덕에서 10킬로미터 떨어진 곳에 인구 10만 명의 도시를 세울 만한 곳이 있다. 그러나 이번만큼은 아니다. 불가능하다. 그러니까 검은 화강암과 바다에 비가 내리는데 아무도 봐줄 사람이 없다. 아이를 제외하고. 그리고 그 아이를 보고 있는 나를 제외하고. 여름은 오지 않았다. 여름 대신에 무엇이라고 꼬집어 말할 수 없어 분류할 수 없는 지금의 날씨가 있다. 사람과 자연 사이에 서 있는 그것은 물과 안개로 만든 불투명한 벽이다. 여름, 또 이런 생각은 무엇인가? 이렇게 늦는 동안 여름은 어디에 있었던가? 그곳에 있는 동안 여름은 무엇이었단 말인가? 어떤 색으로, 어떤 열기로, 어떤 환영으로, 어떤 가식을 떨었단 말인가? 바다는 물보라 속에 갇혀 있다. 르아브르도, 앙티페르 항구 앞에 정박한 유조선들의 긴 행렬도 보이지 않는다. 오늘의 바다는 거칠다. 비는 오지 않는다. 어제는 폭풍우가 몰아쳤다. 바다는 멀리 하얀 파편들이 뿌려져 있고, 가까이에서 완전히 새하얗다. 하얀색으로 가득하다. 바다는 끝도 없이 하얀빛을 한 아름 가득 내보내고, 마치 자신이 군림하는 쪽으로 모래와 빛으로 이뤄진 신비스러운 목장을 주워 모아 실어가듯 점점 더 넓게 끌어안는다. 이 벽 뒤로 꽉 찬 도시는 영국식 거리의 셋방과 회색 기숙사 안에 갇혀 있다. 유일한 움직임은 끝도 없이 소리를 지르며 언덕을 내려오는 아이들의 눈부신 횡단이다. 7월 1일 이후로 도시의 인구가 8천 명에서 10만 명이 됐지만, 그들은 보이지 않는다. 거리는 텅 비었다. 사람들은 중얼거린다. 낙담하여 다시 떠나는 사람이 있다고. 상점들이 떤다. 7월 1일 이후로 이곳은

* 프랑스 중부, 쿼드돔에 있는 작은 도시.

물가가 두 배나 오르기만 했다. 8월에는 세 배가 되는데, 그들이 떠나면 우리는 어떻게 되는 것인가? 해변은 다시 바다와 바람과 소금으로 노는 광풍과 공간의 어지러움과 바다의 눈먼 힘에게 되돌아갔다. 새로운 행복, 새로운 기쁨에는 전조의 신호가 있다. 그것은 이미 이 재앙 속에서 돌며, 매일 우리들의 지도자에 의해 슬프게 기록된다. 거리에는 바람 속을 혼자 걷는 사람들이 있다. 그들은 방수복을 뒤집어썼으며, 눈으로 미소를 지으며 서로를 본다. 폭풍우를 통과하여 소식이 왔다. 다가올 힘겨운 한 해와 좋지 않은 반기(半期), 보잘것없고 서러운 하루와 증가하는 실업률을 위해 프랑스인들에게 새로운 노력을 요구한다는 것이다. 우리는 어떤 노력을, 어떤 해를 말하는지, 왜 갑자기 달라졌는지 더는 알지 못하며, 그 남자가 새로운 것이 있고 시련 앞에 우리와 함께 있다고 말하는 것을 더는 듣고 있을 수 없다. 우리는 절대 그를 볼 수도, 그의 말을 들을 수도 없다. 모두 거짓말쟁이. 나무 위에 비가 내린다. 곳곳에 꽃이 핀 쥐똥나무에, 사우샘프턴, 글래스고, 에든버러, 더블린까지, 이 단어들, 비 그리고 차가운 바람. 우리는 이 모든 것이 바다의 무한함과 우는 아이 때문이기를 바란다. 먼바다를 등진 갈매기는 거친 바람에 깃털이 매끄러워진다. 그렇게 모래사장 위에 남았다. 바람에 맞서 날았다면 날개가 부러졌을 것이다. 갈매기들은 폭풍에 녹은 채로 방향을 상실한 비의 동정을 살핀다. 달리지도 노래하지도 않는, 우는 아이만이 혼자 남았다. 사람들이 그 아이에게 묻는다. 잠 안 자니? 아이는 자지 않는다고, 요즘은 파도가 높고 더 세진 바람이 천막 사이로 들린다고 말한다. 그리고 아이는 입을 닫는다. 아이는 이곳에서 불행할까? 아이는 대답하지 않는다. 아이는 알 수 없는 신호를 보낸다. 아주 가벼운 통증 같은, 사과하게 될 무지의 신호를, 어쩌면 미소를 짓기도 한다. 우리는 갑자기 깨닫는다. 아이에게 묻지 않는다. 뒤로 물러난다. 아이를 그냥 놔둔다.

본다. 눈부신 바다가 저기 있음을 본다. 저기도, 저기, 눈 속에, 아이의 눈 속에.

마르그리트 뒤라스(1914–1996)
프랑스 소설가. 프랑스의 식민지였던 베트남에서 태어나고 자랐다. 소르본에서 정치학과 법학을 공부하다가 문학과 예술 분야의 지식인들과 어울리면서 본격적으로 글을 쓰기 시작했다. 베트남에서 보냈던 어린 시절을 소재로 한 소설《철면피들》로 문단에 데뷔했고, 50여 년 동안 70편에 달하는 작품을 발표했다. 연극, 영화로도 영역을 확장해나갔고, 1984년《연인》으로 공쿠르상을 받았다. 대표작으로《부영사》,《모데라토 칸타빌레》,《태평양을 막는 방파제》,《고통》,《히로시마 내 사랑》 등이 있다.

마르그리트 뒤라스

80년 여름, 세 번째

갑작스러운 폭풍이었다. 바람이 엄청난 송풍기처럼 불어왔다. 일곱 시간 내내 멈출 생각을 하지 않았고, 어느 가정집의 기둥머리, 캠핑 트레일러, 유람선 그리고 한 아이를 데려갔으나, 앙티페르의 어떤 유조선도 부수지 않았다. 바람과 물결, 신들 사이에 힘겨루기가 펼쳐졌고, 비가 멈췄다 하늘이 다시 열렸고, 태양이 모습을 드러냈다. 억만장자, 그가 저기, 발가벗은 하늘에 있다. 그리고 그 아래, 사람들이 있다. 수많은 이들이 집에서 나와 그들의 누운 몸으로 해변을 완전히 덮었다. 사람들이 아, 마침내 태양이군, 나는 태양이 필요해, 태양은 삶 그 자체야, 라고 말하는 것을 들었다. 그리고 그들은 입을 다물었다. 해변에 권태가 내려앉았다. 불변하는 맑은 날씨에 찾아오는 권태, 비가 지나가는, 덧없는 하늘에서 사라져버린 움직임으로부터 나오는 권태. 입을 다문 아이는 캠프에 온 다른 아이들과 함께 정확하게 지정된 구역 안에 머물고 있다. 모래사장은 어른들의 차지가 됐다. 그렇다, 아이들은 방해가 된다. 아이들이 있으면 자지도 읽지도 말하지도 못한다. 아이들은 거의 인생만큼이나 성가시다. 젊은 여강사가 말했다. 옛날 옛적에 다비드라는 소년이 있었습니다. 금발에 얌전한 소년은 아미랄 시스템이라는 이름의 커다란 배를 타고 세계 일주를 떠났습니다. 그런데 저런, 성난 파도가 치기 시작했습니다. 매우 성난 파도가. 이란에서는 마침내 죽음의 정부가 권력을 잡았다. 제일 강력한 힘을 가진 정당은 살해의 가능성과 그것을 실행하는 다소 커다란 권한으로 식별된다. 그들은 도둑들을 총살하고, 마약 밀매범들을 죽인다. 그리고 동성애자들을 살해한다. 그것은 이란에서도 러시아처럼 대중과 정부로부터 받는 치욕에 맞서 동성애 사실을 밝히는 일이 중요한 정치적 행위와 다름없기 때문이다. 그리고 그 행위는 자신의 영성을 선택하는 일부터 육체적 행위를 선택하는 일까지, 인간이 가진 다른 모든 자유의 표현에서 가장 가치 있는 예이다. 그러니 독재적 전체주의가 동성애와 여성을 핍박하는 것은 당연하다. 바다는 뿌연 파란색이다. 젊은 여강사의 이야기를 실어갈 바람은 없다. 미리 알림을 받은 다른 아이들도 이야기를 듣기 위해 온다. 돛단배들은 잠을 자고, 수평선에는 검은 안개가 폈다. 길이 412미터, 넓이 70미터인 나의 공룡들의 행진, 유순하고 기다란 나의 석유 고래들, 그들은 유리 도마뱀처럼 눈이 멀었으며 깨지기 쉽고, 불, 화산, 악마만큼이나 위험하다. 그들은 바다가 가진 힘을 모두 알지 못하는 임시 조종사의 손에 맡겨져 있다. 우리는 이 바다의 힘을 잘 알지 못한다. 아니, 겨우 알기 시작했을 뿐이다. 지금까지 선박의 형태와 비율은 인간이 이 힘을 꺾을 수 있게 계산됐던 것이지 끌려다니기 위한 것이 아니었다. 그러나 이곳에서 마침내 바다는 자신에게 꼭 맞는 먹잇감을 찾은 것이다. 여강사는 이야기를 이어간다. 파도가 너무 험해서 아미랄시스템호가 침몰했습니다, 아미랄시스템호의 모든 게 사라졌습니다. 사람들, 재물, 그 아이, 어린 다비드만을 제외하고. 그곳을 상어 한 마리가 지나간다고 상상해봅시다. 상어는 아이가 울면서 헤엄치는 것을 보고, 그날 상어의 머릿속에 무슨 일이 일어났는지 모르지만, 다비드에게 말합니다. 아이야, 내 등에 타렴. 너를 무인도로 데려다주마. 둘은 그렇게 떠납니다. 상어는 다비드에게 롱아일랜드 항구와 낸터킷에서 청어 떼를 위해 경비를 섰기 때문에 그곳을 잘 안다고 말합니다. 그곳에서 상어는 난파선들을 봤습니다. 아, 난파선이라면 정말 많이 봤습니다.
나는 앙티페르에 대해 전혀 모른다. 내가 아는 것은 앙티페르라는 말뿐이다. 그 단어는 어미가 없고 낯설며 의미를 가져보려 끊임없이 애쓰지만 절대 갖지 못하고 쉽게 잊히지 않는다. 말을 하지 않는 아이가 거기 있다. 그 아이는 다비드의 이야기를 듣고 있을까?
여강사는 상어가 매우 빠르게 수면 위로 향하며 눈처럼 하얀 물보라를 양옆으로 일으키면서 어부들을 감시하고, 청어 떼에게 알려주러 가기 위해 어떻게 항만 시설 밑에서 자신의 인생을 보내는지 울부짖으며 이야기한다고 말한다. 여강사는 매우 천천히, 아주 훌륭하게 이야기를 들려준다. 그녀는 아이들이 얌전히 있기를 바란다. 아이들은 매우 얌전히 있다. 상어의 이름은 라케타붐입니다. 라케붐붐, 아이들이 따라 한다. 입을 다문 아이는 이야기를 듣고 있을까? 우리는 이야기가 어떤 형태로 그 아이에게 도달하는지 알 수 없다. 마치 조금은 그가 처음으로 어떤 이야기를 듣고 있는 것 같다. 아이는 움직이지 않는다. 여강사를 보고 있지만, 그의 회색 눈동자 안에는 아무것도 보이지 않는다. 어쩌면 무감각한 상태일까? 그럴 수도 있다. 그의 내면에 어떤 것도 이야기에 반응하지 않는다. 아이에게는 아직 여유가 없다. 그러니까 자기 자신 밖으로 미끄러져 들어갈 시간, 그래, 시간이 없다. '그'라는 단어, 아이는 그것을 여전히 바라본다, 본다. 아이가 바라보고 또 보는 것은 그의 외부에서 떨어져나감과 내면의 들이침이며, 동등한 힘을 가진, 떼어낼 수 없는 이 둘의 움직임이다. 아이는 아직 이것을 모른다.
하늘은 잠잠하고, 제비 떼가 벌레를 사냥하기 위해 해변 위로 날아든다. 새들은 거대한 연못이라고 믿다가 자신들의 실수를 깨닫고 언덕으로 다시 떠난다. 상어는 울고 있는 다비드를 혼냅니다. 그는 다비드에게 자신이 아미랄시스템호의 승객들을 삼켰고, 그중에 다비드의 아버지와 어머니가 있었다는 사실을 상기시키는

것은 못된 짓이라고 말합니다. 다비드는 상어에게 사과하고, 바다
위로 서서히 섬이 나타나는 동안 눈물을 참습니다. 종려나무
다발 같은 적도의 섬입니다. 이제 모두 수영하러 갑시다, 다음번에
계속, 강사가 말한다. 분노에 찬 외침, 그들은 모두 잔잔하고
따뜻한 바다에 뛰어들 것이다. 그리고 7월 25일이 왔다. 예고 없이,
무더위의 태풍처럼. 태양은 거기, 꿈쩍하지 않고 있었다.
그늘에서도 30도를 웃돌았다. 사람들은 호의적인 그 해안에서
무슨 일이 일어날지도 모른다고 했다. 청어들도 산란하지 않고
아일랜드 해안으로 갔다. 그들은 해안이 닫혀 있었던 백악기 때처럼
그 주변을 맴돌았다. 그리고 해변은 버려졌고, 사람들은 눕기 위해
나무 그늘과 천막, 방치된 커다란 호텔 벽의 그늘로 갔다. 지금부터
50년 전에 사람들은 그 벽 뒤에서 밖으로 나가기 위해 밤을
기다리곤 했다. 그리고 지치게 만드는 강력한 더위가 다시 한 번
찾아오자 사람들이 돌아왔다. 해변은 사회에서 맡은 직책에
상관없이 휴가를 떠난, 수많은 사람의 육체로 다시 뒤덮였다.
그 해변에는 천년 전에 신과 망자들을 사랑했던, 예를 들어 칼데아
사람들, 바이킹, 유대인, 시아파 교도들, 만주족보다 낮은 지능을
가진 이들이 널려 있었다. 그리고 그것에 대해, 나는 확신한다, 또한
그것을, 나는 알고 있다. 그쪽 해변에 있는 이들은 모두 부자다.
그들 모두 현재 통용되는 지식에 능하기 때문이다. 유일하게 자신의
문제를 돌볼 수 있는 지식이자, 긍정적이고 신뢰할 수 있는
어리석은 짓에 관한 지식, 사고는 없지만 억누를 수 없는 논리를
갖춘, 점점 좁아지는 길에서 자신의 인과관계와 상관없는 것이라면
모든 것을 배제하는 지식이다. 나는 그것을 알고 있다. 자, 그들은
그런 사람들이다, 상급자들이자 상급자를 가진 사람들, "상급자님,
저의 비루한 마음의 표현을 받아주십시오"라고 쓴 편지에
서명하는 사람들. 그들은 이곳의 억만장자다. 그들은 그들 자신일

뿐이고, 아무것도 아닌 그들 자신이며, 그들이 만들었던 것, 자동추적미사일, 국제 현금인출카드, 커피그라인더 같은 것은 만들 필요가 없었다는 사실을 생각조차 하지 못하는 사람들이다. 창작을 향한 인간의 위대한 유연성은 버려졌다. 그렇다. 결국, 어젯밤 모스크바의 심사위원들은 여전히 러시아와 독일의 체조 선수들이 완벽했지만 충분하지 않았으며, 그 작은 루마니아 선수, 규정에 따르면 그녀의 설명할 수 없는 우아함은 스포츠 심사 기준에 속하지 않는다고 했던, 그 나디아 코마네치*를 징계해서는 안 된다는 것을 인정하는 데 오랜 시간이 걸렸다. 밤이 더웠다. 낮에는 여름 캠프에 온 아이들이 파랗고 하얀 텐트 속에서 낮잠을 잤다. 입을 다물고 있던 아이는 눈을 감았고, 다른 아이들과 전혀 다를 바 없었다. 그 아이에게는 우리가 잠을 잘 때 보이는 엄숙함과 은밀한 생각에 주의를 기울이는 듯한 모습이 있었다. 여강사가 아이 곁에 다가왔다. 그러자 아이가 눈을 떴다. 잤니? 아이는 여전히 미안한 미소를 지으며 생각한다. 아이는 대답하지 않는다. 너는 네가 언제 자는지 모르니? 아이는 아직도 생각한다. 여전히 기분을 상하게 만들지도 모른다는 두려움 속에서 다시 미소를 짓는다. 아이는 잘 모르겠다고 말한다. 몇 살이니? 아이는 여섯 살 반이다. 여강사는 아이를 강렬한 눈빛으로 바라보다 그 자신도 미소를 지으며 말한다. 아이들에게는 이야기를 들려줘야만 해. 이해하지? 아이는 알겠다는 신호를 보낸다. 여강사는 아이를 계속 바라본다. 그녀의 입술이 떨린다. 내가 너에게 입을 맞춰도 되겠니? 아이는 미소 짓는다. 네, 입을 맞춰도 된다. 그녀는 아이를 품에 안고, 아이의 머리카락에 입을 맞춘다. 있는 힘을 다해 아이의 몸에서 나는 냄새를 들이마신다.

* 루마니아의 체조 선수. 완벽한 연기로 만점을 받은 전설의 체조 선수이나 독재정권의 우위를 선전하는 선전 도구로 이용됐으며 핍박을 받기도 했다.

그녀는 흐느낀다. 아이를 꼭 껴안고 있던 팔을 푼다. 감정이 사라지기를 기다린다. 아이는 그녀와 함께 감정이 진정되기를 기다린다. 됐다, 여자는 아이의 몸에서 팔과 입술을 거둔다. 그녀의 눈에 눈물이 고여 있다. 그것을 보던 아이가 말한다. 그녀의 고통에 대해서가 아니다. 아이는 태풍이 불고, 거센 파도가 몰아치고, 비가 내리던 날들이 그립다고 말한다.

폴 베를렌

네버모어

예전에는 보잘것없었던 선술집에 석양빛이 가득하다. 뜨거운 빛이 유리창에 불을 붙이고 붉은 벽돌로 된 바닥 위에서 춤을 추며, 구리판을 붙인 떡갈나무 찬장의 자기 그릇에 번쩍이는 핏빛 구멍을 숭숭 뚫는다. 그리고 내가 꿈을 꾸고 있던 테이블까지 넘어와 턱을 괸 손과 커다란 맥주잔에 담긴 흑맥주를 붉게 물들인다.

종업원은 여전히 내가 알던 그 여자다. 그녀의 덥수룩한 다갈색 머리카락 사이로 흰 머리카락이 몇 가닥 보인다. 그녀는 내게 대장장이인 남편과 자식들에 대해 이야기하는데, 큰아들이 5년 후에 군대에 입대한다고 한다. 나는 때때로 그녀의 말을 이해하는 데 어려움을 느낀다. 그녀의 사투리 때문이다. 어떨 때는 대답을 제대로 하지 못한다. 내가 꿈을 꾸고 있기 때문이다.

나는 꿈을 꾸면서 낮은 창문 너머로 큰 도로를 본다. 첫 번째 주택가가 보이는 어느 마을로 가는 대로다. 그중 하나는 다른 집보다 더 높아서 서쪽에서 든 빛이 유독 정성스럽게 그 집 지붕의 기와를 어루만진다.

때때로 쇠스랑이나 쟁기를 끄는 말이 지나가는데, 어느 촌사람이 말의 태도에 따라 휘파람을 불거나 거친 언어로 말을 이끈다. 혹은 6주 전 묵직했던 사냥 자루를 생각하며 아쉬워하는, 손이 가벼운 사냥꾼도 지나간다. 농부와 사냥꾼이 가끔 들어와 술을 마시고, 파이프 담배를 피우며 소식을 주고받은 후에 돈을 내고 나간다. 나는 꿈을 꾼다.

그 선술집에서 나는 나를 다시 만난다. 몇 개월 더 젊었던 나는 지금 팔꿈치를 괴고 있는 이 테이블 근처에 앉아서 오늘처럼 맥주를 마셨다. 석양이 붉게 물들인 흑맥주를.

그리고 매일 밤, 돌아가면 늦었다고 다정하게 나를 타박하던 연인과 누이를 생각한다. 어느 겨울 아침, 까맣고 하얀 옷을 입은 남자들이 라틴어로 노래를 부르며 그녀들을 찾으러 왔다.

내가 꿈을 꾸는 이 선술집을 밤이 에워싸는 동안, 불행의 끔찍한 낙담이 잊지 않고 내 안을 소리 없이 파고들어 길 끝에, 다른 집들보다 조금 더 높은 집으로 나를 내쫓는다. 그 옛날 즐겁고 달콤했던 그 집에서는 어두운 드레스를 입은, 잘 웃고 시끄러운 두 소녀가 나를 맞이할 것이다. 아무것도 기억하지 못하는 그 아이들은 잠이 들 때까지 엄마 놀이(가장 좋아하는 놀이)를 할 것이다.

폴 베를렌(1844-1896)
프랑스의 상징주의 시인. 프랑스의 시인 중 가장 순수한 서정시인으로 평가받으며 낭만주의에서 상징주의로 넘어가는 과도기를 대표한다. 랭보의 연인으로도 잘 알려져 있다. 저서로《화려한 향연》,《예지》,《말 없는 연가》등이 있다.

폴 발레리

지중해에서 받은 영감

이제 비밀을 밝혀야 합니다. 당신들에게 저에 대해 말해야만 합니다! 모두가 이미 알고 있는 비밀을 밝히려는 것은 아니니 염려하지 마십시오. 제가 말하고자 하는 것은 성장기의 저의 삶, 저의 감성과 어린 시절부터 제 눈 앞에, 제 영혼 앞에 모습을 드러냈던 바다, 오직 지중해와 관계되는 이야기로, 그저 몇 가지 개인적인 감상과 상념(어쩌면 일반적인)일 뿐입니다.

저의 시작부터 시작하겠습니다.

저는 크지도 작지도 않은 항구에서 태어났습니다. 언덕 아래, 만(灣) 끝에 자리 잡은 곳으로, 해안선에 바윗덩어리가 또렷이 보이는 곳이죠. 두 개의 사주(알프스의 부서진 바위들을 서쪽으로 역류시키는 론강의 하구에서 흘러나온 해류에 의해 휩쓸리고 불어나기를 멈추지 않는 모래)가 이어져 있지 않았더라면 혹은 랑그도크의 경사지에 연결되어 있지 않았더라면, 그 바위는 섬이 됐을 것입니다. 그러니까 바다와 아주 드넓은 연못 사이에 언덕이 솟아 있고, 이곳에서 미디 운하가 시작됩니다(또는 끝납니다). 이 언덕에서 내려다보이는 항구는 연못과 바다를 만나게 하는 분지와 운하로 형성되어 있지요.

바로 이곳이 저의 고향이고, 저는 이곳에 대해 태어나고 싶었던 장소 중 한 곳에서 태어났다는 천진한 생각을 품고 있습니다. 저는 이런 곳에서 태어났다는 사실에 만족합니다. 바다와 그곳에서 일하는 사람들을 마주하며 느끼는 감상이 저의 최초의 감상인 곳에서 태어났다는 것이 만족스러운 것이지요. 항구 위에 잘 자리 잡은 테라스나 발코니에서 바라보는 풍경만큼 멋진 장관이 없다고 생각합니다. 저는 아름다운 바다를 그리는 화가, 조제프 베르네*가 〈항구의 풍경〉이라 불렀던 것을 보며 며칠을 보낼 수도 있습니다. 이 특별한 장소 바로 옆에서 거래하고 건축하고 항해하는 인간과 인간의 산업이 한쪽에서 펼쳐지는 동안, 눈은 먼바다에 도취해 바다의 보편적 단순성을 소유합니다. 눈은 매 순간 영원히 원초적이고 무구한, 인간이 대체할 수 없는 자연의 존재를 향해 시선을 돌릴 수 있고, 계속해서 분명하게 만물의 힘에 복종합니다. 그리고 태초의 존재가 본 것과 똑같은 광경을 보게 되지요. 그러나 그 시선은 육지에 가까워지자마자 먼저 끝없이 해안을 만지는 시간의 불규칙한 작품을 발견하고, 또 그것에 맞춰 인간이 만든 작품을 봅니다. 쌓아 올린 건물들, 인간이 사용하는 직선, 평면, 아치형과 같은 기하학적인 형태의 작품들은 첨탑과 탑, 등대처럼 자연적 형태의 무질서와 우연에 맞서는 것으로, 건축과 자율적 노동의 반대이자 우리의 종에 복종하지 않는, 무너지고 추락하는 지질이 지닌 본래의 성질에 반하는 것이지요.

눈은 그렇게 인간적인 것과 비인간적인 것을 동시에 봅니다. 바로 여기서 위대한 클로드 로랭**은 자신이 느낀 바를 아름답게 표현했지요. 그는 지중해의 커다란 항구들을 가장 우아한 방식으로 찬양합니다. 미화된 제노바, 마르세유, 나폴리, 그곳을 장식하는 건물, 육지의 윤곽, 물의 경관이 연극 무대처럼 구성되는데, 거기에

* 클로드 조제프 베르네. 프랑스의 화가. 항구, 배의 난파 등 바다를 능숙하게 묘사했다.

** 바로크 시대의 프랑스 화가이자 소묘가, 판화가. 풍경화가로 유명하다.

단 하나의 인물, 그러니까 오직 빛만이 움직이고 노래하고 때로는 죽기 위해 그곳에 옵니다.

제가 말했던 그 언덕의 중턱에 제가 다니던 중학교가 있었습니다. 저는 그곳에서 어려움 없이 'rosa'*와 'rose'를 배웠고, 4학년 말에는 아쉬워하며 학교를 떠났습니다. 학생 수가 아주 소수라는 점에서 우리는 오만하게도 만족감을 얻었지요. 한 반에 네 명이었고, 저는 확률 높은 단순한 게임으로 특별한 노력 없이 네 번 중 한 번은 1등을 차지했습니다. 철학 수업은 더 운이 좋았지요. 학생이 두 명뿐이었거든요. 그래서 한 명은 반드시 최우수상을 받았고, 다른 한 명은 2등상을 받았습니다. 다른 방법이 없지 않았겠습니까? 그렇지만 균형이라는 것은 있었지요. 2등상을 받은 학생이 작문에서 1등 상을, 다른 학생은 (당연히) 2등상을 받았으니까요. 그리고 그다음에는……. 군악대의 연주에 맞춰 한쪽이 시상대에서 내려가면 다른 한쪽이 올라와 왕관과 상장을 받았습니다…….

코르네유**는 말했습니다.

위험 없이는 영광도 없으며, 위험 없이 이기는 것은 영광 없이 승리하는 것이다!

그러나 코르네유는 틀렸습니다. 거기에는 어리석은 실수가 있지요. 보통 영광이라는 것은 일반적으로 눈에 보이지 않는 노력에 따른 것이 아닌, 오로지 연출에 달린 것이니까요.

그 중학교는 어디에도 없는 매력이 있었습니다. 학교 교정에서 도시와 바다가 내려다보였거든요. 위로 갈수록 점점 넓어지는 계단식 지형으로, 작은 땅, 중간 땅, 큰 땅 순서로 지평선이 점점

* 라틴어로 '장미'를 뜻한다.

** 파테르 코르네유. 프랑스의 극시인. 프랑스 고전극의 아버지라 불린다.

더 넓게 펼쳐졌습니다(인생은 꼭 그렇지만은 않지요!). 그러므로 쉬는 시간에는 장관(壯觀)이 빠지지 않았습니다. 육지와 바다의 경계에는 매일 어떤 일들이 일어나기 마련이니까요.

어떤 날에는 명당에 자리 잡은 이 교정에 올라가 경이로운 연기가 하늘 위로 올라가는 광경을 바라봤습니다. 항구에 자주 드나드는 모터보트나 여객선의 익숙한 연기보다 훨씬 더 두껍고 넓게 퍼지는 연기였지요. 점심시간에 교문이 열리는 종이 울리자마자, 통학생들은 무리 지어 함성을 지르면서 부두로 달려나갔습니다. 그곳에서는 몇 시간 전부터 인파가 모여 꽤 커다란 선박이 불타는 모습을 지켜보고 있었지요. 정박지에서 끌려 나와, 멀리 떨어진 방파제에 버려진 배였습니다. 거대한 불꽃 다발이 솟아오르고, 음산하고 둔탁한 굉음이 바람을 따라 우리에게 달려드는 동안, 선창에서 맹렬하게 타오르던 불에 무너진 장루와 돛대가 마치 단숨에 잘린 것처럼, 땅이 꺼져버린 것처럼, 파괴된 것처럼 모든 의장품과 함께 주저앉아버렸습니다. 짐작하셨겠지만, 오후 수업에 빠진 학생들이 여럿이었어요. 저녁 즈음에 이 세 척의 범선은 겉은 멀쩡하지만 작열하는 물체를 속에 가득 담은 시커멓고 작은 배가 됐고, 그 불타는 조각들은 밤이 깊어질수록 더욱 도드라져 보였습니다. 사람들은 결국 그 지옥의 파선을 밧줄에 묶어 바다로 끌고 갔고, 마침내 배는 침몰하고 말았지요.

어느 날 우리는 해마다 해안을 따라 천 리를 항해하고 돌아온 함대가 도착하는 모습을 지켜봤습니다. 그 시절의 리슐리외, 콜베르, 트리덩과 같은 장갑함이었는데, 쟁기날 같은 충각*이 있고, 뒤로는 함석판 사다리, 깃발 밑으로 우리가 부러워하던 사령관의

* 군함의 함수 밑에 있는 뾰족하게 돌출된 부분.

관망대가 있었지요. 그 군함들은 보기 흉하고 위압적이었습니다. 여전히 큰 돛을 달고 있었고, 옛 유행을 따른 갑판의 난간은 선원들의 가방에 둘러싸여 있었습니다. 함대는 무기를 실은 아름답게 장식한 소형 보트를 육지로 보냈습니다. 장교용 보트가 물 위를 날았지요. 정확히 동시에 움직이는 여섯 벌 혹은 여덟 벌의 노가 5초마다 태양을 향해 섬광과 반짝이는 물보라를 일으켰습니다. 그 보트는 뒤로 그들의 깃발과 가장자리가 진홍색인 푸른색 융단을 물거품 속에서 끌고 다녔고, 보트 위에는 검은색과 금색의 제복을 입은 장교들이 앉아 있었습니다. 그 화려함은 해군들의 사명을 잘 보여주었지요. 그러나 잔과 입술 사이, 중학생인 신분과 해군 사관생도의 영광스러운 지위 사이에는 아주 심각한 장애물이 있었습니다. 그러니까 변하지 않는 기하학적 형태와 이해하기 어려운 함정과 수수께끼, 슬픈 대수와 우애 좋은 사인과 코사인은 바다와 나 사이, 꿈꾸던 바다와 경험한 바다 사이로 냉혹한 검은 칠판이 내려오는 모습을 (뛰어넘을 수 없는 철의 장막처럼) 절망적으로 바라보던 많은 이들을 의기소침하게 만들었습니다. 그러므로 바다를 향한 슬픈 시선에 만족하며 눈으로만 상상으로만 즐기면서 바다를 향한 그 불행한 열정을 글자와 그림으로 돌려야 했습니다. 일단 그 길은 쉬워 보였고, 열정 하나만으로도 충분히 열릴 것 같았으니까요. 그 길은 계획이나 시험이 아닌, 때를 의심하고 명확하지 않은 모든 난관을 스스로에 강요하는 예정된 운명들이지요.

이 몽상가들, 막 탄생한 시인들과 화가들은 이토록 많은 일이 일어나는 바다, 놀라운 형태와 계획의 발생지이자 아프로디테의 어머니인 바다가 그토록 수많은 모험에 영혼을 실어주며 아낌없이 주는 느낌에 만족했습니다. 제가 어릴 적에는 역사가 아직 물 위에서 이뤄지고 있다고 말할 수 있었어요. 우리의 어선들 대부분은 페니키아인들의 배에 새겨져 있던 표식과 같은 것을 뱃머리에 새기고 다녔고, 그것은 고대와 중세의 배들이 사용했던 것들과 다르지 않았습니다. 이따금 새벽녘에 이 견고한 어선들이 참치의 사체를 무겁게 싣고 돌아오는 것을 보면, 이상한 느낌이 제 영혼을 사로잡았습니다. 아주 맑은 하늘이지만 장밋빛 불이 밑에서부터 스며들었고, 천공이 천정점을 향해 더욱 푸르게 변하고 있었지요. 놀랍도록 하얀 파도가 부서져 섬광이 번쩍이던 바다는 이미 무척 어두웠습니다. 그리고 페슈트 쪽으로 수평선 조금 아래, 에그모흑뜨의 유령이었던 탑과 벽의 신기루가 있었습니다. 먼저 어선들의 삼각형 모양의 뾰족한 돛이 보였습니다. 삼각돛이 가까워지면, 배에 실린 커다란 참치들이 쌓여 있는 모습이 보였습니다. 대부분 크기가 사람만 하며 윤기가 나고 피로 뒤덮여 있던 그 힘센 동물들을 보고 있자면, 해안가까지 그 시체들을 데려온 군인들이 궁금해졌지요. 그것은 서사적 장엄함을 지닌 그림이었고, 저는 그것에 '십자군의 회귀'라는 이름을 붙여 줬습니다.

그러나 그 고귀한 광경은 또 다른 끔찍한 아름다움을 낳았습니다(그것에 관해 서술하는 것을 용서해주시기를).

참치 1백여 마리를 잡은 만선이 들어온 다음 날 아침이었습니다. 저는 수영하러 바다에 나가려고 했지요. 일단 놀라운 햇볕을 쬐기 위해 방파제 위를 걸었습니다. 시선을 내리자 몇 발자국 앞에 갑자기 납작하고 투명한 껍질 밑으로 끔찍하고 화려한 것이 보였고, 저는 온몸이 떨렸습니다. 붉은색의 역겨운 것, 은은한 분홍색 혹은 짙고 음산한 자주색 덩어리가 그곳에 쓰러져 있었지요……. 저는 두려움에 떨며 어부들이 바다에 내다 버린 해신 떼의 모든 장기와 내장 무더기를 알아봤습니다. 도망갈 수도, 눈에 보이는 것을 감당할 수도 없었어요. 그 역겨운 시체 더미가, 아직 핏빛 연기가 올라오는 그 끔찍한 전리품과 생체기관의 무질서한 색깔의 실질적이고 독특한 아름다운 감각이 내 안에서 갈등을 일으켰거든요. 맑고 깊은 물속에서 매우 느린 물결이 그 고깃덩어리 위로 미세한 금색의 떨림으로 흔들렸고, 떨고 있는 창백한 주머니는 아주 맑고 차가운 물속에서 무엇인지 모를 끈으로 묶여 있었지요.

눈은 영혼이 혐오하는 것을 좋아했습니다. 나는 혐오와 관심 사이, 회피와 분석 사이에서 어느 극동의 예술가였다면, 예를 들어 호쿠사이* 같은 재능과 호기심을 가진 남자였다면 그 광경을 보고 무언가를 그릴 수 있었을지 생각하려고 노력했습니다.

그는 어떤 판화를, 어떤 산호색 무늬를 떠올릴 수 있었을까! 그러자 저의 생각은 고대인들의 시 안에 담겨 있던 거칠고 잔인한 것으로 옮겨졌지요. 그리스인들은 끔찍하기 짝이 없는 장면을 그리는 것을 꺼려 하지 않았습니다……. 영웅은 도살업자처럼 일했지요. 신화, 서사시, 비극에는 유혈이 낭자했습니다. 그렇지만 예술은 이 맑고 투명하고 깊은 물에 비교될 수 있고, 저는 예술을 통해 이런 끔찍한 것들을 보았습니다. 결국 예술이 우리에게 모든 것을 고려할 수 있는 시선을 만들어주는 것이죠.

어린 시절 바다를 향한 저의 감상은 끝이 없지요! 항구의 부두에서 제가 즐기고 아꼈던 것들, 저를 매료시켰던 모든 것을 당신과 나누는 데, 예를 들어 증기와 석유가 몰살시킨 1백 년 전의 배, 이제는 거의 볼 수 없는 그런 배 중 몇 척을 설명하는 데 너무 많은 시간을 보낼 수는 없겠지만, 예를 들어 설명하자면 소형 범선은 우아한 동양풍 모양으로 이상하게 디자인된 길쭉한 뱃머리가 있었고, 깃털의 윤곽처럼 선명한 선으로 된 긴 안테나가 달려

* 가쓰시카 호쿠사이. 일본 에도 시대의 우키요에 화가. 고흐 등 인상파의 색채에 영향을 줬다.

있었으며, 무시무시한 손님들이 찾아와 약탈하고 우리에게서 부인과 아가씨들을 납치했던 시절의 사라센 그리고 바르바리아 선박과 거의 비슷했습니다. 나의 그 소형 범선들은 우수한 상품들을 운반하는 데만 쓰였어요. 그 배들은 선체가 노란색과 강렬한 녹색(순수한 톤의 승리)으로 칠해져 있었고, 포르투갈의 레몬 혹은 발렌시아의 오렌지가 갑판 위에 진한 색깔의 피라미드처럼 쌓여 있었습니다. 그 주변에는 뱃전에서 떨어졌거나 버려진 다량의 노란색 혹은 붉은색 과일이 잔잔한 녹색 수면 위로 떠다녔지요.

여기서 복잡하고 황홀한 그 기이한 향기를 찬양하려고 하지는 않겠습니다. 그것은 숯, 타르, 알코올, 생선 수프, 짚과 코프라가 발효되는 냄새로 항구의 분위기를 후각의 백과사전 혹은 후각의 심포니를 만들었고, 그 위력과 저의 생각의 연상작용이 만든 왕국이 서로 다투었습니다…….

그렇지만 저는 이 상대적인 비밀 안에서, 구체적인 것에서 추상적인 것으로, 감상에서 생각으로 나아가며, 이제 담론의 형식과 구성이 문체와 이미지 그리고 수식어에 연결된 것처럼 색과 냄새에 연결된, 가장 단순하고 가장 깊으면서 가장 완전한 이 존재 전체의 감각에 관한 이야기를 꺼내야 합니다.

그 막연한 감각은 무엇일까요?

저는 당신 앞에서 물의 광기와 만난 진짜 광란의 빛을 봤던 사실을 인정하겠습니다.

저의 유희는, 저의 유일한 유희는 가장 순수한 놀이, 바로 수영이었습니다. 저는 그 놀이를 시를 쓰듯이 했고, 그 시를 〈무의지의 시〉라 이름 붙였습니다. 운문의 형태로 만들거나 운문으로 완성하지는 못했으니까요. 제가 그 시를 썼을 때, 저의 의도는 수영하고 있는 상태를 노래하려고 했던 것이 아니라 수영 그 자체를 그리는 것이었지요(그 둘은 매우 다릅니다). 그것은 그 주제 자체만으로 시적인 형태를 띠고 있습니다. 수영 그 자체가 시 한가운데에서 스스로 지탱하며 움직이기 때문입니다.

폴 발레리(1871–1945)
20세기 전반 프랑스의 시인, 비평가. 대학 시절에 말라르메와 교류하며 그의 전통을 재건하고 확립하여 상징시의 정점을 이뤘다. 대학 졸업 후《테스트 씨와의 저녁》을 발표한 후 절필한다. 20년 동안 글을 쓰지 않다가 오랜 침묵을 깨고 최고의 걸작《젊은 파르카 여신》을 발표한다. 1928년에 발표한《시론》으로 프랑스 문단에 커다란 논쟁을 일으키기도 했다. 대표작으로《해변의 묘지》,《나르시스 단장》등이 있다.

알퐁스 도데

도착

얼마나 엄청난 여행이었는지! 30년이 지났지만, 그때를 떠올리기만 해도 아직 다리가 얼음 속에 갇힌 듯한 느낌이며 위경련이 일어난다. 추위에 얇은 여름옷을 입고 삼등석 열차에서 보냈던 이틀! 나는 열여섯 살이었고, 아주 먼 곳, 보병으로 있었던 랑그도크의 오지에서 문학을 하러 왔다. 차비를 내고 내게 남은 돈은 40수가 전부였다. 그러나 무엇 때문에 걱정하겠는가? 희망이 두둑했는데! 기차역 식당 진열대의 케이크와 샌드위치의 유혹에도 나는 배고픔을 잊었다. 주머니에 조심스레 숨겨둔 하얀 동전을 내놓고 싶진 않았다. 그렇지만 여행이 끝날 무렵, 기차가 구슬픈 소리를 내며 샹파뉴의 슬픈 평야를 가로질러 우리를 이리저리 흔들며 데려갈 때는 멀미를 할 뻔했다. 내 여행의 동지들, 노래를 부르며 시간을 보내던 선원들이 내게 술통을 내밀었다. 용감한 사람들! 그들의 거친 노래는 얼마나 아름다웠던지, 48시간 동안 아무것도 먹지 못한 이에게 그들의 시큼한 술은 얼마나 달콤했던지!

그것이 나를 구했고 나를 되살아나게 했으며, 무료함이 나를 잠들게 했다. 나는 슬며시 잠이 들었으나 역에 도착할 때마다 잠에서 깼다가, 열차가 출발하면 다시 잠에 빠지기를 반복했다…….

철로에 울리는 바퀴 소리, 빛에 잠긴 거대하고 둥근 유리 천장, 쾅 소리를 내는 문, 굴러가는 짐수레, 안달하며 바삐 움직이는 사람들, 세관 직원들. 파리다!

형이 계단에서 나를 기다리고 있었다. 어린 나이에도 형으로서 책임감이 가득했던 그 현실적인 소년은 손수레와 짐꾼을 준비해놓았다.

"네 짐을 실을 거야."

예쁜 가방이었다! 못질과 바느질 자국투성이인 보잘것없는 트렁크는 내용물보다 가방 자체가 더 무거웠다. 우리는 아무도 없는 강변을 따라 잠든 거리를 지나고 짐꾼이 미는 손수레를 뒤쫓아서 라탱 지구로 향했다. 이제 막 날이 밝았고, 추위에 얼굴이 새파랗게 질린 노동자들과 집 대문 밑으로 아침 신문을 능숙하게 밀어넣는 신문 배달부만이 눈에 띄었다. 가스등이 꺼졌다. 그러자 거리, 센강 그리고 다리, 모든 것이 아침 안개 속에서 어둑어둑하게 나타났다. 나의 파리 입성기는 그랬다. 불안한 마음에 형 옆에 꼭 달라붙은 채로 내 의지와 상관없이 공포를 느꼈다. 우리는 계속 수레를 쫓아갔다.

"짐을 천천히 봐도 괜찮다면, 일단 아침을 먹으러 가자."

에르네스트*가 말했다.

"그래, 밥부터 먹자."

나는 말 그대로 죽을 지경이었다.

이럴 수가! 간이식당이, 코르네유 길의 간이식당이 아직 문을 열지 않았다. 우리는 오래 기다려야 했기에 몸을 녹일 겸 주변을, 커다란 지붕과 주랑 그리고 사원 같은 외관으로 나를 압도한 오데옹 근처를 산책했다. 마침내 덧문이 열렸다. 잠이 덜 깬 소년이 헐거운 실내화를 질질 끌고, 누군가 잠을 깨운 역참의 마구간 사람들처럼 투덜대며 우리를 들여보냈다. 동틀 무렵의 그 아침 식사는 내 기억에서 절대 지울 수 없을 것이다. 눈을 감기만 해도 다시 보인다. 아무것도 없는 하얀 벽과 초벽을 칠한 벽에 박힌

* 에르네스트 도데. 작가, 알퐁스 도데의 형.

옷걸이, 둥근 고리에 끼워 넣은 냅킨이 쌓인 계산대, 식탁보는 없지만 깨끗하게 윤이 나던 대리석 식탁, 잔, 소금 통 그리고 포도즙 자국 없이 아주 훌륭해 보이던, 와인이 담긴 작은 병이 이미 자리에 놓여 있었다.

"3수짜리 커피요!"

소년은 우리를 보면서 자기 마음대로 주문했다. 그 아침 시간에는 그를 제외하고는 홀에도 주방에도 아무도 없었기에 그는 혼자 "자! 여기"라고 말하며 우리에게 '3수짜리 커피'를 가져다줬는데 여기서 3수짜리 커피란 3수에 풍미가 있고 향이 좋으며 적절하게 감미로운, 바구니 안에 담긴 빵 두 개만큼이나 눈 깜짝할 사이에 사라져버리는 커피를 말한다.

우리는 이어서 오믈렛을 주문했다. 갈빗살 스테이크를 먹기에는 너무 이른 시간이었으니까.

"자, 오믈렛 2인분!"

소년은 크게 외쳤다.

"잘 익혀주세요."

형이 소리쳤다.

나는 사치를 즐기는 형의 태연함과 우아함에 감동해 몸을 숙였다. 디저트를 먹을 때는 건포도와 개암 열매가 담긴 접시를 앞에 두고, 서로 눈을 맞추며 식탁 위에 팔꿈치를 괸 채로 계획과 비밀을 나누지 않았겠는가! 밥을 먹은 인간은 더 나은 사람이 된다. 우울함과 걱정이여, 안녕. 그 소박한 아침 식사는 샴페인만큼이나 나를 취하게 했다.

우리는 서로 팔짱을 끼고 큰 목소리로 떠들며 식당을 나왔다. 마침내 해가 환하게 솟았다. 파리는 활짝 문을 연 모든 상점을 통해 내게 미소를 보냈고, 오데옹도 내게 인사하기 위해 상냥한 모습을 하고 있었다. 헐벗은 나무들 사이로 철문을 통해 보이던 뤽상부르

공원의 하얀 대리석 여왕이 우아하게 축제의 신호를 보내며 나를 환영하는 것처럼 보였다.

형은 부자였다. 형은 한 달에 75프랑을 받고 노신사의 수기를 받아 적는 비서 일을 했다. 내가 이름이 알려지기 전까지 우리는 75프랑으로 투르농 길에 있는 세나 호텔 5층의 작은 방을 나눠 쓰며 살아야 했는데, 다락방 같았던 그곳이 내게는 멋져 보이기만 했다. 파리지앵식 다락방이라니! 나는 세나 호텔이라는 커다란 글씨가 반짝이는 간판을 보기만 해도 자만심에 우쭐해졌고 황홀했다. 호텔 맞은편, 반대편 거리에는 지난 세기에 지어진 집이 한 채 있었는데, 그곳에는 합각지붕과 거리로 쓰러질 것처럼 담 위에 누운 무화과나무 두 그루가 있었다.

"리코르가 사는 곳이 바로 저기야."

형이 말했다. 그 유명한 리코르, 황제의 의사가 살고 있다고.

세나 호텔, 황제의 의사, 그 대단한 단어들은 나의 허영심을 간지럽혔고 나를 매료시켰다. 아, 파리의 첫인상이란!

생미셸 대로의 커다란 식당들, 생제르맹 대로와 에콜 길의 새로운 건물들은 착실한 젊은이들을 아직 동네에서 내쫓지 않았고, 투르농 길의 우리 호텔은 그 화려한 이름에도 불구하고 옛 원로 의원의 엄숙함을 뽐내지는 않았다.*

그곳에는 학생들, 가스코뉴 중부에서 온 무리가 모여 있었다. 살짝 잘난 척하던 용감한 소년들은 거만하고 유쾌했으며, 맥주와 집회를 좋아했다. 그들이 내는 커다란 저음이 계단과 복도를 가득 메웠다. 그들은 모든 일에 대해 쉼 없이 떠들면서 시간을 보냈다. 우리가 그들을 마주치는 일은 드물었고, 일요일은 예외였지만

* 투르농 길은 프랑스 가톨릭교회의 추기경이자 외교관인 프랑수아 드 투르농의 이름을 따서 지은 거리다. 그는 사실상 프랑스 식민 총독으로 군림했다.

그것도 우연히 그랬을 뿐이다. 그러니까 장학금으로 숙소의 식당에서 밥을 먹는 사치를 부릴 수 있을 때나 가능했다는 말이다.

바로 그곳에서 강베타*를 봤다. 그는 이미 우리 사이에서 유명했고 존경을 받고 있었다. 사는 것에 만족하고, 말하는 것이 행복한 골루아족 혈통이 섞인 이 고대 로마인은 창문이 흔들릴 정도로 우렁차고, 대부분 시끄러운 웃음으로 마무리되는 자신의 요란한 연설에 도취해 있었다. 그는 이미 학우들을 장악했다. 그 구역에서 그는 유명인이었고, 게다가 카오르에서 한 달에 300프랑을 받았는데, 그 시절 학생에게는 큰 액수였다. 그때부터 우리의 인연이 시작됐다. 그러나 나는 이제 막 지방에서 도착한, 겨우 촌티를 벗은 사람이었기에, 어떤 시기심의 그늘 없이 식탁 끝에서 그를 커다란 경외심으로 바라보는 것에 만족했다. 그와 그의 친구들은 열심히 정치에 관여했다. 그들은 이미 라탱 지구에서 틸르리 본부를 만들었지만, 나의 취향과 야망은 다른 것을 쟁취하길 원했다. 문학, 그것이 내 꿈의 유일한 목적이었다. 그해 내내 가난하고 빛나던 나는 청춘의 무한한 자신감으로 다락방에서 시를 썼다. 흔하면서도 감동적인 이야기다. 파리에서는 시구(詩句) 몇 개가 전 재산인 가난하고 젊은 괴물들을 백 단위로 셀 수 있으니까. 그러나 나만큼 완전한 가난 속에서 경력을 쌓기 시작한 사람은 아무도 없었을 것이다.

형을 제외하고 나는 그런 사람을 아무도 알지 못한다. 근시에 서툴고 내성적이었던 나는 다락방 밖으로 나갈 때면 변함없이 오데옹을 돌았다. 오데옹의 회랑을 걸었고, 문인들을 만날 것이라는 생각에 두려움과 기쁨에 취해 있었다. 그 예로 고(Gaut) 부인의

* 레옹 강베타. 프랑스의 정치가이자 변호사. 나폴레옹 3세의 전제에 반대했다.

가게 근처를 들 수 있다. 지긋한 나이에 검게 빛나는 놀라운 눈동자를 지닌 고 부인은 페이지를 찢지 않는다는 조건으로 진열대 위에 놓인 신간들을 볼 수 있게 허락해주셨다.

나는 부인이 유명한 소설가, 바르베 도르비이와 한담을 나누는 것을 본 적이 있다. 그녀는 긴 양말을 털실로 짜고 있었고, 《늙은 정부》의 작가는 '메로빙거 왕조풍 자세로' 주먹을 쥔 손을 골반에 올려놓고 있었는데, 검은색 벨벳 안감을 댄 그의 마차꾼 외투의 귀퉁이가 뒤로 젖혀지는 바람에 겉으로는 수수해 보이는 그 옷의 화려함을 고스란히 확인할 수 있었다.

누군가 다가온다. 발레스다. 미래의 코뮌 구성원인 그는 거의 매일 고 부인의 가게 앞을 지나갔다. 아침마다 공부를 하고 글을 쓰기 위해 가는 '모렐 어머니의' 서재에서 돌아오는 길이었다. 그는 성을 잘 내고 빈정거리는 달변가에 늘 보기 흉한 프록코트를 입고 다녔다. 짧고 뻣뻣한 수염이 거의 눈썹까지 닿을 듯 뒤덮인 우중충한 오베르뉴 사람의 얼굴을 하고 쇳소리 나는 무뚝뚝한 목소리로 말했고, 그 소리는 내 신경을 거슬리게 했다. 그는 막 〈돈〉이라는 글을 썼는데, 미레스*를 위해 그림 장식 대신에 100수짜리 동전으로 장식한 일종의 팸플릿에 쓴 글이었다. 그는 미레스의 동업자가 되기를 기대하며, 늙은 평론가 귀스타브 플랑슈와 떨어지지 못하는 사이가 됐다. 《두 몽드(Deux mondes)》 잡지의 이 엄정한 비평가는 냉혹해 보이는 늙고 뚱뚱한 남자로, 다리를 질질 끌며 발소리를 내는 거만한 필록테테스** 같은 사람이었다. 어느 날 나는 과감하게 타란느 거리의 카페 창문까지

* 쥘 이사크 미레스. 은행원이자 언론인. 그 당시 프랑스에서 중요한 경제계의 인물.

** 그리스신화 속 멜리아의 왕. 히드라의 독이 퍼진 헤라클레스를 돕고 그의 활과 화살을 받았으나, 훗날 맹세를 어겨 다리에 치명상을 입었다.

몸을 뻗어 손가락으로 유리창을 문질러서 그들을 엿봤다. 그 카페는 이제는 허물어졌지만 디드로가 40년 동안 살았던 집 옆에 있었다. 그들은 서로 마주 보고 앉았고, 발레스는 제스처를 많이 쓰며 열정적으로 이야기했고, 플랑슈는 브랜디가 담긴 술을 홀짝홀짝 마셔댔다.

그리고 크레소! 발레스가 〈항거 성직자들〉에서 불멸하게 만든, 그 사람 좋고 엉뚱한 크레소*를 잊을 수 없다. 나는 라탱 지구에서 그가 길고 마른 몸에 짧은 외투를 뒤집어쓴 채 슬프고 고통스러운 얼굴로 벽을 따라 걷는 모습을 자주 목격했다. 크레소는 시 〈안토니아〉**의 작가였다. 불쌍한 그랭구아르***는 어떻게 먹고 살았을까? 아무도 알지 못했다. 어느 날 지방에 사는 친구가 유산으로 그에게 정기적인 소액의 연금을 남겼고, 그날 크레소는 배불리 먹다가 죽었다.

내 기억에 새겨진 그 시절의 또 다른 인물은 쥘 드 라 마들렌이다. 그는 문학계 최고의 산문시 시인으로, 가치를 인정받지 못해 잘 알려지지 않았으나 《고통받는 영혼과 사프라스 후작》 같은 진정한 고대문학의 계보를 잇는 아름다운 작품을 쓰며 탁월한 창작을 하는 작가였다. 그의 기품 있는 몸짓과 금발 머리는 '틴토레토'****의 그리스도 그림을 연상시켰으며 엷은 이목구비는 조금 아픈 것처럼 보였고, 프로방스의 태양에 눈물짓던 눈에는 슬픔이 가득했다. 사람들은 그의 이야기, 열정적이며 우수한 혈통의 용맹한 사람의 이야기를 쑥덕거렸다. 1848년 6월 바리케이드에서 부상을 입은 그는 폭도병들 사이에 버려져 죽어가고 있었다. 어느

* 시인.

** 더 정확한 제목은 '안토니아의 눈물'이다.

*** 피에르 그랭구아르. 프랑스의 시인이자 극작가.

**** 이탈리아 베네치아파 화가.

부르주아가 길바닥에 있던 그를 거두었고, 그는 구원자의 집에서 숨어 지내다가 그의 가족들의 도움을 받아 다시 일어났다. 병상에서 일어난 그는 그 집의 딸과 결혼했다.

유명한 사람들과 만나는 것, 그들과 우연히 몇 마디를 주고받는 것, 그것이면 열정에 불을 붙이는 데 충분하다.

"나도 해낼 거야!"

우리는 믿음으로 그렇게 말했다.

무슨 기운으로 5층을 올랐는지, 특히 밤에 공부하기 위해 초를 사야 할 때는! 짧은 불꽃 아래에서 하얀 종이를 차례로 넘기며 공을 들여 시를 쓰고 희곡의 초고를 썼다. 대범함은 내게 날개를 달아줬다. 나는 미래가 내 앞에 커다랗게 열리는 것을 봤고, 크리스마스이브에 아래층에서 학생들이 시끄럽게 파티를 하고 계단의 둥근 천장 아래서 강베타의 목소리가 복도 벽에 반사되어 꽁꽁 언 내 방 창문을 흔드는 동안에도 열정적으로 쉬지 않고 시를 읊으며 나의 가난과 결핍을 잊었다.

그러나 길에 나가면 오랜 두려움이 다시 올라왔다. 특히 오데옹은 나를 너무 두렵게 했다. 그곳은 내가 처음 도착했던 날만큼 1년 내내 추워 보였고, 거대했으며 다가갈 수 없을 것 같아 보였다. 오데옹은 나의 열망과 마음속으로 소원하는 목표를 비웃는 듯했다. 나의 소심함과 예술가들이 들어가는 낮고 작은 문의 장엄한 문턱을 넘고 싶은 비밀스러운 유혹이 몇 번이나 되살아났던지! 몇 번이나 그 문을 통해 티스랑*이 칭송을 받으며 굽은 어깨에 외투를 걸치고 땅딸막하고 온화한 모습으로 프레데리크 르메트르**를 흉내 내는 모습을 봤던지! 그 뒤로는 플로베르와,

* 프랑스 배우.

** 프랑스 배우.

팔짱을 끼고 들어오는 그와 형제처럼 닮은《몽타르지 부인》의 저자 루이 부예*와, 이제 의원이 된 오스무아 백작이 들어왔다. 그들 셋은 무대에서 한 번도 본 적 없는 엄청나고 환상적인 희곡을 쓰고 있었다. 그들 뒤로 거인처럼 크고 군인처럼 행동하던 네다섯 명의 노르망디 사람들이 왔는데, 모두 비슷한 생김새에 금색 콧수염이 있었다. 그들은 루앙의 보병대원들과 첫 공연에서 부예의 지휘 아래 손뼉을 치던 중위들이었다.

그리고 아메데 롤랑,** 장 뒤부아,*** 바타유,**** 이 세 명의 젊은이가 티스랑의 커다란 외투 꼬리처럼 작은 문으로 슬며시 들어오기 위해 기회를 엿보곤 했다.

그 세 사람은 모두 부예처럼 문인이 되고 얼마 지나지 않아 사망했는데, 그렇기 때문에 오늘날에도 땅거미가 질 무렵 오데옹의 회랑을 걷고 있노라면, 그곳이 그림자 친구들로 가득한 것처럼 보인다.

한편 나는 시집 한 권을 완성하고 편집자들을 찾아다녔다. 아셰트와 미셸 레비*****의 출판사의 문을 두드렸다. 어디든 가지 않았겠는가? 나는 대성당처럼 넓고 커다란 출판사에 슬쩍 들어갔다. 그곳에서 내 부츠는 끔찍한 비명을 질러댔다. 카펫이 깔려 있었는데도 내 부츠에서는 소름 끼치는 소리가 났다. 관료들처럼 보이는 직원들이 거드름을 피우며 나를 차갑게 심사했다.

* 프랑스 시인.

** 프랑스 기자이자 희곡 작가, 소설가.

*** 프랑스 작가.

**** 샤를르 바타유. 기자, 가수이자 시인, 희곡 작가.

***** 아셰트는 프랑스의 출판사로, 아셰트가 1862년에 설립. 미셸 레비는 형제들과 함께 이른 나이에 출판사를 창립했고, 편집자로 명성을 얻었다.

"레비 씨를 만나고 싶은데요……. 원고 때문이에요."

"알겠습니다, 선생님. 성함을 말씀해주세요."

직원은 기계적으로 확성기의 구멍에 입술을 가까이 가져갔다. 그리고 다른 쪽 구멍에 귀를 대고 말했다.

"레비 씨는 지금 안 계십니다."

레비 씨는 출판사에 있는 적이 없었다. 아셰트 씨도 마찬가지였다. 그 오만한 확성기 덕분에 출판사에는 늘 아무도 없었다.

이탈리아 대로에 새로 생긴 출판사가 하나 더 있었다. 다른 곳과는 다르게 확성기도 행정적인 지시도 없는 곳이었다. 자신의 아이디어로 1프랑짜리 작은 책을 출시한 자코테 편집자는 이마만 빼면 발자크와 흡사한 외모를 가진 자그마한 사람이었다. 늘 가만히 있지 않았던 그는 일과 만찬에 녹초가 돼도 머릿속으로 끊임없이 엄청난 프로젝트를 그리며 재산을 탕진했다. 그 회오리는 그를 2년 만에 파산에 이르게 했고, 그는 잡지《이탈리아》를 창립하러 알프스 저편으로 갔다. 그러나 그의 상점은 대로의 지식인들이 모이는 살롱으로 이용되기도 했다. 그곳에서《101번 연대》를 막 출간한 노리악,* 드니즈의 성공에 우쭐하던 숄, 아돌프 가이프, 오브리에를 볼 수 있었다.** 대로의 단골들은 모두 완벽하게 차려입고 돈과 여자를 이야기했다. 나는 쇼윈도에 비치는 피페라노***처럼 긴 머리에 시골 모자를 쓰고 그들과 섞여 있는 내 모습을 보며 혼란스러웠다. 자코테는 내게 줄곧 메종도르에서 오후 세 시에 만나자고 했다.

* 쥘 노리악. 저널리스트, 작가, 희곡 작가.

** 오헬리앙 숄은 저널리스트, 아돌프 가이프는 프랑스 사업가, 자비에르 오브리에는 문인이자 저널리스트다.

*** 이탈리아의 젊은 가수.

그가 말했다.

"그곳에서 이야기를 나눕시다. 구석에 있는 테이블에서 계약도 하고요."

얼마나 짓궂은 사람인가! 나는 그의 '메종도르'가 어디에 있는지 간신히 알아냈을 뿐이었는데! 내가 실망한 채로 집에 돌아온 날에는 오로지 형만이 나를 조금 격려해줬다.

어느 날 저녁 내가 엄청난 소식을, 커다란 기쁨을 가져오게 됐다. 현 체제를 지지하는 신문《르 스펙타퇴르》가 내 재능을 시험 삼아 나를 칼럼니스트로 받아준 것이다. 내가 첫 번째 칼럼을 얼마나 애정으로 정성껏 썼는지 쉽게 짐작할 수 있으리라. 글자의 서체까지 신경 썼으니까! 나는 그것을 편집국에 가져갔고, 그쪽에서 그 글을 읽고 마음에 들어 기사를 인쇄소로 넘겼다. 나는 겨우 한숨을 돌리며, 새로운 호(號)가 나오기를 기다렸다. 그런데 이럴 수가! 이탈리아인들이 황제에게 총을 겨눴고, 파리는 엉망진창이 돼버렸다.

우리는 공포에 떨었다. 사람들은 언론사를 기소했고, 《르 스펙타퇴르》를 없앴다! 오르시니*의 폭탄이 내 칼럼을 일소해버린 것이다.

나는 죽지 않았지만, 자살을 생각하기는 했다.

그러나 하늘이 나를 불쌍히 여기셨다. 내가 보람 없이 찾아다녔던 편집자를 갑자기 만나게 된 것이다. 투르농 길에 있는 타르디외** 출판사가 우리 집에서 가까운 곳에 있었다. 그 역시 문인이었고, 그가 분홍색 잉크로 감성적으로 쓴《귀여운 아이, 핀을 위하여》 같은 몇몇 작품이 성공을 거뒀다.

* 펠리체 오르시니. 이탈리아 혁명가이자 애국자.

** 자크 앙리 타르디외가 창립한 출판사. 타르디외는 1830년까지 경영 활동을 하다가 1832년에 물러났다.

내가 그를 만난 것은 우연이었다. 어느 날 저녁, 호텔 주변을 산책하고 있었는데, 그가 그의 출판사 앞에 나와 앉아 있었던 것이다. 그가 내 책《연인들》을 출간했다.

제목이 매력적이고 겉표지가 우아한 책이었다. 몇몇 언론에서 내 작품과 나에 대해 언급했다. 나의 소심함은 사라졌다. 내 책이 어떻게 팔리는지 보기 위해 용감하게 오데옹의 상점가에서도 갔으니……. 게다가 며칠 뒤에는 쥘 발레스에게 말을 건네는 일도 감행했다! 내 책이 세상에 나온 것이다.

알베르 카뮈

가장 가까운 바다: 항해 일지

바다에서 자란 내게 가난은 사치였는데, 나중에 바다를 잃게 되자 모든 호화스러운 것들이 내게는 잿빛으로, 견딜 수 없는 빈곤으로 보였다. 그 후로 나는 기다리고 있다. 선박이 돌아오는 것을, 물의 집들을, 맑은 날들을. 나는 참을성이 있으며, 있는 힘을 다해 예의를 지킨다. 사람들은 내가 아름답고 정교한 거리를 지나가는 것을 본다. 나는 풍경을 감상하고, 누구나 그렇듯 감탄하며 손을 내밀지만, 말하는 것은 내가 아니다. 사람들이 나를 칭찬하면 나는 조금 꿈을 꾸고, 사람들이 나를 모욕해도 거의 놀라지 않는다. 그리고 잊는다. 나를 모욕한 사람에게 미소를 건네거나 내가 좋아하는 이에게 매우 정중하게 인사한다. 하나의 장면밖에 떠올릴 수 없는데 어쩌란 말인가? 사람들은 내게 내가 누구인지를 말하라고 재촉한다. '아직은 아무것도 아닙니다, 아직은 아무것도…….'

내가 나의 능력 이상을 발휘하는 것은 장례식이다. 정말이지 탁월해진다. 나는 느린 걸음으로 고철이 꽃핀 근교를 걸어 차디찬 구덩이까지 이어지는 시멘트 나무들을 심은 너른 길로 들어간다. 거기 살짝 붉어진 하늘의 붕대 아래에서 대담한 동석자들이 내 친구들을 3미터 깊이 아래로 묻는 것을 바라본다. 그때 흙 묻은 손이 내게 건넨 꽃을 떨어뜨리면 꽃은 영락없이 구덩이로 떨어진다. 나는 굳건한 신앙심과 정확한 감정으로 단정하게 묵례를 한다. 사람들은 나의 적절한 발언에 감탄하지만 나는 그런 것을 받을 자격이 없다. 나는 기다린다.

오랫동안 기다린다. 때때로 비틀거리고 실수해서 성공을 놓치기는 하지만 무슨 상관이겠는가, 그럴 때마다 나는 혼자인 것을. 그렇기 때문에 밤에 잠에서 깨어나 반쯤 잠든 채로 있다. 파도 소리, 물의 호흡이 들리는 듯하다. 잠이 완전히 달아나면 나뭇잎 사이에서 부는 바람 소리와 사막의 도시의 불행한 소음이라는 사실을 깨닫는다. 그러고나면 나의 비참함을 감추거나 그 비참함에 유행하는 옷을 입히기에는 내가 가진 수완이 부족하다.

지난번에는 오히려 내가 도움을 받았다. 뉴욕에서의 어떤 날들에는 수백만의 사람들이 떠도는 강철과 돌로 된 우물들의 바닥에서 길을 잃은 느낌이었다. 나는 끝을 보지 못하고 출구를 찾는 무리에게 기댈 수밖에 없을 때까지, 이 우물 저 우물을 전전하다가 지치고 말았다. 그때 나는 숨이 막혔고, 공포에 질려 소리를 지르려 했다. 그러나 매번 저 멀리서 예인선이 부르는 소리가 들려와 마른 수조 같은 그 도시가 하나의 섬이라는 것을, 배터리 공원 끝에서 속이 텅 빈 코르크로 덮인 검고 썩은 나의 세례수가 나를 기다리고 있음을 내게 상기시켜줬다.

그렇게 가진 것이 아무것도 없고 재산을 다 넘기고 내가 살던 집들 부근에서 야영하는 나이지만, 원할 때는 언제든지 채울 수 있고 어느 때든 출항할 준비가 되어 있으니 절망은 나를 알지 못한다. 절망한 자는 조국이 없고, 나는 바다가 나를 앞서고 바다가 나를 뒤따른다는 것을 알기에 광기를 폭발할 준비가 되어 있다. 사랑하면서도 헤어진 사람들은 고통 속에 살지는 모르나 그것은 절망이 아니다. 그들은 사랑이 존재한다는 것을 알고 있다. 자, 이것이 내가 마른 눈으로 귀양살이를 참는 이유이다. 나는 아직 기다리고 있다. 어느 날은 온다, 마침내…….

선원들이 맨발로 가만히 갑판을 걷는다. 해가 뜨자 우리는 떠난다. 항구를 벗어나니 짧고 세찬 바람이 거품 없이 작은 파도로 뒤집히는 바다를 솔질한다. 잠시 후, 시원한 바람이 동백꽃물을 흩뿌리다 이내 사라진다. 결국 아침 내내 우리의 돛은 활기 넘치는 양어장 위에서 펄럭이고 있다. 물은 무겁고 비늘처럼 벗겨지며 서늘한 거품에 뒤덮인다. 가끔 파도가 뱃머리에 대고 짖어댄다. 쓰고 미끌미끌한 거품, 신의 타액이 나무 벽을 따라 물까지 흘러내려 소멸했다가 다시 그림처럼 나타났다 흩어지며 털갈이하는 파란 소 하얀 소, 기진맥진한 동물이 되어 우리가 지나간 뒤에도 오래 표류한다.

출항한 후로 갈매기가 날갯짓도 거의 없이 힘들이지 않고 우리 배를 따라오고 있다. 그들의 아름다운 직선비행은 슬쩍 미풍을 탄다. 갑자기 주방에서 '퐁당' 하는 소리가 새들의 식욕을 자극하는 경보가 되어, 그들의 아름다운 비행을 망치고 하얀 날개들의 불구덩이에 불을 붙였다. 갈매기들이 속도도 줄이지 않고 미친 듯이 사방팔방 빙빙 돌더니 섞여 있던 무리로부터 한 마리씩 빠져나가 바다를 향해 하강한다. 몇 초 후 그들은 찌꺼기가 떨어지는 큰 파도의 오목하게 팬 곳에 자리 잡은 가금 사육장이 된, 수면 위로 다시 모인다.

오후에 귀를 멍하게 하는 태양 아래, 기진맥진해진 바다가 슬며시 몸을 일으킨다. 바다는 다시 주저앉으며 휘파람으로 침묵을 불고, 한 시간 동안 끓은 물은 색이 바래서 하얗게 되어버린 커다란 함석판처럼 지글거린다. 물은 지글거리다 연기를 피우고 마침내 타버린다. 지금은 파도와 어둠 속에 있지만, 잠시 후 물은 태양에 젖은 얼굴을 내놓기 위해 몸을 뒤집을 것이다.

우리는 헤라클레이토스의 문들을 지나 안타이오스가 죽은 곳을 통과한다. 그 너머는 사방이 대양이다. 우리는 경로를 바꾸지 않고 단번에 오른 희망봉을 지나고, 자오선과 위도가 합쳐지며, 태평양이 대서양을 마신다. 이내 뱃머리를 밴쿠버 방향으로 돌려,

남쪽 바다를 향해 천천히 나아간다. 이스터섬, 사우스셰틀랜드 제도, 헤브리디스 제도가 몇 연* 정도 거리를 두고 줄지어 있다. 어느 날 아침, 갑자기 갈매기들이 사라졌다. 우리는 육지에서 멀리 떨어진 곳에서 돛과 기계들과 함께 덩그러니 있다.

수평선과 함께 역시 혼자다. 보이지 않는 동쪽에서 파도가 하나씩 참을성 있게 다가온다. 파도는 우리에게 왔다가 미지의 서쪽을 향해 하나씩 참을성 있게 다시 떠난다. 시작도 끝도 없는 먼 길로……. 냇물과 강물이 흐르고, 바다는 흐르다가 머문다. 바로 이렇게 변함없이, 덧없이 사랑해야 하리라. 나는 바다와 결혼한다.

가득 찬 물. 태양이 내려와 수평선에 닿기 전에 안개에 흡수된다. 바다는 금세 한쪽은 분홍색, 다른 한쪽은 파란색이 된다. 그리고 물이 짙어진다. 색이 바랜 두꺼운 금속으로 제작된 작은 스쿠너선이 수면 위로 완벽한 원을 그리며 미끄러진다. 가장 차분해지는 시간, 저녁이 다가오자 수백 마리의 돌고래가 물에서 솟아올라 한동안 우리 주위를 이리저리 빙빙 돌다 사람 없는 수평선을 향해 달아난다. 그들이 떠나자 이제 원시적인 물의 침묵과 고뇌가 남았다.

다시 얼마간의 시간이 지나고 회귀선 위에서 빙하를 만난다. 그 따뜻한 물속에서 긴 여행을 했으니 분명 눈에 보이지는 않으나 효과적일 것이다. 빙하가 배를 따라가다 우현을 스치면 밧줄이 잠시 성에로 뒤덮이고 한편 좌현에서는 메마른 하루가 진다.

밤은 바다 위로 떨어지지 않는다. 오히려 밤은 이미 물에 잠긴 태양이 두꺼운 재로 조금씩 검게 칠하는 물 밑바닥부터 아직 창백한 하늘을 향해 올라오고 있다. 금성이 검은 물결 위에 잠시 홀로 남아 있다. 눈을 감고 뜨는 사이, 흐르는 밤 속에서 별들이 복작거린다.

달이 떴다. 달은 먼저 희미하게 수면 위를 비추다가 더 위로

* 옛 길이의 단위. 185.2m.

올라 찰랑거리는 물 위에 글씨를 쓴다. 마침내 중천에 이르러 달은 바다의 회랑 전체, 어두운 대양에서 배의 움직임을 따라 우리 쪽으로 내려오는 우윳빛의 풍요로운 물길을 하염없이 비춘다. 이제 포근한 밤이다. 내가 요란한 빛 속에서, 알코올, 욕망의 소요 속에서 불렀던 상쾌한 밤.

우리는 절대 끝에 이를 수 없을 것 같은 드넓은 공간을 항해한다. 태양과 달이 빛과 밤과 같은 선에서 교대로 뜨고 진다. 바다에서 보내는 나날, 모든 날이 행복처럼 닮았다…….

스티븐슨이 말한 망각에 거역하고 추억에 거역하는 이 인생.

새벽. 우리가 북회귀선을 수직으로 가르자 물은 신음하며 경련을 일으킨다. 반짝이는 강철 조각으로 뒤덮인 요동치는 바다 위로 해가 뜬다. 광활한 천공의 두꺼운 구름 속에서 태양이 녹아버린 것처럼 하늘은 안개와 열 그리고 견딜 수 없는 죽음의 광채로 하얗다. 해체된 바다 위의 병든 하늘. 시간이 갈수록 창백한 대기 속에 열기가 더해진다. 뱃머리는 온종일 날치 떼와 작은 비행 물체들을 파도의 덤불 밖으로 몰아낸다.

오후에는 도시들을 향해 가는 여객선과 마주친다. 선사시대 동물들의 포효 같은 세 번의 기적 소리로 주고받는 인사, 바다에서 길을 잃었다가 다른 사람들의 존재를 알게 된 승객들의 신호, 조금씩 두 배로 벌어지는 거리, 결국 심술궂은 물 위에서의 헤어짐, 그 모든 것이 가슴을 옥죄인다. 섬을 찾아 널빤지에 매달려 표류하는 그 광인들을 고독과 바다를 아끼는 사람이라면 누구인들 사랑하지 않을 수 있겠는가?

우리는 대서양 한가운데에서 양극 사이로 부는 거친 바람에 굴복한다. 우리가 내지르는 모든 비명이 무한한 공간 속으로 사라지고 증발한다. 그러나 그 비명은 날마다 바람에 실려 마침내 평지의 어느 끝에 이르러, 어딘가에서 자신만의 눈 덮인 세계에 갇혀 길을 잃은 누군가 듣고 좋아서 미소를 짓고 싶을 때까지 얼어붙은 암벽에 부딪혀 오래 울려 퍼질 것이다.

끔찍한 소리가 나를 깨웠을 때, 나는 오후 두 시의 태양 아래 반쯤 잠들어 있었다. 태양이 바다 저편에서 보였고, 파도가 물결치는 하늘을 뒤덮고 있었다. 별안간 바다가 타올랐고, 태양이 천천히, 차갑게 목구멍으로 흘러내렸다. 내 주변의 선원들이 울고 웃었다. 그들은 서로를 좋아했지만, 서로를 용서하지 못했다. 그날 나는 있는 그대로의 세계를 알아차렸고, 그것의 선이 유해하기도 하며 그것의 중죄가 유익하기도 하다는 사실을 받아들이기로 했다. 그날 나는 두 개의 진실이 있고, 그중 하나는 절대 입 밖으로 뱉어서는 안 된다는 것을 알았다.

살짝 일그러진 이상한 남극의 달이 여러 밤을 우리와 함께하다가 하늘에서 미끄러져 물에 잡아먹힌다. 남십자성, 희귀한 별들, 구멍이 숭숭 뚫린 대기가 남았다. 그 순간 바람이 완전히 잠잠해진다. 하늘은 부동의 돛대 위에서 구르며 흔들린다. 엔진은 꺼져 있고, 돛은 고장이다. 물이 배의 옆구리를 다정하게 두드리는 동안 우리는 따뜻한 밤 속에서 휘파람을 분다. 어떤 명령도 없다. 기계들은 잠잠하다. 정말이지 무엇을 위해 뒤쫓고 무엇을 위해 돌아오는가? 우리는 부족함이 없고, 꺾이지 않는 말 없는 광기가 우리를 잠재운다. 그렇게 모든 것을 이룬 어느 날이 온다. 그러니 지칠 때까지 헤엄치는 사람들처럼 침몰하도록 내버려둬야 한다. 무엇을 실현한단 말인가? 늘 그랬듯이 나는 스스로 그것에 대해 입을 다문다. 오 쓰디쓴 침상이여, 왕족의 잠자리여, 왕관은 깊은 물속에 있다!

아침에 우리의 배가 미지근한 물에 가만히 거품을 일으킨다. 우리는 다시 속력을 낸다. 정오 즈음에 우리와 마주친 먼 대륙에서 온 사슴 떼가 우리를 지나, 가끔 숲에서 쉬어가는 다채로운 색깔의 새들을 쫓아 북쪽을 향해 규칙적으로 헤엄친다. 살랑대는 그 숲은 수평선에서 조금씩 사라진다. 잠시 후, 바다는 이상한 노란 꽃으로 뒤덮인다. 저녁 무렵에는 보이지 않는 노래가 오랜 시간 동안 우리를 앞선다. 익숙해진 나는 잠이 든다.

산뜻한 미풍에 모든 돛을 내맡기고, 우리는 힘이 넘치는 맑은 바다 위를 달린다. 속력이 절정에 이를 때 키를 좌현으로 돌린다. 날이 저물 무렵, 우리는 돛이 물을 스치도록 다시 속력을 낸다. 배를 우현으로 기울여 남반구의 대륙을 엄청난 속도로 따라간다. 나는 그곳이 예전에 야만스러운 관 같은 비행기로 눈이 먼 채 날아본 적이 있는 곳임을 알아봤다. 게으른 왕, 나의 수레는 그때 늑장을 부렸다. 나는 절대 다다르지 못하면서 바다를 기다렸다. 괴물은 울부짖다가, 페루의 구아노에서 떨어져 나와 태평양 해변 위로 달려들어 안데스 산맥의 부서진 하얀 척추와 파리 떼로 뒤덮인 아르헨티나의 광활한 평지 위를 날았으며, 우유가 넘쳐 흐르는 우루과이 초원과 베네수엘라의 검은 강을 단 한 번의 날갯짓으로 이은 후에 착륙하여 또 한 번 울부짖었고, 다시 먹어 치워야 할 빈 공간 앞에서 탐욕에 떨었다. 그것은 이 모든 것에도 앞으로는 나아가지 않거나, 경련하는 그 고집스러운 느긋함으로 격렬하고 불변하는 중독된 에너지만으로 나아갔다. 그리하여 나는 금속으로 된 감방에서 죽어갔고, 살육과 요란한 연회를 꿈꿨다. 공간이 없으면 결백도 자유도 없다. 숨 쉴 수 없는 이에게 감옥은 죽음 또는 광기다. 죽이거나 소유하는 것 말고 무엇을 할까? 오늘 나는 오히려 숨을 가득 들이마셨다. 우리의 모든 날개가 파란 하늘 속에서 펄럭인다. 나는 속력에 소리를 지르고, 육분의와 나침판을 던져버린다.

강압적인 바람 앞에 우리의 돛은 쇳덩이다. 우리들의 눈앞에서 해안은 엄청난 속도로 에메랄드빛 석호에 발을 적시는 아름다운 야자나무 숲과 수많은 붉은색 돛단배들과 사구가 넘치는 조용한

만을 물에 밀어넣는다. 뒷마당에서 시작된 원시림의 힘에 눌려 이미 균열이 생긴 빌딩이 불쑥 나타난다. 여기저기서 노란 이페 또는 보라색 가지가 있는 나무가 창문을 뚫고, 결국 리우데자네이루가 우리 뒤에서 무너져내리고 티주카 원숭이들이 웃음을 터트리며 즐거워할 그 새로운 폐허를 식물들이 뒤덮을 것이다. 조금 더 빨리 파도가 모래 다발로 퍼지는 드넓은 해변을 따라 조금 더 빨리 우루과이 양들이 바다로 들어와 순식간에 누렇게 만든다. 그리고 아르헨티나 해안에서는 거칠게 자른 커다란 장작더미들이 규칙적인 간격으로 천천히 반 마리씩 구워지는 소들을 하늘로 들어 올린다. 밤에는 불의 땅의 빙하가 몰려와 몇 시간이고 배의 선체를 때리고, 선박이 속도를 겨우 조금 줄이며 항로를 바꾼다. 아침에는 녹색, 하얀색의 차가운 비눗물이, 칠레 해안 수천 킬로미터에 걸쳐 끓어오르는 태평양 특유의 파도가 천천히 우리를 들어 올려 배를 뒤집을 것처럼 위협한다. 조타수는 이를 피해 케르겔렌 제도를 앞지른다. 들큼한 저녁, 첫 번째 말레이시아 배들이 우리를 향해 다가온다.

"바다로! 바다로!" 어릴 적 읽었던 책 속의 멋진 소년들이 외쳤다. 나는 책의 내용은 모두 잊었지만, 그 외침은 기억했다. "바다로!" 그리고 인도양을 통해 쥐 죽은 듯이 조용한 밤에 타고 난 후에 사막의 꽁꽁 언 돌들이 하나씩 부서지는 소리가 들리는 홍해의 대로까지, 그 외침이 잠잠해지는 옛 바다로 우리는 되돌아온다.

어느 날 아침, 우리는 항로를 표시한 것처럼 돛들을 고정시킨 낯선 침묵이 가득한 만에 기항한다. 하늘에서 몇몇 바닷새가 갈대 조각을 두고 싸운다. 우리는 헤엄쳐 아무도 없는 어느 해변에 이른다. 온종일 물에 들어갔다가 모래 위에서 몸을 말린다. 저녁이 되면 초록빛을 띠며 물러나는 하늘 아래, 조용하던 바다가 더욱더 잠잠해진다. 짧은 파도들이 미지근한 모래사장으로 입김을 불듯 물거품을 분다. 부동의 여행에 바쳐진 하나의 공간만이 남았다.

달콤함이 길어지는 어떤 밤에는 그렇다, 우리가 없어도 그런 밤이 육지에, 바다에 다시 오리라는 것을 아는 것은 죽는 데 도움이 된다. 늘 밭고랑처럼 주름진, 언제나 순결한 큰 바다, 밤과 함께하는 나의 종교여! 바다는 우리를 씻기고 우리를 그 불모의 밭고랑에서 배불리 먹이고 우리를 자유롭게 하며, 우리가 서 있을 수 있도록 붙잡아준다. 모든 파도는 하나의 약속이다. 늘 똑같은 약속. 파도가 뭐라고 말하는가? 차가운 산에 둘러싸여 세상에 무관심을 받고 내 사람들에게 버려져 마침내 기진맥진하여 죽어야 한다면, 마지막 순간에 바다가 나의 감방을 채우고 밀려와 나 자신보다 더 높게 나를 떠받쳐서 미움 없이 죽도록 도울 것이다.

밤 열두 시, 해안에 홀로 서 있다. 조금 더 기다린 후에 떠나리. 바로 그 시각, 전 세계에서 항구의 어두운 물을 밝히는 불로 뒤덮인 여객선들처럼 하늘 자체도 그 모든 별로 고장이 난다. 공간과 침묵이 하나의 무게로 심장을 짓누른다. 어느 갑작스러운 사랑, 걸작, 결정적 행위, 변화시키는 생각은 어느 순간 거부할 수 없는 매력과 중복된 견딜 수 없는 불안을 준다. 존재의 달콤한 불안, 이름을 모르는 위험에 가까워진 듯한 절묘함, 그렇다면 산다는 것은 상실을 향해 달려가는 것인가? 다시, 쉼 없이, 우리의 상실을 향해 달려가자.

나는 언제나 먼바다에서 위협을 받으며 호사스러운 행복의 한가운데에서 사는 기분이었다.

알베르 카뮈(1913–1960)

프랑스의 소설가이자 극작가. 알제리에서 프랑스계 알제리 이민자로 태어났다. 기자로 활동하다가 《이방인》, 《시지프 신화》를 출간하며 철학적 작가로 인정받는다. 1957년 노벨 문학상을 수상하였고, 한림원은 그를 가리켜 "우리 시대 인간의 정의를 탁월한 통찰력과 진지함으로 밝힌 작가"라고 말했다.

아직 남겨진 말

알프레드 드 뮈세

조르주 상드에게 보내는 편지

1834년 9월 1일

바덴에서

떠난 지 여덟 날이 지났는데, 여태 당신에게 편지를 쓰지 못했습니다. 조용한 시간을 기다렸건만 그럴 틈이 없었거든요. 아름다운 아침에 당신이 보낸 작별 인사를 향한 고마움을 천천히, 차분하게 적고 싶었습니다. 너무 친절하고 슬프고 다정한 작별이더군요. 나의 사랑하는 여인이여, 당신은 천사의 마음을 가졌습니다. 조르주, 나는 당신에게 그저 내 사랑을 전하고 싶었습니다. 얼마나 커다란 사랑인지! 어떤 남자도 내가 당신을 사랑하는 것만큼 사랑하진 못할 겁니다. 내가 제정신이 아니라는 것을 아시겠지요. 저는 사랑에 빠져 침수됐습니다. 제가 사는 것인지 먹는 것인지 걷는 것인지 숨을 쉬고 있는 것인지 말하는 것인지 모르겠습니다. 다만 당신을 사랑한다는 것만은 알고 있지요. 아! 당신의 인생에서 억누를 수 없는 행복에 대한 갈증을 느껴본 적이 있다면, 그것이 사랑받는 행복이라면, 한 번도 하늘에 그것을 빌어보지 않았다면, 아! 당신, 나의 목숨과도 같은 이여, 나의 행복이여, 나의 사랑하는 이여! 태양을, 꽃을, 초목의 푸르름을, 세상을 보세요! 그리고 당신이 사랑받고 있다고 자신에게 말해주세요! 신이 성직자들에게, 그의 연인들에게, 순교자들에게 사랑받는 것만큼 오! 나는 당신을 사랑하고 있습니다. 나의 피와

살이여! 나는 사랑에, 끝도 이름도 없는 미치광이 같은 절망적인 사랑에, 길을 잃은 사랑에 죽어가고 있습니다. 당신을 죽을 만큼 사랑하고 또 열렬히 사랑하며 숭배하고 있습니다. 아니요, 저는 절대 회복되지 못할 것입니다. 아니요, 저는 이 목숨을 부지하려 하지 않을 것입니다. 그러는 편이 낫다고 생각해요. 당신을 사랑하며 죽는 것이 사는 것보다 나으니까요. 사람들이 뭐라고 말할지 걱정됩니다. 그들은 당신에게 다른 연인이 있다고 말하지요. 나도 그 사실을 알고 있고, 그래서 죽을 것 같습니다. 그렇지만 당신을 사랑해요, 사랑합니다, 사랑합니다. 당신을 사랑하는 마음을 무엇이 막겠습니까!

떠날 때는 고통을 느낄 수 없었습니다. 당신의 키스로 뒤덮여 있던 내 마음에는 그런 자리는 없었으니까요. 나는 당신을 안았지요, 나의 사랑하는 육신이여! 사랑하는 사람이여, 나는 그 상처 위에 당신을 껴안았습니다. 내가 무슨 일을 저지르는지도 모르고 떠났어요. 어머니가 슬퍼했는지도 알지 못합니다. 물론 그렇진 않았을 테지만요. 나는 어머니를 안아주고 떠났고, 아무 말도 하지 않았습니다. 내 입술 위로 당신 입술의 숨결이 느껴졌지요. 나는 아직 당신의 숨을 느끼고 있어요. 오! 조르주, 그곳에서 당신은 평온했고 행복했지요. 당신은 아무것도 잃지 않았어요. 그러나 다섯 달 동안 키스를 기다리는 마음이 무엇인지 아시는지요! 다섯 달 동안 매일매일 매 시간 삶을 포기하는, 천천히 고독 속으로 내려가는 무덤의 추위를, 죽음 그리고 눈처럼 한 방울씩 떨어지는 망각을 느껴야 하는 불쌍한 마음이 무엇인지 아시는지요, 박동을 멈출 때까지 조여졌다가 어느 순간 부풀어오르는 마음을, 시들어가는 가여운 꽃처럼 다시 벌어져 생기를 주는 이슬 한 방울을 또다시 마시는 마음을. 오, 주여, 나는 느끼고 있었습니다. 알고 있었어요, 우리는 다시 만나지 말았어야 했습니다. 이제는 끝입니다.

다시 살아야 한다고, 다른 사랑을 찾아야 한다고, 당신을 향한 사랑은 잊어야 한다고 용기를 내야 한다고 다짐했건만. 그렇게 해보려고도 했지요. 한 달을 버텼습니다. 그러나 이제 나는 사는 것보다 고통스러운 것이 더 나은 것 같습니다. 당신은 내가 당신을 사랑해도 된다는 허락을 거두셨지만, 아무 소용없을 겁니다. 당신은 내 사랑을 원하고 있어요. 당신의 심장이 나를 원하고 있죠. 아니라고 하지는 못할 겁니다. 너무 혼란스럽습니다. 어떤 것도 더는 책임질 수 없어요.

말해주세요, 나는 무엇 때문에 여기에 온 것입니까? 이 모든 나무가, 이 모든 산이, 나를 이해하지 못하고 횡설수설하며 지나가는 이 독일인들이 내게 무슨 소용이 있단 말입니까? 이 여관방은 무엇입니까? 그들은 이런 것들이 아름답고 인생은 황홀하며 산책은 즐겁다고 말합니다. 여자들은 춤을 추고, 남자들은 담배를 피우고 술 마시고 노래하며, 말들은 질주하며 떠납니다. 그건 인생이 아니지요. 이 모든 것은 그저 삶의 소음입니다. 내 말을 들어보세요. 상드, 더는 아무 말도 하지 말아주세요. 나를 단념시키기 위한 말은 더는 한마디도 하지 마세요. 위로도 조언도 질책도 싫습니다. 이 모든 것이 내가 어리다는 것을, 행복을 믿었다는 것을, 어머니가 있다는 것을 떠올리게 할 뿐입니다. 이 모든 것이 나를 울고 싶게 하지만 더는 눈물도 나오지 않아요. 나는 미친 사람이 아니에요. 당신도 알지요. 할 수 있는 만큼 싸울 겁니다. 내게는 아직 그럴 힘이 남아 있어요. 그렇지만 힘이란, 신이시여! 그 힘이 사람을 거역하면, 그것을 가진들 무슨 소용이 있다는 말입니까? 아무 소용없지요. 아무 소용없어요. 제발 나를 고통스럽게 하지 말아주세요. 할 수 있다면 버텨보겠다고 약속하겠습니다. 내가 흥분 혹은 망상에 휩싸여서 당신에게 편지를 쓰는 것이고 곧 진정될 것이라는 말은 말아주십시오. 나도 내가 어리다는 것을 잘 알고 있고, 몇몇 상냥한 마음을 가진 여인들의 마음에 희망을 싹트게 한다는 사실을 알고 있습니다. 그들이 옳다는 것을 알고 있어요. 내가 무엇을 잘못했나요? 나는 떠났습니다. 모든 것을 버렸어요. 그들이 무슨 할 말이 있단 말입니까? 나머지는 내 몫이에요. 사랑 때문에 죽은 불행한 한 인간에게 그래서는 안 됐다고 말하는 것은 너무 잔인한 것 같습니다. 서커스에서 다친 황소는 어깨에 투우사의 검을 메고 구석에 누워 평화롭게 끝을 낼 수 있지요. 그러니 부탁입니다, 더는 아무 말도 말아주세요. 내 말을 들어보세요. 이 모든 것이 당신을 여행복을 입고 말이나 마차를 타고 이곳에 오도록 만들지는 않겠죠. 이 작은 테이블에 앉아 아무리 당신의 편지들과 내가 가져온 당신의 초상화를 바라봐도 말입니다. 당신은 우리가 다시 만날 것이라고, 내게 키스하지 않고서 죽지는 않을 것이라고 말합니다. 내가 괴로워하는 모습을 보며 나와 함께 울고, 내가 달콤한 착각에 빠지도록 내버려두며 우리가 다시 만날 것이라고 말하지요. 이 모든 것이 좋아요, 나의 천사여, 이 모든 것이 달콤합니다. 신이 당신에게 보답해줄 거예요. 그러나 아무리 문을 바라봐도 당신은 저 문을 두드리지 않겠지요. 그렇지 않나요? 당신은 내 손바닥만 한 종이에 어떤 글도 적지 않을 거예요. 오세요! 우리 사이에 어떤 문장이, 어떤 의무가, 어떤 사건이 있는지 모르겠습니다. 우리 사이에는 600킬로미터의 거리가 있지요. 좋아요, 이 모든 것이 완벽합니다. 길게 말할 것도 없어요. 나는 당신 없이 살 수 없습니다. 그게 다예요.

이 모든 것이 얼마나 갈지 나도 잘 모르겠습니다. 책을 쓰고 싶었지만 더 자세한 내용을 알아야 했어요. 시기별로 당신의 삶의 역사에 대해서 말입니다. 나는 당신의 성격을 알고 있지만, 당신의 인생을 그저 막연히 알 뿐이죠. 나는 다 알지 못하고,

내가 알고 있는 것도 제대로 알고 있는 것이 아닙니다. 당신을 보고 당신이 이 모든 것을 이야기해줬어야 했는데. 당신이 원했다면 물랑이나 샤토루 근처에 창고와 탁자 그리고 침대를 빌렸을 겁니다. 그리고 나는 그곳에 갇혀 있었을 거예요. 당신은 나를 한두 번쯤은 보러 왔겠죠. 혼자서 말을 타고, 나는 살아 숨 쉬는 영혼을 봤을 겁니다. 글을 썼을 것이고, 울었을 겁니다. 사람들은 내가 독일에 있다고 믿었을 거예요. 몇 번의 아름다운 순간들을 맞이했을 겁니다. 당신은 아무도 배반하지 않았다고 믿었을 것이고요. 지난번에 당신은 내가 당신의 품 안에서 사랑으로 죽어가는 것을 보셨습니다. 당신은 스스로를 비난할 것이 아무것도 없었나요? 그러나 내가 꿀 수 있는 꿈은 모두 망상입니다. 문장과 의무, 사물에만 진짜가 있지요. 그래야 모두 이치에 맞습니다. 그게 나아요.

나의 연인이여! 그렇지만 당신에게 한 번 더 부탁하고 싶습니다. 어느 아름다운 저녁, 해 질 무렵에 혼자 시골에 나가보세요. 풀 위에, 푸른 버드나무 아래에 앉아서 석양을 바라보세요. 그리고 죽어가는 당신의 연인을 생각해보십시오. 다른 일들은 잊으려고 노력해봐요. 아직 갖고 있다면 내 편지나 내 책을 다시 읽어보세요, 생각해봐요, 마음이 가는 대로 두세요, 내게 눈물 한 방울 흘려주세요. 그리고 천천히 당신의 집으로 돌아가 등을 켜세요, 펜을 들어 당신의 불쌍한 벗에게 한 시간만 내어주세요. 당신의 가슴속에 있는 나를 위한 것들을 모두 주세요. 조금만 노력해봐요, 내 사랑, 그것은 죄가 아니랍니다. 당신이 느낀 것 이상을 말해도 괜찮아요, 나는 아무것도 모를 겁니다, 그건 죄가 될 수 없어요. 나는 길을 잃었어요. 당신의 편지에는 나를 향한 우정 말고는 아무것도 없었습니다, 조르주, 당신의 사랑만이 있었어요. 그것이 사랑이 아니면 무엇입니까? 바덴(대공국)으로 우체국 유치 우편을 보내주세요, 국경까지 우표를 붙이고 보내십시오, 스트라스부르

근처까지, 스트라스부르에서 48킬로미터 떨어진 곳입니다. 나는 더 가까이도 더 멀리도 가지 않을 겁니다. 그러나 당신의 사랑만이 담긴 편지를 갖는다면, 당신의 입술과 치아와 머리카락, 이 모든 것을 준다고 말해주세요, 내가 가졌던 당신의 얼굴을. 내게 키스하겠다고 말해주세요, 당신, 나, 오 신이시여, 오 신이시여, 생각만 해도 목이 메고 눈이 떨리고 다리가 후들거립니다. 아! 죽는다는 것은 끔찍해요, 이렇게 사랑한다는 것은 끔찍합니다. 얼마나 커다란 갈증인지, 나의 조르주, 내가 얼마나 당신에 목말라하는지! 제발 편지를 부탁드립니다, 나는 죽어가고 있어요, 안녕!

스트라스부르 근처 바덴(대공국)으로, 우체국 유치 우편을.

오 나의 생명과도 같은 이여, 나의 생명이여, 당신을 내 가슴에 끌어안습니다, 오 나의 조르주, 나의 아름다운 애인이여! 나의 처음이자 마지막 사랑이여!

알프레드 드 뮈세

알프레드 드 뮈세(1810–1857)
19세기 프랑스 낭만파 시인. 대표작으로 《세기아의 고백》, 《비애》, 《추억》 등이 있다. 1833년 작가 조르주 상드를 만나 한 달 만에 연인이 되어 이탈리아로 함께 떠나지만, 그들의 사랑 역시 끝을 맞이하게 되고 알프레드 드 뮈세는 이듬해 혼자 귀국한다. 조르주 상드와의 사랑과 이별은 그의 작품에 영감을 주었지만 큰 상처로 남아 알코올중독과 우울증에 시달리게 했다.

앙투안 드 생텍쥐페리

에메랄드호의 최후

우리는 쏟아지는 비가 싫었다. 도시 하늘의 이 어두운 붉은색도 싫었다. 오직 낮은 구름만이 램프의 불빛에 물들었다. 저녁 일곱 시, 카페 테라스에 앉아 메르모즈와 나는 그렇게 파리를 향해 밤하늘을 날았던 에메랄드를 생각했다.* 말은 필요 없었다. 우리가 하는 일은 약간은 조국과 같은 것이어서 힘든 밤에 붙들린 비행 동료들은 이 카페의 테라스뿐만이 아니라 이 길에도, 이 도시에도, 동시에 이 삭막한 시골과 모르방의 얼어붙은 경사지에도, 이 구름 속에도 살고 있었다. 가끔 이렇게 우리는 아무 생각 없이 눈을 들어, 여기서는 썩어버린 커다란 몸뚱이지만 저기 멀리서는 깨끗하게 남아 있을 하늘을 걱정했다. 겨우 나뭇가지나 흔드는 미약한 돌풍이 거리를 쓸다가 제방의 벽에 부딪혀 약해졌으나 그 바람에는 폭력적이라고 할 만한 것이 있었다. 그때까지 하루의 평범한 일들만을 이야기하던 메르모즈가 맥락 없이 말을 이어갔다. "어쩌면 국지적인 돌풍일 수도 있어……." 나는 그의 말을 따라 했다. "어쩌면." 그러나 이 검고 불길한 날개의 폭을 알고 있지 않은가? 술집의 전화기 앞에서 우리는 차례를 기다렸다. 우리 앞에 있던 이들은 그들의 염려와 약속, 저녁 초대를 해결했다. 우리는 부르제 공항에 소식을 물었다. 전화교환원은 매번 더 부드럽고 친절한

* 1934년 1월 15일, 에메랄드호 추락 사건이 있기 전날 밤에 생텍쥐페리가 동료인 장 메르모즈와 함께 보낸 저녁에 대해 기록한 글이다. 정기 간행물인 《마리안느》에 1934년 1월 24일에 실렸다.

목소리로 에메랄드호가 더는 지체할 수 없을 것이라고 대답했다. 그 목소리가 역시 마음에 들지 않았다. 나는 거기서 내면의 비탄과 점점 더 절망하는 미래를 향한 노력을 짐작했다. 그녀는 천진난만하게 자신이 숨기고 있다고 믿는 위험을 누설했다. "더는 지체할 수 없어요. 그렇지 않으면……."

그렇게 때가 될 때까지 우리 중 많은 이들의 마음속에 철야가 시작됐다. 메르모즈와 나는 저녁을 먹기 위해 헤어졌지만, 다른 이들이 그렇듯이 같은 조국 안에서 하나로 남기로 했다. 그다음 날 어떤 이가 내게 말했다. "저녁 여덟 시 즈음에 뭔가 잘못됐다고 느꼈어요." 또 다른 이는 이렇게 말했다. "여덟 시 삼십 분에 부르제로 갔어요. 걱정돼서." 그리고 모두 눈앞에 같은 장면이 펼쳐졌다. 조종사만이 무언가를 알고 있는, 더듬거리는 것 말고 이제 아무것도 할 수 있는 일이 없는 조종사의 손만이 그를 안내하는 기체 안에서 아직 생명들이 살아 있는 장면. 그러나 창백하게 투명한 조종실 안은 엔진 세 개의 간헐적 울림만큼이나 바다처럼 짙은 어떤 것 속에서 헤엄치고, 잠기는 침묵 속에 붙들려 형태 없는 두려움에 지배당한다. 무전기의 움직임, 승무원들의 밀담, 안심하게 하는 제스처가 비밀스럽고 이해할 수 없는 것처럼 보이니까. 여윈잠, 물에 잠긴 몸짓, 걱정, 그들이 이해하지 못하는 거대한 소용돌이에 맡겨진 반은 유령인 것들의 물결. 유일하게 구체적이고 이해할 수 있는 것은 모터 세 개가 울리는 소리다. 그 소리는 지속성을 나타내는 요소로써 아직 그들을 안심시킨다.

쇼미에, 로네, 노게, 모두가 그들을 좋아했고, 파리 곳곳에서 낯선 군중 사이에 흩어져 있는 그들의 친구들이 아직 그들의 행복한 착륙 소식을, 그들을 가슴에 품기를 희망하고 있었다.

쇼미에가 인도차이나로 떠나기 전날 밤에 나는 그를 다시 만났다. 그는 입에 손가락을 대고 자기를 따라오라는 신호를 보냈다. 이미 관직으로 돌아갈 준비가 되어 있었던 그는 겉옷을 걸치고, 아무 말 없이 세 살, 다섯 살인 두 딸아이의 사진을 바라봤다. 나는 스페인 주택의 벽으로 둘러싸이고 분수의 노래가 울려 퍼지는 정원 같은 그의 내면을 좋아했다. 그는 중상모략과 인간의 저속함과 그토록 싸우던 대외적인 삶을 벗어나 여기서 평화를 되찾았다. 그는 이곳에서 고요한 언어로 말했다. 나는 그의 반듯함과 모든 것을 넘어선 평온함을 무척 좋아했다.

저녁 열한 시, 웨버 식당을 지날 때 사냥꾼이 내게 소식을 전했다. 흩어져 있던 메르모즈와 다른 이들도 친구들의 집에서 기지국으로부터 소식을 들었다.

우리는 열두 시에 전화로 만났고, 할 말을 찾지 못했다. 그러나 우리는 많은 날에 그랬듯이 서로의 목소리를 들어야만 했다. 일이라는 조국에서 서로의 어깨를 마주해야만 했다. 결국 그렇지 않은가, 나의 동료들이여?

앙투안 드 생텍쥐페리(1900-1944)
프랑스 소설가이자 공군 장교였다. 북서 아프리카, 남대서양, 남아메리카 항공로를 개척했고, 야간비행의 선구자다. 2차 세계대전 당시 비행 중 실종됐다. 체험을 소재로 한 소설로 큰 사랑을 받았으며, 대표작으로《어린 왕자》,《야간비행》,《인간의 대지》등이 있다.

앙투안 드 생텍쥐페리

모리타니를 그리며

왕국은 모래 속에 파묻혔다. 하나의 문명은 다른 문명으로 지워졌다. 정복당한 사람들은 동화된다. 그러나 하나의 기호와 하나의 몸짓과 하나의 문장은 발굴된 부조물이 죽은 왕국을 증언하듯 새로운 인간 안에서 옛 인간을 부활시킨다.

그렇게 분리와 거리가 먼 모로코의 그 거대한 마른 땅은 해가 질 무렵 다시 한 번 우리를 놀라게 한다.

친구 가제르는 모로코 남부에서 거주하는 프랑스인이다. 어느 날 저녁 그가 내게 그의 농장에서 일어났던 아름다운 이야기를 들려줬다.

가제르는 아랍인들 사이에서 혼자 살았다. 사람의 역할이라는 것이 가제르가 하는 일과 같다면, 내게 그 역할의 의미는 분명한 듯하다. 온종일 평화를 이루는 것. 그는 암양과 숫양을 나눌 때, 언덕 위의 오렌지 나무를 일정한 간격으로 심을 때, 평화롭게 의견을 조율하고 싸움의 중재자가 되어 화해를 시킨다.

그의 곁에서 사람들은 흩어진 지혜로 교감한다. 어느 소 치는 사람이 내 친구에게 말을 걸면, 내 친구는 아주 진지하게 그의 말을 듣는다. 사람들은 그것이 이유를 알 수는 없지만 겸손한 배려 그 이상의 고차원적인 대화라는 것을 느낀다. 사람들은 주위를 둘러보고 언덕 아래로 강을, 오렌지 나무를, 마을을 바라보면서 이곳의 푸른 물과 황금빛 열매들이 사람들을 이롭게 한다는 것을 느끼고 마음을 놓는다.

가제르를 좋아하는 지방의 늙은 카이드*는 그를 자주 초대하곤 했다.

"안녕하신가, 가제르."

"안녕하십니까, 카이드."

그렇게 두 현자는 그들의 나무 아래에서 수확물을, 과수원을, 분수를 말한다.

그러나 리프 전쟁**이 벌어졌을 때, 아브드 엘크림***에 의해 페스****가 함락되면서 혁명이 중단되자, 가제르는 자신을 둘러싼 주변의 분위기가 달라졌음을 느꼈다. 그는 카이드가 자동차를 산 후에 했던 지적을 떠올렸다.

"카이드, 자동차에 만족하십니까?"

"편리하네."

"우리 프랑스인들이 없었다면 당신들 중 누구도 차를 소유하지 못했을 겁니다."

"우리 중에 누구도……."

"어쨌든 우리의 존재가 당신들에게 많은 것을 가져다주고 있지요."

카이드는 오랫동안 생각에 잠겨 있다가 쓸쓸하게 말했다.

"그러나 언젠가 당신네가 당신들의 축음기와 차, 영화를 들고 다시 떠난다면……."

* 재판관, 행정권, 경찰권, 징세권을 행사하는 이슬람교의 지방관.

** 모로코의 베르베르족이 프랑스와 스페인의 식민지 지배에 항거해 리프 산맥 일대에서 1921년부터 1926년까지 일으킨 전쟁.

*** 모로코 독립 운동가. 독립운동 단체를 조직해 스페인에 항거하다가 프랑스군의 협공으로 항복했다.

**** 모로코의 도시.

그는 그가 사랑하는 가제르 때문에 잠시 말을 멈췄다. 그러나 잠시 침묵이 흐른 후에 피로가 섞인 듯한 말투로 말했다.

"우리가 저 모든 것을 무엇에 쓴단 말인가?"

오늘날 무슬림들의 가슴에 커다란 희망이 탄생했다. 그들은 우리가 알지 못하는 하늘의 신호를 기다리며 불 앞에서 밤을 새웠다. 그들은 옛 시를 읊었다. 밝아오는 여명은 어쩌면 부활의 여명이리라. 한편 가제르는 자신이 지나갈 때마다 사람들이 입을 다무는 것을 느꼈다. 그는 하루가 멀다고 그를 감싸던 신뢰라는 포장이 벗겨지고 있는 것을 느꼈다. 그는 매일같이 점점 더 눈 속에 파묻히는 군대처럼 일종의 사막 같은 것에 파묻히고 있었다. 커지는 위험은 침묵의 형태를 띠고 있었다.

그가 가장 가까운 친구들에게 농담을 하면, 그들은 더는 웃지 않고 심각한 표정으로 그를 바라봤다. 그들은 그에게 이렇게 말하는 듯했다. '너는 바른 사람이야, 우리는 네가 다치는 것을 원치 않아. 그러니 당장 떠나게…….' 그러나 이슬람을 배신하지 않고서야 그에게 언질을 주는 것은 불가능했다. 게다가 그는 떠날 사람이 아니었으니까. 사람들은 그를 거역하기 전에, 봉기를 일으키기로 한 새벽에 칼로 찔러야만 하는 그 친구를 무거운 존경의 마음으로 에워쌌다.

가제르는 자기 집에서 가구를 더 열심히 닦고 침구를 더 정성껏 정리하면서, 시체를 안치할 준비를 하는 사람들의 배려를 느낄 수밖에 없었다. 누가 그의 곁에 신실하게 남을 수 있을까? 예고된 사건은 이미 특별한 우정을 한참 초월해버렸다. 그 사람들을 이해하는 가제르는 그들의 침묵의 사막 안에서 헛된 우정으로 거닐었다.

그리고 페스의 함락을 예고했던 밤이 찾아왔다. 농장에서 말을 타고 귀가하던 가제르는 한 남자가 자신의 길을 막아서는 것을 봤다.

"카이드가 당신을 보자고 합니다."

"알았소, 내일 새벽에 가겠소."

"아니, 오늘 밤이어야 하네."

"좋소, 가겠소."

그는 한밤중에 지주의 집으로 말을 몰았다. 내일 그들의 위엄을 되찾을 저 무거운 벽을 향해, 늙은 카이드가 신의 이름으로 다시 점령할 그곳으로.

카이드는 그를 맞이하며 그저 이렇게 말했다.

"나의 잠 못 이루는 밤은 길다네. 늙은 게지, 잠을 조금밖에 자지 않아. 그래서 자네를 보고 이야기를 나누고 싶었다네."

오래된 집의 조용한 침묵 속에서 차를 따랐다. 집안에 울리는 매우 부드럽고 분명한 소리, 구리 주전자가 부딪칠 때 나는 그 음, 감동적인 것들 사이에서 그의 유일하고 영원한 관심사에 그곳의 질서가 아주 조금 흔들렸다. 카이드는 오랫동안 생각에 잠겨 있다가 침묵을 깨고 말했다.

"자네의 양이 마음에 드는가? 양모는 팔았고?"

가제르는 암양에 대해 말했고 카이드는 다시 생각에 잠겼다.

"내가 자네를 보고 싶어 했던 이유가 이것이네. 아주 아름다운 숫양을 받았거든. 자네의 집에 일주일 동안 보낼 수 있는데."

"고맙습니다. 카이드."

그들의 대화는 하인의 신호로 중단됐다.

"잠시 기다리게, 다시 오겠네."

카이드는 느린 걸음으로 그 수상한 회담을 향해 갔다. '예사롭지 않은 일들을 준비하는 모양인데, 왜 나는 여기에 있는 것인가'라고 가제르는 생각했다. 생각에 잠긴 그를 목소리가 깨웠다. 카이드가 돌아왔다.

"내 새로운 물통을 봤는가? 자네에게 보여주겠네."

마침내 자정이 되어서야 집주인은 작별을 고했다.

"해가 뜨면 일어나게. 돌아가는 게 좋을 거야. 와줘서 고맙네."

카이드는 그를 문까지 천천히 배웅했다.

"나는 아들이 많다네, 자네도 그중 한 명이야."

"고맙습니다, 카이드."

농장의 창이 검은 대지를 향해, 별과 언덕의 능선과 횃불을 향해 열렸다. 카이드는 일종의 자부심과 슬픔이 교차하는 표정으로 바라봤다. 가제르는 그 노인 곁에서 마지막 몇 분 동안 그곳의 놀라운 안도감을 맛봤다. 그는 '내일이면 나는 적이 되어 봉기가 일어난 이 나라를 혼자 맞서야 할 것이다. 그러나 그는 내게 그 말을 하지 못하고 나를 마지막으로 한 번 보기를 원했던 것이다'라고 생각했다.

가제르가 말에 올라탔을 때, 카이드는 이 말을 부드럽게 덧붙였다.

"자네에게 곤란한 일이 생기지 않길 바라네. 그렇지만 곤란한 일이 생길 것 같으면, 항상 어떻게 대처해야 하겠는가?"

"잘 모르겠습니다. 카이드."

카이드는 다시 한 번 불길을 바라봤다. 불꽃들은 내일의 모든 미지의 것을 담고 있었다. 그것은 불이 붙은 심지와 다름없었다. 그는 마지막으로 목소리를 높여 말했다.

"가서 편히 자게나. 어떤 사람은 곤란한 일을 당할 것 같으면 자기 아비를 보러 간다네."

프랑수아 르네 드 샤토브리앙

가을의 기쁨

계절은 슬플수록 나와 더 가까워진다. 차고 짙은 안개가 낀 날씨는 대화하기 더 어렵게 만들고, 시골 사람들을 고립시킨다. 다른 사람을 피해 있는 것이 더 편하기 때문이다.

가을의 모습에는 교훈적인 성향이 있다. 우리의 세월처럼 떨어지는 저 낙엽, 우리의 시간처럼 지는 저 꽃, 우리의 환상처럼 사라지는 저 구름, 우리의 지혜처럼 희미해지는 저 불빛, 우리의 사랑처럼 식는 저 태양, 우리의 삶처럼 얼어붙는 저 강물은 우리의 운명과 비밀스러운 관계를 맺는다.

나는 말로 표현할 수 없는 기쁨으로 폭풍우의 계절이 돌아오는 것을, 백조와 산비둘기가 지나가는 것을, 연못의 목초지에 작은 까마귀들이 모이는 것을, 밤의 입구에서 메일 길에 있는 가장 큰 떡갈나무 위에 그들이 앉아 있는 것을 봤다.

저녁 무렵 숲의 갈림길에서 푸르스름한 증기가 올라왔을 때 생기를 잃은 이끼 사이로 바람의 하소연이 혹은 바람의 시가 구슬픈 소리를 냈고, 나는 내 본성이 가진 호감을 알아챘다. 휴한지의 끝에서 어느 농부를 만났던가? 나는 거둬들였어야 할 이삭의 그림자 속에서 움트는 그 남자를 바라보기 위해 멈춰 섰다. 그는 무덤의 흙을 쟁기날로 뒤집으면서 뜨거운 땀과 차가운 가을비를 섞고 있었다. 그가 파냈던 고랑은 그에게는 생존을 위한 숙명의 기념비였다. 나의 우아한 악마는 무엇을 했던가? 나의 마법으로 악마는 나를 나일강 변으로 옮겨놓았고, 모래에 잠긴

이집트인들의 피라미드를 보여줬다. 마치 어느 날 히드*가 무성한 땅에 숨어 있는 아르모리크**식 고랑처럼. 나의 기쁨의 이야기가 인간의 현실 범주 밖에 있다는 사실이 다행스러웠다.

저녁에는 연못에서 배를 탔다. 골풀과 둥둥 떠다니는 커다란 수련 잎 사이에서 혼자 배를 몰았다. 거기, 우리의 기후를 떠날 준비가 된 제비들이 모여 있었다. 나는 그 새들이 종알대는 소리를 하나도 놓치지 않았다. 선술집의 주인도 그보다 더 여행자의 이야기에 귀 기울이지 않았을 것이다. 해 질 무렵 제비들은 물에서 놀고 있었다. 곤충들을 쫓았고, 자기 날개를 증명이라도 하는 듯 대기로 함께 날아올랐으며 수면 위로 돌아와 갈대에 매달렸다. 그들의 무게로 살짝 휘어진 갈대, 제비들은 그곳을 어수선한 지저귐으로 채웠다.

* 철쭉과 쌍떡잎식물.

** 옛날 골루아의 한 지방, 현재 브르타뉴와 프랑스 서부 일대를 말한다.

프랑수아 르네 드 샤토브리앙

2년 동안의 광기

그 광기는 2년 동안 계속됐다. 나의 광기가 가장 절정에 이르는 시간이었다. 나는 말수가 줄다가 더는 아무 말도 하지 않게 됐다. 여전히 공부를 했고, 거기 책을 던졌다. 고독을 즐기는 나의 취향은 배가 됐다. 격렬한 열정의 모든 증상이 나타났다. 눈이 퀭하게 들어갔고 살이 빠졌으며, 잠을 자지 않았다. 주의가 산만했고 슬펐고, 불같이 뜨거웠으며 사나웠다. 나의 나날들은 미개하고 이상하며 기상천외한 방식으로 흘러갔지만, 달콤함이 가득했다.

성의 북쪽에는 드루이드*의 돌이 여기저기 흩어져 있는 광야가 펼쳐져 있었고, 나는 해 질 무렵 그곳의 돌에 앉으러 갔다. 황금빛 나무 꼭대기, 눈부시게 빛나는 토지, 분홍색 구름 사이로 반짝이는 저녁의 별들은 나를 생각에 잠기게 했다. 욕망의 대상, 이상형과 함께 그 광경을 즐기고 싶었다.

나는 마음속으로 태양을 좇았다. 태양에게 나의 아름다움을 줬고, 그가 그것을 가져가 우주를 위해 함께 빛나기를 바랐다. 곤충들이 뾰족한 잎에 걸어놓은 줄을 끊어놓는 저녁 바람, 자갈 위에 앉은 종달새가 현실을 일깨운다. 나는 작은 성으로 다시 길을 떠났다. 심장이 조이는 듯했고 얼굴이 무너졌다.

* 켈트의 땅에서 신의 의사를 전달하는 존재. 신의 의지에 따라 부족의 장래를 점치고 정령 소환술을 다뤘다.

여름 소나기가 내리던 날들, 나는 서쪽에 있는 커다란 탑에 올랐다. 성의 지붕 밑으로 울리는 천둥과 탑의 피라미드식 지붕 위로 무섭게 쏟아지는 빗줄기, 흔들리지 않은 풍향계에 강렬한 불꽃을 남기며 구름을 가로지르는 번개가 나의 열정을 자극했다. 예루살렘 장벽의 이스메네*처럼 나는 벼락을 불렀다. 나는 그 벼락이 내게 아르미드**를 가져다주기를 바랐다.

하늘은 평온했던가?

메일 길을 건넜다. 그 주변에는 버드나무 울타리로 구획을 나눈 초원이 있었고, 나는 그 버드나무 사이에 둥지처럼 자리를 잡고 앉았다. 하늘과 땅 사이의 고립된 그곳에서 꾀꼬리와 함께 몇 시간을 보냈다. 나의 님프는 내 곁에 있었다. 나는 그의 모습에서 싱그러운 이슬로 가득 찬 봄밤의 아름다움과 나이팅게일의 노래 그리고 미풍의 속삭임을 떠올렸다.

지난번에는 버려진 길을 따라갔다. 냇가에서 자라는 식물들로 아름답게 일렁이는 곳. 인적 드문 곳에서 나오는 소리를 들었고, 모든 나무에 귀를 기울였다. 밝은 달이 숲속에서 노래하는 것을 들은 것도 같았다. 나는 그 기쁨을 다시 말하고, 그 말들을 입술로 내뱉고 싶었다. 어떤 목소리의 높낮이에서, 하프의 떨림에서, 부드러운 소리나 뿔피리 또는 하모니카의 매끄러운 소리에서 어떻게 다시 나의 여신을 되찾을 수 있었는지 알 수 없다. 나의 사랑의 꽃과 함께한 그 아름다운 여행을 이야기하기에는 너무 길 것 같다.

* 이탈리아의 시인 토르콰토 타소의 장편 서사시 《해방된 예루살렘》에 나오는 등장인물 중 한 명으로, 예루살렘의 알라디노 왕을 섬기는 마법사이다.

** 이탈리아 출신의 프랑스 작곡가 장 바티스트 륄리가 타소의 《해방된 예루살렘》의 줄거리를 차용해 만든 오페라 〈아르미드〉에 나오는 여자 마법사이다.

어떻게 우리가 손에 손을 잡고 그 유명한 폐허들, 베네치아, 로마, 아테네, 예루살렘, 멤피스, 카르타고에 갔는지, 어떻게 우리가 바다를 건넜는지, 어떻게 우리가 타히티섬의 월계수 나무에, 암보이나섬과 티도레의 향긋한 작은 숲에 행복을 물었는지, 어떻게 우리가 오로라를 깨우러 히말라야 정상으로 갔는지, 금매화가 피고 탑을 흐르는 물결이 에워싸는 성자의 강을 어떻게 우리가 내려갔는지, 대나무로 만든 작은 배의 돛대 위에 걸터앉아서 벵골 사람들이 인도의 뱃노래를 부르는 동안 어떻게 우리가 갠지스강 연안에서 잠을 잤는지를 말하기에는.

땅과 하늘은 이제 내게 중요치 않았다. 특히 하늘을 잊었다. 그러나 내가 더는 하늘에 소원을 빌지 않았다고 해도 나는 고통스러웠고, 고통은 기도이기에 나의 비참한 비밀의 목소리를 하늘은 들었을 것이다.

폴 부르제

진실한 감정

의심이 찾아왔다. 느껴본 적이 있기에 명확하게 표현하려 했던 이 혼란, 나의 불안을 이야기했던 그 충격적인 내면의 경련, 너무도 쓰라린 달콤함에 뒤섞인 잔인함을 헤아렸던 수컷과 암컷의 만남, 의사들의 냉소주의와 철학의 논리와 방탕자의 회의주의에 헛되이 치유를 요구해봤던 그러나 영혼 속에서 이미 벌어져버린 이 상처, 이 모든 것이 정말 인생일까? 그렇다. 나는 정부(情婦) 때문에 죽을 만큼 고통을 겪었다. 그녀 곁에서, 그녀의 품 안에서 내 존재의 힘을 넘어서는 관능에의 도취를 알게 됐고, 너무도 강렬한 그것이 나를 절망 속에 가뒀다. 질투는 어떤 순간에 어떤 장면이 내 머릿속을 스치기만 해도 가혹하게 심장을 조여 나를 괴롭혔고, 내 안의 신경이 쇠약해졌으며 보이지 않는 손이 내 목을 졸랐다. 날카로운 칼이 내 심장을 파헤쳤고 내 뇌를 오그라뜨렸으며 내 다리를 부러뜨렸고, 나는 아팠다. 아! 얼마나 아팠던가! 그리고 이제 자신에게 묻는다. 이 모든 것을 겪으면서 나는 살아 있었던 것일까? 말하자면 여성에게서 느낄 수 있는 감정을 고강도로 경험했던 것일까? 어제 어릴 적 친구 한 명을 만난 후로 이런 이상한 질문을 나 자신에게 던지게 됐다. 연로하신 이모님 댁에 며칠을 머물기 위해 이 두메산골에 왔고, 이곳에서 가엾은 의사로 살아가는 친구의 이야기가 마치 진실만이 우리를 흔드는 것처럼 나를 동요시켰던 것이다. 그리고 그 이야기는 스무 살, 인생을 시작하는 순간에 '나는 진짜일까? 이 길을 가다보면 내 운명을 잃게 되는 것이 아닐까? 나는 실패자(여기서 이 단어는 사물처럼 밉상이자 무기력한 것이 된다)가 되지 않을까?'라고 물을 때, 당신을 사로잡는 묘한 의심을 내게 안겨줬다. 모든 감정을 격렬히 느끼기 위해 얼마나 힘들게 내가 나를 시험해야 했던가. 그러나 나는 고향 촌구석을 떠나지 않은 어느 초라한 남자아이가 나보다 더 많은 것을, 더 강렬한 것을 가졌다고 생각했다. 그러니 무슨 소용이란 말인가? 사상이나 가장 쓸데없는 분석들로 자신을 망치지 않고, 흘러가는 세월에 편안히 나를 맡기지 않은 것은 무엇을 위해서였단 말인가?

오귀스트는(그 보잘것없는 의사의 보잘것없는 이름이다) 중학생 때부터 숫기가 없었고 작고 겸손했다. 절대 입에 오르내릴 행동을 하지 않는 모범생이었으며, 늘 한결같이 모범답안을 노트에 적고 꾸준히 꼼꼼히 공부하여 학년 말에는 15등에서 8등으로 성적을 올린 학생이었다. 그렇지만 오귀스트에게는 반 아이들이 가진 시시함과는 다른 특징이 있었다. 어느 그룹의 어떤 학생을 차례차례로 끌어들이려고 일시적이고 변덕스러운 친절을 베푸는 아이들 사이에서, 그는 입학하자마자 친하게 지냈던 친구 둘과 해가 바뀌어도 변함없는 우정을 나누며 항상 그들과 함께 산책했고, 줄을 설 때나 공부할 때나 식당에서나 그들 곁을 떠나지 않았다. 우리는 그들을 '세 명의 동방박사'라 불렀는데, 바보 같은 장난이었다. 그들 셋 중에 누구도 그 별명에 어울리는 사람은 없었다. 특히 오귀스트에게는 왕이나 마법사, 피렌체의 리카르디 궁전의 예배당에 걸려 있는 고촐리 같은 오래된 화가들이 보여준, 녹색과 빨간색 비단옷을 입고 보석이 달린 터번을 쓰고 행렬하는 사람들을 지나 보석함을 실은 낙타 사이를 유유히 걸어가는 가스파르, 발타사르, 멜키오르 같은 화려한 순례자의 모습이 전혀 없지 않았던가?

우리의 오귀스트는 온화한 얼굴에 오래 세습되어온 부르주아의 순종적인 모습이 잘 드러나 있었다. 그 소년은 통통했고 얼굴, 발, 손, 몸짓, 옷차림 등 모든 것이 평범했으나, 눈만은 예외였다. 캉디드*의 영혼이 웃던 생기발랄한 눈, 신앙인의 눈, 원시시대 화가들이 눈부신 벽화의 구석에 대수롭지 않게 그린 무릎 꿇은 숭배자의 경건한 눈, 그의 눈은 천박한 포장 안에 아주 따뜻한 가슴이 있음을 말해주었다. 그 먼 시절에는 나 역시 인간 본성의 다름에 대해 아는 것이 없는 청소년이었을 뿐이지만, 조숙한 직관이 내게 이 굼뜬 녀석의 감수성의 가치를 알려줬다. 꺼벙이, 그것은 그의 두 번째 별명이었고, 그의 굼뜬 거동을 봤을 때 첫 번째보다 더 잘 어울렸다. 나는 그 때문에 '세 명의 동방박사' 모임 안에 들어가려고 했지만, 실패했던 것을 기억한다. 세 친구가 꽤 엄숙하게 그들의 우정을 걸고 네 번째 친구가 들어오는 것을 허용하지 말자고 맹세했기 때문이다. 내가 방학을 보냈던 생사튀르냉의 이 작은 마을에서 뒤퓌의 아버지 집이 내 아버지 집의 옆에 있었음에도, 오귀스트는 나를 위해 유년 시절의 약속을 절대 깨지 않았다. 몬 강변에서(이 글을 쓰는 지금 창문 아래로 들려오는 강물 소리와 똑같은 소리가 났던 그 강, 어떤 영혼이 그 소리를 들을까!) 우리가 대화를 나누던 모습이 눈에 선하다. 우리는 우리가 버드나무 아래 물에 던진 푸른 날개 메뚜기가 긴 다리를 뻗어 돌을 향해 헤엄치는 모습을 보기 위해 그 곤충을 좇는다. 내가 오귀스트에게 "내 친구가 되어줄래?"라고 물으면 "누구누구가 없었다면 그랬을 거야. 그렇지만 그럴 수 없어……"라고 대답하는 그의 목소리가 들린다. 오, 감동적인 순수함이여! 새로운 호감은

* 볼테르의 소설《캉디드》의 주인공으로, 순진하고 순박한 청년이다. 사촌 퀴네공드를 연모했다가 숙부에게 쫓겨나 전쟁, 병고, 조난, 지진, 종교재판, 고문, 폭행을 겪는다.

오랜 친구들에 대한 배신이라고 그토록 진지하게 믿었던 시절의 어리석음이여! 질투로 인해 배타적이었던 그 시기의 우리가 옳았던가? 아니면 시간이 흘러 '하나를 잃으면 열을 얻는다'라는 격언을 쉽게 실천하게 된 우리가 옳은 것인가? 그렇지만 친구라 할지라도 애정에서 나오는 민감한 질투의 감정을 모르는 사람이 누가 있겠는가?

순수한 학대자였던 우리가 힘없는 곤충을 졸졸 흐르는 물속에 던진 날들 이후로도 삶은 흘러갔다. 나는 아버지와 어머니가 돌아가신 후에 프랑스 중부지역의 산골짜기에 있는 그 외딴 마을의 길을 잊어버렸다. 그곳으로 가는 길에는 어느 연인이 나의 콜레트를 숨길만 한 별장은 전혀 없었다. 그러나 이모님의 편지로 나는 뒤퓌가 의학 공부를 해왔다는 것과(늘 그렇듯 차분하게) 파리가 아닌 클레르몽페랑의 학교에 다녔고, 생사튀르냉에서 의사가 됐으며, 생타망탈랑드의 어느 뚱뚱한 이웃의 딸과 결혼했으나 아내가 선거철에 그 고장에 온 어느 기자와 세계 일주를 하기 위해 떠났다는 사실을 알고 있었다. 뒤퓌 부인의 도주는 그 고장의 전설로 남았고, 연로하신 이모님은 내가 보내준 희곡이나 단편소설을 성실하게 읽고 편지를 써야 한다고 생각할 때마다 약간의 짓궂은 장난기로 내 작품 속 여자 주인공들과 뒤퓌 부인을 항상 비교하셨다. 그리고 그 불행한 인생의 시시콜콜한 이야기도 덧붙이셨다. 이모님은 우리 문인들이 프랑스와 유럽에서 가장 낙오된 자들만이 모이는 불법 카지노 같은 곳에서 산다고 상상하시면서 내가 그를 파리에서 만난 적이 있느냐고 물으셨다. 나의 부족함으로 가족끼리 주고받던 이 편지는 매우 띄엄띄엄 이어졌고, 그 정숙한 여인은 나의 빚이나 방탕한 생활에 대해 궁금해하셨다. 도착한 날 저녁에 나는 뒤퓌에 관해 물었고, 전혀 예기치 못한 소식을 듣게 됐다. 이모님은 이렇게 말씀하셨다.

"뭐라고? 그가 아내와 재결합한 것을 몰랐니?"

"그럼 그 여자를 보게 되겠네요."

나는 문학적 별미와 그 진정한 보바리 부인과 나눌 대화의 즐거움을 미리 기대하며 대답했다. 파리에서 지친 몸을 쉬기 위해 막 생사튀르냉에 도착했으나, 그곳에 있을 때는 견딜 수 없었던 대로(大路)가 이미 그리워지던 참이었다. 집시들이 "올레, 올레(oli oli)"를 외치며 부르는 스페인 가요 〈페테느라〉에 이런 가사가 있다. "당신과 함께도 아니고 당신 없이도 아닌……."

안달하는 나의 마음이 품은 모든 연인과 그들의 모든 취향에 얼마나 어울리는 명구인가!

"그 여자는 6개월 전에 세상을 떴어."

집시의 노래를 들어본 적 없는 이모님이 대답하셨다. 이모님은 명구와는 반대로 뿌리를 내린 곳에서 죽음을 맞는 식물의 신조를 실천하며 사시는 분이었다. (이렇게 다른데 유전적 특성은 어떻게 된 것일까?) 이모님은 진저리를 치시며 미스터리한 뒤퓌 부인의 마지막을 계속해서 상세히 설명하셨다.

"그 여자가 뻔뻔하게도 이곳에 오면서 여자아이 한 명을 데려왔다면 상상이나 할 수 있겠니? 하늘은 누구의 아이인 줄 알까? 그 의사 양반이 그 아이를 돌봤단다. 그저 동정심으로만 그런 것이었다면 그러려니 하겠지만……. 아니, 그 사람은 정말 친자식처럼 그 아이를 사랑했어……. 아! 그것 때문에 이 고장에서 손해를 많이 봤지……."

부르주아의 위선적인 도덕관념이 담긴 그 순진한 말이 나를 즐겁게 했다. 그러니까 이모님이 들려주신 오귀스트 뒤퓌의 기묘한 애정사에 관심이 생기지 않았더라면, 나는 '동방박사', '꺼벙이'라고 불렸던 그를 언제까지나 세상에서 제일 평범한 남자라 여겼을 것이다. 촉감은 뻣뻣하지만 상쾌한 라벤더 향이 나는 침대에 누워,

소란스러운 파리를 빠져 나와 어느 소음보다도 더 잠을 방해하는 시골의 고요함 속에서 몬강 가의 옛 동무의 처지를 생각하느라 어릴 적 추억을 회상하는 것을(이것도 역시 이모님이 쓰시는 말이다) 잊었다. 나는 로제 발랑틴*의 사건을 통해 그를 더욱 잘 이해할 수 있었다. 그 밤에는 강의 신음이 잠잠했고, 강이 내 꿈을 우수 어린 다정함으로 달래줬다. 나는 생각했다. 로제는 아내가 첫 번째 남편에게서 낳은 아이의 존재가 수치스러움을 나타내는 것도, 배신을 나타내는 것도 아님에도 불구하고 그 아이의 존재 때문에 고통을 받았다. 그런데 오귀스트는 그 여자아이 안에 아내의 배신을 구현하는 산 증거가 시시때때로 자신 앞에 나타나는데도 불구하고 그 아이가 엄마와 다른 사람을, 그러니까 친부를 조금씩 닮은 미소로, 그에게 거짓을 말한 눈과 똑같은 색깔의 눈으로, 다른 사람이 풀고 묶었던 머리카락으로 그의 앞을 오가고 웃고 보는 것을 참고 바라봤다는 것인가? 참았다는 것은 그래도 이해가 된다. 그러나 이모님은 그가 아이를 사랑한다고 주장하신다. 그렇다면 그것은 그가 아내를 단 한 번도 사랑하지 않았다는 뜻이리라. 그러나 이모님은 오히려 그 반대라고 설명하시지 않았나. 나는 이모님이 편지에 쓰신 내용을 기억해냈다. 그 버려진 남편의 고통은 모든 이들의 가슴을 아프게 했다고 말씀하셨다. 이모님의 표현에 의하면 그는 넋이 나가 있었고, 몇 달 만에 머리카락이 회색이 됐으며, 한때 그토록 유쾌하고 좋은 동반자였던 그가 웃음을 잃었다고 했다. 어떻게 부정한 여자와 부도덕한 행실로 낳은 아이에게 그런 사랑을 줄 수 있단 말인가? 나는 오랜 동무를 이해해보기 위해 콜레트가 예를 들어 나의 경쟁자 중 한 명인 살바니, 그를 질투한다는 것에 역겨움을 느꼈던 그 마권업자와 사이에서 낳을 수도 있었던

* 폴 부르제의 어린 시절 친구.

여자아이에 대한 감정을 그려봤다. 나는 상상 속에서 여자아이를 봤고, 그 아이의 숨소리만으로도 비명이 나올 것 같았다. 가장 오래된 불안이 갑자기 깨어났다. 그렇지만 콜레트는 화류계에서 내가 선택했던 정부다. 그녀를 차지하면서 수없이 많은 남자가 그녀를 이미 가졌었다는 사실을 모르지는 않았다. 그것 또한 문제였다. 사람들은 그 뻔뻔한 여자가 이 사람 저 사람에게 몸을 줬고, 누군가 그녀에게 돈을 건넸고, 또 다른 누군가도 그랬다는 사실을 알고 있었다. 그렇다, 그녀는 예술학교를 나와 그렇게 시작한 것이다. 나는 동료들이 그녀의 태도나 몸을 허락하는 방식에 대해 말하는 것을 듣기도 했다. 그들은 그녀가 지닌 아름다움의 비밀을 묘사했다. 사람들은 그녀와 만나면서 그 일화들이 사실이었고 그 묘사들이 정확했으며, 지레 깔보던 그 정부를 마치 우리가 그녀의 첫 번째 남자라도 된 듯 질투했다. 그런데 실제로 첫 번째 남자라면, 한 여성이 당신에 의해 애정의 삶을, 관능의 삶을 시작했다면 그 질투는 어떤 모습이어야 할까? 한쪽은 다른 이들이 떠들고 나서야 질투의 감정이 실질적으로 깨어났지만, 한때 사랑에 빠졌던 한 남자는 여자가 다른 사람에게서 낳은 아이를 보고도 질투로 괴로워하지는 않은 듯하다. 뒤뀌의 경우가 그렇다. 그 여자에게서 낳은 자식이 없지 않았던가? 설마…… 나는 자신의 영혼에 막 상처를 입힌 장면들 때문에 씁쓸해진 마음으로 아주 크게 혼자서 웃음을 터뜨렸다.

"그래!" 혼자 중얼거리며 생각을 이어나갔다. 오귀스트는 '뒤마'*가 말했던 남다른 덕을 지닌 영웅 중 한 명일 것이다. 작품

* 알렉상드르 뒤마. 프랑스의 작가. 뒤마의 아들로 소(小) 뒤마라고도 한다. 혼외자 출신이라는 이유로 불우한 유년 시절을 보냈으며, 법적 소송 끝에 아버지 뒤마의 합법적 아들로 인정받았다. 성장기의 이러한 경험은 그의 작품에 많은 영향을 미쳤다.

《알퐁스 씨》* 속 남편도 다른 이에게서 자식을 낳은 아내를
용서한다. 이 연극이 처음 공연됐을 때 나는 그 장면을 꽤 옹호했다.
그 용서 속에 깊은 인간미가 있다고 지지했던 것이 잘못된 일인가?
《마스카리유의 손자》에서 남들을 놀리는 재주가 탁월한
메이야크의 인물이 뒤마의 이 사도와 만난다. 그러나 《알퐁스 씨》의
아이와 《마스카리유의 손자》에서 발랑틴의 아이는 오귀스트가
입양한 아이와는 다르게 모두 결혼 전에 낳은 아이이다. 두 상황
사이에는 큰 차이가 있다. 그렇다고 한들 뭐! 고인이 된 뒤퓌 부인이
뉘우치고 돌아왔다면, 그 '꺼벙이'에게 '아! 내가 당신을 몰라봤어요.
당신이 얼마나 착한 사람인지, 얼마나 고귀한 사람인지……'라고
(오케스트라의 떨리는 음으로!) 고전극 연기를 펼쳤다면…….
당신에게 이런 어마어마한 거짓말을 하는 여자들도 있다.
그 여자들이 바람을 피운 이유는 오직 하나, 당신을 가장 많이
사랑하기 위해서다. 당연한 말이다. 비교 없이는 편애도 없으니까.
오귀스트는 아주 어릴 때부터 언젠가 남자가 되면 모욕을
감수하게 될 것 같은 눈을 갖고 있었다. 한술 더 떠서 그 여자가
자신을 생각하면서 여자아이를 만든 것이라고 믿었을 줄 누가
알겠는가? 알프레드 드 비니**는 부정한 남편에게 이런 놀라운
구절을 부여했다.

"부정을 저지를 때도 당신으로 가득했다……."

나는 이런 생각에도 불구하고 혹은 이런 생각들 때문에 시골의
푸짐한 점심을 먹고 나서 한낮에 의사의 집이 있는 곳으로 걸어갔다.

* 알렉상드르 뒤마의 1873년 작품이다.

** 낭만주의 작가, 소설가이자 시인.

그는 그가 태어나고 그의 아버지가 돌아가셨던, 잘 웃고 통풍에 시달렸던 뒤퓌 할아버지가 늙어갔던 마을 끝의 집에서 살고 있었다. 구제할 길 없는 급진파는 우리에게 몇 번이고 1830년대의 바보스러운 자유주의 노래를 불러주지 않았던가.

> "할아버지, 할아버지, 나는 저쪽으로 돌아가고 싶어요……."

나는 매우 희미하게 기억하고 있던 지평선을 바라보며 한가로이 걸음을 옮겼다. 모든 것이 작아진 듯했으나 더 아늑하고 더 안락해보였다. 몬강이 흐르는 협곡이 내려다보이는 하나뿐인 길 위로 집들이 다닥다닥 붙어 있었다. 그 작은 강 반대편에는 계단식 산이 있었고, 경사지는 나무와 낯선 건축물로 둘러싸여 있었다. 어느 자비로운 영주가 1년간의 실업으로 가난에 시달리던 노동자들을 고용하여, 시멘트 없이 돌로 망루와 벽을 세워 기복이 심한 이 언덕의 능선을 보강하려고 했다고 한다. 녹음 짙던 그 여름날, 멀리 산 정상에서 강물을 통로로 삼은 듯한 시원한 미풍이 타는 듯한 더위를 식혀줬다. 나는 숲속 외딴 초가집 굴뚝에서 살랑거리는 나선형의 푸른 연기만큼 허무한 몽상을 좇아 세계를 유랑하는 대신에 여기, 고향에 자리 잡고 살면서 반듯한 생활을 하는 것이 현명하지 않았을까 생각했다. 그러나 그렇지 않다. 나의 어릴 적 친구인 의사도 시골 한쪽 구석에서 내가 파리 극장의 무대 뒤에서 겪었던 것과 똑같은 배신을 당하지 않았던가. 그는 이 배신을 달래줄, 그의 불행을 감싸줄 세련된 환경을 갖지 못했다. 고통 속에서도 후회가 관능적으로 남을 수 있게 하는 감각의 추억도 없다. 나는 오랫동안 뒤퓌의 집 앞에 멈춰 서 있었다. 작은 정원이 집과 길을 나누었다. 나는 강변을 향해 뻗어 있는 뒤쪽의 커다란 과수원만큼 그곳을 아주 잘 알았다. 비둘기장이 같은 자리에 있는 것을 봤다. 그 자리에는 할아버지가 직접 '평온한 시간만을 가리킨다'라고 라틴어로 적어넣은 해시계 판도 있었다. 그러나 철책으로 된 문을 열었을 때 개집에서 개가 튀어나와, 내가 그 조용한 은신처의 익숙한 손님이 아니라는 사실을 확인시켜줬다. 하인이 내가 왔음을 알리자 내 앞에 선 덩치 큰 남자도 놀라 외쳤다. "뭐라고, 클로드* 자네인가, 말도 안 돼!" 그리고 그는 책과 소책자가 가득한 서재로 나를 밀어 넣었는데, 그곳에는 여덟 살쯤으로 보이는 금발 머리를 굵게 땋은 작고 야리야리한 소녀가 조금 해진 카펫 위에 앉아서 놀고 있었다. 덩치 큰 남자는 부드러운 목소리로 소녀에게 말했다.

"자, 루이즈, 정원으로 가렴."

"네. 아빠."

아이가 말했다. "그런데 루시를 데려가야 하죠. 그렇죠?" 여자아이는 옷을 입히던 인형을 팔로 감싸 안아 데리고 나갔다. 우연은 단박에 나를 '그 다른 사람의 딸' 앞으로 데려다놓았고, 나는 아이를 바라보며 웃는 나이 든 의사의 얼굴에서 내 오랜 클레르몽페랑 고등학교 동무의 젖은 눈을 금세 알아봤다. 그의 눈동자는 여전히 열다섯 살의 그것이었다. 다만 두 뺨과 이마에 일찍 생겨버린 주름과 이모님이 말했던 희끗희끗해진 머리칼, 특이한 입술의 모양이 사람을 잘 믿는 어진 성품으로 유쾌하게 태어난 이 남자가 많이 고통받았음을 말해주었다. 책상 위에 있는 보통 크기의 사진에는 아주 아름답고 우아하고 아직 젊은 여성이 있었다. 나는 한눈에 아이의 엄마라는 것을 두 사람의

* 클로드 라르셰르. 폴 부르제가 사랑에 관한 에세이를 쓰기 위해 창조해낸 인물이다. 이 작품에서 폴 부르제는 클로드 라르셰르를 내세워 이야기한다.

닮은 모습으로 짐작했다. 오귀스트가 내게 다정한 질문을 던지는 동안 나는 열린 창문으로 인형을 내려놓고 개와 함께 노는 여자아이의 웃음소리와 너무 흥분한 개를 혼내는 하인의 목소리를 들었다.

"이렇게 살고 있다네."

동무는 자신이 하는 이런저런 일들을 이야기하며 이렇게 결론 내렸다.

"나는 행복하지 않은 게 아니라 누군가의 말처럼 만족하고 있는 거야."

그리고 침묵이 흐른 후 약간 난처한 듯 물었다.

"내가 아주 불행한 일을 겪었다는 것은 알고 있겠지?"

그는 가장 냉소적인 입술에서 미소를 거둬간 그 문장을 슬프고도 단순하게 발음했고, 그것이 나의 마음을 깊이 휘저었다. 아! 내가 완전히 늙는다면, 인간의 고통 앞에서 더는 동요하지 않을 수 있을까!

"어쩌겠는가?"

그가 말을 이었다.

"나 같은 둔한 사람은 줄 수 없는 다정함을 갈구한 여자와 결혼했던 것을. 예술가이자 음악가였어, 파리에서 자랐고……. 그런데 나는……."

그의 몸짓은 꾸밈이 없었다. 나는 그가 비밀을 털어놓는 이유를 이해했다. 그는 내 이모님이 그의 모든 불행을 이야기했을 것이라고 짐작했고, 그 여자를 위한 어떤 변론도 없이 자신이 사랑했던 여자를 내가 단죄하는 것이 괴로웠던 모양이다. 그는 이렇게 강조했다.

"내가 깨달은 것은 너무 늦었다는 사실뿐이었어. 내 잘못이 아주 컸네. 그녀가 혼자되어 가난하게 살다가 병에 걸려 내게 편지를 썼을 때, 그녀를 찾으러 갔다네. 자네가 그녀의 놀란 얼굴과 눈물과 고마워하는 모습을 봤다면! 그녀는 마지막 6개월 동안 내가 흘린 모든 눈물을 행복으로 갚아줬지……. 자네도 방금 저 아이를 봤지, 얼마나 가녀린지……. 엄마를 닮은 거야. 모든 게 엄마를 닮았네……. 저 아이의 사소한 말과 행동이 그녀를 떠올리게 해……. 그래, 사람들이 나를 비난하고 나를 약하고 하찮게 본다는 것을 알고 있어……."

그는 어깨를 들썩였다. 그리고 매우 낮은 목소리로 고개를 저으며 말했다.

"이보게, 내가 아내를 사랑했던 것만큼 한 여자를 사랑하면, 그건 평생 가는 거야. 그리고 그 여자를 살게 하는 모든 것을 사랑하는 것이고…… 모든 것을. 이해하겠는가?"

그가 내게 이야기를 건네는 동안 너무도 풋풋하고 순수한 그의 눈에 눈물이 가득 차오르는 것을 봤다. 나는 그 감정을 우습게 생각하는 대신에, 가슴에서 우러나오는 깊은 인생이란 자신을 배신한 여자를 향한 매우 부드럽고 다정한, 모든 미움에 너무 낯선 그 감정과, 나의 잔인하고 비천한 원한 사이 어디에 있는지를 묻게 됐다. 아아! 사랑에 대해 그토록 많이 쓰고 사랑을 즐기고 사랑에 고통받았건만, 나는 한 번도 사랑한 적이 없었단 말인가?

폴 부르제(1852-1935)
프랑스 소설가. 시인으로 데뷔하여 소설을 썼다. 사회 문제를 다루는 작품을 주로 썼으며, 구성미와 심리 분석에 탁월한 작가로 알려졌다. 작품에 보수주의 성향이 잘 드러나 있다. 대표작으로 《이혼》, 《대낮의 악마》, 《죽음의 의미》 등이 있다.

로베르 데스노스

밤의 가장 깊은 곳

내가 길에 도착했을 때 나뭇잎들은 떨어지고 있었다. 등 뒤의
계단은 별이 뿌려진 창공에 불과했고, 나는 그 별들 사이에서 루이
15세풍의 하이힐을 신고 자갈길을 오래 밟았던 여자의 발자국을
분명히 알아봤다. 내게 길들여진 연약한 동물, 우리 집에 들어와
나의 수면과 연합전선을 펼쳤던 사막의 도마뱀이 뛰놀던 길이었다.
루이 15세풍 하이힐은 도마뱀을 쫓았다. 분명하게 말하지만
내 인생에서 놀라운 시기였다. 밤이 매분 내 방 카펫에 새로운
발자국을 남기던 시기. 그 이상한 발자국은 때때로 나를 떨게 했다.
폭풍우가 치던 날에, 달이 밝은 날에 나는 몇 번이나 몸을
일으켜 장작과 성냥 혹은 빛나는 벌레의 희미한 불빛에 내 침대를
향해 다가오던 여인들의 추억을 비춰보려 했던가. 나의 욕망에
맞춰 나체로 스타킹과 하이힐만 신고 있던 여인들과의 추억, 태평양
한가운데에서 여객선이 발견한 양산보다 더 야릇했다. 내 발에
상처를 냈던 아름다운 하이힐, 하이힐이여! 당신은 어느 길에서
또각또각 걷고 있는가? 나는 당신을 다시 볼 수 없는가?
그 시절, 내 문은 신비를 향해 활짝 열려 있었지만, 신비는 문을
닫으며 들어왔다. 그리고 그 후로 나는 말 없이 그 엄청난
발소리를, 내 열쇠 구멍을 포위하는 나체 여인들의 발소리를 듣는다.
그녀들의 루이 15세풍 구두는 아궁이의 장작불과 익은 밀밭,
한밤중 텅 빈 방의 시계, 같은 베개를 베고 누운 낯선 이의 숨소리와
같은 소리를 낸다.

그러나 나는 피라미드 길에 들어섰다. 바람이 튈르리 공원의 나무에서 뜯어낸 나뭇잎들을 실어 왔고, 그 나뭇잎들은 힘없는 소리를 내며 떨어졌다. 그것들은 장갑이었다. 가죽 장갑, 스웨이드 장갑, 긴 털실로 짠 장갑, 그러니까 모든 종류의 장갑. 보석상 앞에서 여자는 반지를 껴보기 위해 코르세르 상글로*가 손에 입을 맞출 수 있도록 장갑을 벗는다. 그녀는 소란스러운 극장 깊숙이 단두대의 냄새와 혁명의 비명을 몰고 온 여가수다. 단추를 채운 곳에 살짝 드러난 손. 이따금 권투 장갑이 여정을 마무리하는 별똥별보다 무겁게 떨어졌다. 군중들은 정중한 배려 없이 입맞춤과 포옹의 추억들을 짓밟았고, 나만은 그 추억들에 상처를 입히지 않으려 했다. 가끔은 추억 중 하나를 주웠고, 그것은 부드러운 포옹으로 내게 감사를 전했다. 나는 내 바지 주머니에서 그것이 떨고 있는 것을 느꼈다. 그 추억의 여주인도 그렇게 사랑이 달아나는 순간에 떨고 있었으리라. 나는 걸었다.

리볼리 길의 아케이드를 따라 다시 걷다가 마침내 루이즈 람이 내 앞에서 걷고 있는 것을 봤다.

도시에 바람이 불었다. 베베 카돔 광고 포스터들이 폭풍우의 밀사들을 불러들였고, 그들의 보호 아래 도시 전체가 경련을 일으켰다.

그것은 먼저 보이지 않는 두 손을 하나로 포갠 한 켤레의 장갑이었다. 그것의 그림자는 내 앞에서 오랫동안 춤을 췄다. 내 앞에서? 아니다, 그것은 에투알을 향해 걷던 루이즈 람이었다. 기이한 산책. 하늘의 눈처럼 태양이 머무는 안공, 개선문이 있는 에투알 광장이며, 그 옛날 왕들은 더도 덜도 아닌 딱 너만큼 구체적인 별을 따라 걸었다. 모험하는 산책 그리고 그것의 신비한

* 로베르 데스노스의 소설 《자유 또는 사랑!》에 등장하는 인물.

목적은 어쩌면 파멸로 이끄는 숙명의 사랑, 절대적인 사랑, 치명적인 사랑, 내가 간절히 원하는 너였을까. 내가 왕이었다면 오 예수여, 당신은 요람에서 목이 졸려 죽었을 것이다. 너무도 일찍 나의 아름다운 여정을 멈춘 죄로, 내 자유를 깬 죄로. 그랬다면 분명 신비스러운 사랑이 나를 예속하고, 지상의 길에서 나를 포로로 끌고 갔을 것이며, 나는 그곳에서 자유롭게 달아나기를 꿈꿨을 것이다.

나는 그녀의 목에 닿는 모피 코트의 움직임을, 코트의 가장자리가 실크 스타킹에 부딪히는 것을, 부드러운 안감이 골반에 닿는 것을 상상하며 바라보는 것이 좋았다. 불현듯 그녀의 종아리를 감싸는 하얀 테두리 장식의 존재가 눈에 들어왔다. 그것은 순식간에 바닥 위로 미끄러졌고, 나는 그곳에 이르러 하얗고 얇은 삼베 바지를 주웠다. 그 바지는 한 손에 들어왔다. 나는 바지를 펼치고, 환희에 차서 고개를 묻었다. 루이스 람의 은밀한 냄새가 배어 있었다. 어떤 전설의 고래가, 어떤 경이로운 향유고래가 이보다 진한 용현향을 퍼뜨릴 수 있을까. 거대한 얼음조각들 사이에서 길을 잃은 어부들은 차가운 파도 속에서 당신을 감정으로 떨어져 죽게 놔둘 것이다. 해체된 괴물 안에서 씨앗과 기름 코르셋, 우산을 만들 고래수염을 정성스럽게 거두고나면, 벌어진 배 속에서 당신은 원기둥 모양의 귀한 물질을 발견할 것이다. 루이즈 람의 바지! 얼마나 대단한 세계인가! 내가 장식의 의미를 다시 생각했을 때, 그녀는 더 커다란 자리를 차지했다. 나는 취기로 무거워진 머리를 비틀거리며, 이제 모두 나란히 묶인 장갑들 사이에서 그녀의 레오파드 코트에 이끌려 그녀를 쫓았다.

포르트마요에서 나는 그녀가 벗어놓은 검은색 실크 드레스를 주웠다. 나체, 그녀는 그때부터 갈색 모피 코트 속에 나체로 있었던 것이다. 해안가에 모여 있는 아마(亞麻)로 된 돛의 거칠거칠한 향기와 해변으로 떠내려와 한쪽이 말라버린 해조류의 냄새가 실린 파리로 향하는 기차의 연기 냄새, 고속열차가 지나간 후 뜨겁게 달궈진 철로의 냄새, 잠든 성 앞 잔디밭에서 강렬하게 올라오는 연약한 젖은 풀 냄새와 지금 짓고 있는 교회의 시멘트 냄새가 실린 밤의 바람, 그 무거운 바람이 그녀의 코트 아래로 불어닥쳐 그녀의 골반과 가슴 아래를 어루만졌을 것이다. 그녀의 골반을 문지르는 옷감은 분명 그녀 안에 에로틱한 욕망을 깨웠을 테지만, 그녀는 알 수 없는 목적지를 향해 아카시아 골목을 걸었다. 자동차들이 마주쳤다. 그들의 헤드라이트의 희미한 불빛이 나무를 쓸었고, 땅의 곳곳에는 작은 언덕이 솟아 있었다. 루이즈 람은 서둘러 발걸음을 옮겼다. 나는 레오파드 코트를 매우 똑똑히 봤다.

맹수였다.

몇 년 동안 그 동물은 한 고장을 두려움에 떨게 했다. 가끔 사람들은 나무의 낮은 가지나 바위 위로 드러나는 녀석의 유연한 실루엣을 목격했다. 그리고 이튿날 새벽, 물을 마시러 가던 기린과 영양 무리가 나무 기둥에 깊이 새긴 발톱 자국으로 유혈의 서사시를 원주민들에게 증언했다. 그런 일이 몇 년 동안 이어졌다. 시체, 시체가 말을 할 수 있었다면, 그것의 송곳니가 하얗다는 것과 힘센 꼬리가 코브라보다 더 위험하다고 말할 수 있었을 것이다. 그러나 죽은 자는 말이 없고, 해골은 그보다 더하다. 게다가 기린의 해골이라면 더하지 않겠는가. 그 우아한 동물은 표범이 가장 좋아하는 먹이였으니까.

10월의 어느 날, 푸르러지던 하늘처럼 지평선에 우뚝 선 산들은 표범이 영양과 야생마, 아름답고 불손하며 재빠른 기린들을 이번만큼은 무시하며 가시덤불까지 기어가는 것을 봤다. 밤새 그리고 그다음 날에도 표범은 내내 울부짖으며 굴렀다. 달이 뜨자 표범은 흠집 없던 가죽이 완전히 벗겨진 채 땅바닥에 누워 있었다.

표범은 그 시간 동안에도 자라는 것을 멈추지 않았다. 달이 뜨면 가장 높은 나무의 꼭대기에 올랐고, 자정이 되면 자신의 그림자에서 별을 떼어냈다.

어둠이 짙게 내려앉은 시골길을 가죽이 벗겨진 표범이 거대한 그림자로 걷는 모습은 장관이었다. 그는 자신의 가죽을 질질 끌었다. 로마의 황제들도, 황제들이 사랑했던 가장 아름다운 병사들 중에 뽑힌 병사도 그보다 더 아름다운 것을 입지는 못했을 것이다.

깃발과 하급 관리의 행렬, 반딧불의 행렬, 기적의 승천! 몸에 혈관이 퍼렇게 솟은 이 유혈의 맹수의 걸음만큼 놀라운 것은 어디에도 없다.

그 맹수가 루이즈 람의 집에 이르자 문이 저절로 열렸다. 그는 죽기 전에 이 치명적이고 아름다운 여자의 발아래, 현관 계단에 자신의 털을 바쳐 마지막 경의를 표할 힘만이 남아 있었다.

그의 뼈는 지구의 수많은 길을 여전히 막고 있다. 오랫동안 빙하와 교차로에 반사되어 울렸던 그의 분노의 외침의 메아리는 조수(潮水)의 소리처럼 사라졌고, 루이즈 람은 코트 속 벗은 몸으로 내 앞을 걷고 있다.

몇 발자국 더 나아가던 그녀가 이제 마지막 옷을 벗는다. 옷이 바닥에 떨어진다. 나는 더 빨리 달린다. 루이즈 람은 이제 나체다. 불로뉴 숲에서 완전히 나체가 됐다. 자동차들이 울면서 달아난다. 헤드라이트가 때로는 자작나무를, 때로는 루이즈 람의 허벅지를 기대 없이, 그러나 성기의 털을 비춘다. 매우 불안한 소문의 돌풍이 이웃들이 있는 장소, 퓌토, 생클루, 비앙쿠르를 지난다.

보이지 않는 천이 부딪히는 소리에 둘러싸인 나체의 여자가 걷는다. 파리는 문과 창문을 닫고 가로등을 끈다. 먼 동네의 살인자는 태연한 산책자를 죽이는 데 헉헉댄다. 도로에 뼈들이 넘친다. 나체의 여자는 모든 문을 두드리며 잠이 든 모든 이를 깨운다.

건물 꼭대기에 환상적으로 불이 켜진 베베 카돔 광고가 새로운 시대를 알린다. 한 남자가 창문으로 동정을 살핀다. 그는 기다린다. 무엇을 기다리는가?

초인종이 복도를 깨운다. 차고의 출입문이 닫힌다.

자동차가 통과한다.

환상적으로 불이 켜진 베베 카돔만이 극장이 될 거리에서 일어난 사건들의 유일한 주의 깊은 목격자로 남기를, 우리는 희망한다.

로베르 데스노스(1900-1945)
프랑스의 시인. 1920년대에 모더니스트들과 어울리며 1922년 초현실주의 운동에 합류한다. 최면 상태에서 쓴 글을 출간하며, 《초현실주의 혁명》이라는 잡지에 글을 쓴다. 2차 세계대전 중 독일 나치에 대항하여 레지스탕스에 가담했다가 체포되어 수용소에서 사망했다. 대표작으로 《알 수 없는 여인에게》, 《자유 또는 사랑!》 등이 있다.

조르주 상드

플로베르에게 보낸 편지

1874년 12월 8일

노앙에서

가엾은 벗이여,

당신이 불행할수록 나는 당신을 더 사랑합니다. 당신은 너무도 괴로워하시는군요! 당신은 인생에 너무 슬퍼하고 있어요! 당신이 불평하고 있는 그 모든 것이 인생이니까요. 누구에게도, 어느 순간에도 인생은 그보다 더 나은 적이 없었지요. 우리는 그것을 어느 정도 느끼고 이해하지요. 시대를 앞서갈수록 우리는 더 괴로워집니다.

우리는 태양이 겨우 조금 통과한 구름 속을 그림자처럼 지나가고 있으며, 어쩌지 못하는 태양 뒤에서 끊임없이 비명을 지르고 있지요. 우리의 구름을 쓸어버려야 하는 것은 바로 우리 자신입니다.

당신이 문학을 너무 사랑해서 문학이 당신을 죽이고 말 겁니다. 당신은 인간의 우둔함을 죽일 수 없어요. 그 가엾은 어리석음을 나는 미워하지 않습니다. 모성의 눈으로 바라보지요. 그것은 유년이고, 모든 어린 시절은 신성하기 때문이지요. 당신은 그 어리석음에 어떤 미움을 품었습니까! 어떤 전쟁을 벌이셨습니까! 나의 크뤼샤르,* 당신은 지식과 지능을 지나치게 많이 갖고 있어요. 당신은 예술 위에 존재하는 어떤 것들, 예술이 최고의 절정에 이르러서야 오직 표현할 따름인 지혜를 알아야 한다는 것을 잊고 있습니다. 지혜는 아름다움, 진실, 선, 즉 열정 같은 모든 것을 이해하지요. 지혜는 우리를 우리 너머, 우리 자신보다 더 높은 무언가를 볼 수 있게 가르쳐줍니다. 그리고 조금씩 그것을 바라보고 찬미하며 닮아가게 해주죠.

그러나 나는 당신을 바꿀 수 없을 겁니다. 당신을 이해시킬 수도 없을 거예요. 내가 어떻게 행복을 생각하고 행복을 붙잡는지를, 그러니까 삶을 있는 그대로 받아들이는 것이지요! 당신을 바꾸고 당신을 구할 수 있는 사람이 딱 한 명 있어요. 바로 위고** 선생입니다. 예술가이면서도 대단한 철학자인 그가 당신에게 필요한 사람이에요. 나는 아닙니다. 그를 자주 만나세요. 그가 당신을 진정시켜줄 겁니다. 당신을 이해시킬 만한 격렬한 감정이 내 안에는 없어요. 위고 선생은 엄청난 위력을 간직하고 있으면서 동시에 부드러움과 노년의 너그러움도 가진 것 같습니다.

그를 만나세요. 그를 자주 만나서 당신이 지닌 커다란 고통을 이야기하세요. 그 고통이 지나친 우울함으로 변모하는 것이 보입니다. 당신은 죽은 이들을 너무 많이 생각해요. 당신은 그들이 쉼에 이르렀다고 생각하지요. 그렇지 않습니다. 그들도 우리와 마찬가지로 찾고 있어요. 그들도 찾으려고 애쓰고 있지요.

제 주변은 모두 편안합니다. 당신에게 안부를 전하네요. 저는 회복되고 있진 않지만, 낫기를 바라고 있어요. 아니, 손녀들을

* 플로베르는 크뤼샤르라는 별명을 자신의 조카 카롤린과 조르주 상드에게만 허용했다.

** 빅토르 위고. 프랑스의 시인이자 극작가. 19세기 프랑스 사회와 문단에 지대한 영향을 미친 낭만주의의 거장이다. 대표작으로 《레 미제라블》, 《노트르담의 꼽추》 등이 있다.

돌보고 당신을 사랑할 수 있게 걸을 수 있기를, 아직 내게 숨이 남아 있는 한.

조르주 상드(1804–1876)
프랑스 낭만주의 시대의 대표적인 여성 작가. 열여덟 살 때 뒤드방 남작과
결혼했으나 이혼하고, 파리에서 글을 쓰기 시작했다. 《피가로》에 기고하며,
남장 여인으로 자유분방한 삶을 살았다. 남성들 중심의 문학계에서
'여성 작가'를 인식시킨 장본인이기도 하다. 낭만주의 시대에 파리를 풍미하던
플로베르와 관계가 돈독했다. 솔직하고 열정적인 조르주 상드와
냉소주의적이고 염세주의적인 플로베르는 사랑에서도, 문학에서도 서로의
견해가 매우 달랐지만, 돈독한 우정을 나누며 수없이 많은 편지를 주고받았다.

시선이 머무는 곳

마르그리트 유르스나르

잘츠부르크의 모차르트

우리는 윙윙거리는 만돌린 소리에 이끌려 술집 앞에 멈춰 서지 않는다. 더 순수한 음악을 듣고 싶은 마음이 우리를 사로잡았기 때문이다. 흔들리는 종소리에 응답하는 대성당의 저녁 오르간 연주를 듣지 않으며, 높은 성직자들의 아름다운 벗들이 테오르보*를 손에 들고 페트라르카**의 시를 속삭이는, 물줄기에 젖은 정원에도 가지 않는다. 세계 최고의 성악가가 부른 〈피가로의 결혼〉이나 〈돈 조반니〉, 인형극 무대에 올려 정통극장에서 사라져버린 마법의 힘을 되찾은 〈마술피리〉를 듣겠다고 시간을 낭비하지 않는다.

차라리 우리는 서민들의 삶의 온기가 아주 따뜻한 어느 집의 3층, 천장이 매우 낮은(그러나 어린아이의 눈에는 높아 보이는) 작은방으로 들어간다. 나이가 지긋한 여자 관리인이 다가와 클라브생***의 덮개를 열고, 상아 같은 누런 손가락 끝으로 건반 하나를 두드린다. 마치 성공을 이룬 젊은 남자의 집에 머무는 조모 같다. 이곳은 모든 것이 수수하고, 거의 기만적일 만큼 따뜻하며 소박하다. 여기, 맑은 강물이 솟아오른다.

그러나 조심하자. 이 장면들은 우리 모두 안에 있는 감상적인

* 류트족의 발현악기. 프랑스, 이탈리아 등 유럽 국가에서 17, 18세기에 반주악기로 인기를 누렸다.

** 프란체스코 페트라르카. 이탈리아의 시인.

*** 피아노의 전신.

면을 지나치게 부추긴다. 평온한 행복이 있는 듯한 이 방은 머리에 분가루를 뿌린 소년의 유쾌한 모습만큼 혹은 쇤브룬 궁전 바닥에 넘어진 아이를 다정하게 일으켜 세웠다는 마리 앙투아네트의 감동적인 어린 시절의 일화만큼이나 우리를 속인다. 그 상냥함은 가혹한 현실, 도시에서 도시로 끌려다니며 역마차 안에서 한없이 흔들리던 다정함 없는 찬사에 때로는 세상 사람들의 무심함에 넘어갔던 천재 소년의 어린 시절을, 젊은 나이에 결핵으로 사망까지 이르게 한 질병들을, 어린 천재 음악가를 최대한 이용하고자 했던 아버지의 천박한 현실감각 혹은 탐욕을 감춘다. 모차르트의 천재성은 바로 이 모든 것에 의해 힘겹게 자랐고, 이 모든 것에 맞서며 성장했다.

그 남자는 말 그대로 매우 불친절했던 것 같다. 평생 〈마술피리〉 지휘를 쉰한 번 실패했다는 어느 음악가가 내게 말했다. “슈베르트와 저녁을 함께할 수만 있다면 내 목숨에서 1년을 떼어줄 수 있지만, 모차르트와의 저녁 식사는 견딜 수 없을 겁니다.” 이 젊은 아마데우스는 그 나라에서는 드물게도 격식 없고 상스러운 농담을 좋아했으며, 나중에는 자신의 동료들에게 빈정거리고 정감 없는 모습을 보여줬다고 알려졌다. 눈부셨지만 짧았던 성공, 끈질긴 불운을 곁에 뒀던 짧은 인생에서 그는 어떤 것에도 특별한 애착을 보이지 않았다. 그에게는 결혼조차도 행복 혹은 불행하다고 말할 수 없는 시시한 것이었다. Noi ci darem la mano(우리 손을 잡아요)……. 잊을 수 없는 이 멜로디를 생각해낸 그 남자는 분명 연약하고도 완벽한 행복을 알지 못했을 것이다. 훗날 케루빔*에게 아름다운 영혼을 부여하는 이 젊은 천재는 연애 경험이 매우 적었던

* 천상에 속하는 아홉 천사 중 두 번째 지위에 있는 천사. 날개가 달린 어린아이나 머리에 날개를 단 어린아이로 표현되며, 모차르트의 〈피가로의 결혼〉에 ‘체루비노’라는 이름으로 등장한다.

듯하다. 그는 아버지에게 보내는 일상적인 편지에 이런 일시적인 사랑이 건강에 해로울 수 있다는 이유로 결혼을 선호한다고 말한다. 우리 시대 미디어의 신조와는 반대로 음악가나 시인의 작품은 그의 삶으로 설명되지 않는다. 라신*의 작품과 라신의 삶 역시 헤아릴 수 없을 만큼 거리가 멀며, 셰익스피어의 작품은 잘 알아도 그의 삶에 대해서 우리가 아는 바는 거의 없다.

그의 음악은 쉽게 여겨졌다. 끊임없이 귀를 금세 즐겁게 해주고, 몸에 춤의 점프와 착지의 영감을 주며, 하이든처럼 그보다 먼저 등장한 위대하고 매력적인 음악가들의 작품을 계승하고 있기 때문이다. 그러나 사실상 그의 음악은 거의 은총에 가까운 재능의 산물이자, 의심할 여지 없이 가장 품위 있는 작품이며, 가장 섬세한 예술이다. 꽃에 의해 변신하는 봄의 나무처럼, 그가 손을 댄 것마다 자연스럽게 변신하는 것, 그것이 그의 기적이다. 신랄한 풍자와 닳고 닳은 통속극, 있을 법하지 않은 이야기를 섞은 보마르셰**의 〈정신없는 날〉은 다 폰테***라는 각본 작가의 각색 능력에도 불구하고 음악가에게는 형편없는 초고일 수 있었다. 그러나 모차르트는 그 작품에서 격렬한 속도만을 받아들여 거의 숭고함에 가까운 속도감으로 변형시킨다. 피가로와 수잔이 주고받는 대화는 춤의 자태가 되고, 심부름하는 아이의 날카로운 피리 소리는 감동적인 바이올린 소리가 된다. 사람들이 믿지

* 프랑스의 극작가. 몰리에르, 피에르 코르네유와 함께 프랑스의 3대 극작가로 꼽힌다.

** 피에르 보마르셰. 프랑스의 극작가. 희극 작품으로 《세비야의 이발사》, 《피가로의 결혼》이 있다.

*** 로렌초 다 폰테. 이탈리아 시인이자 극작가. 모차르트를 대표하는 오페라 〈피가로의 결혼〉, 〈돈 조반니〉, 〈여자는 다 그래〉의 대본이 그의 손끝에서 나왔다.

않았던 그 변장은 순식간에 가면무도회의 변장만큼 어울리고 삶 자체를 상징하는 것처럼 보인다. 그렇게 〈정신없는 날〉은 정신없는 파티가 된다. 성장한 케루빔이라 할 수 있는 돈 후안은 그저 못된 귀족이기만 한 것이 아니다. 그는 돈 없이 채권자들을 기분 좋게 속여서 돌려보내는 데 능숙하고, 내기를 통해 가난한 이가 신을 모독하게끔 애쓰는 오만무도한 자유사상가이기도 하다. 딱딱한 몰리에르*의 희곡이 눈부신 곡이 된 것이다. 돈 후안이 기쁨을 준 것인지, 불행을 불러온 것인지는 알 수 없으나, 그의 인생 자체는 승리를 거둔 삶이다. 결국 그를 따라다니던 허수아비 혹은 유령들도 그가 성스럽게 눈을 감는 것을 막지 못했다. 〈마술피리〉의 대사는 바로크양식에 맞춘 프리메이슨식 클리셰의 집합이다. 게다가 매우 모호하기도 한데, 이 모호함은 형언할 수 없는 비밀을 반만 드러냈기 때문이 아니라 리허설 중에 제멋대로 무분별하게 가해진 수정이 원인인 듯하다. 음악은 우리를 낮의 요정들의 왕국과 밤의 여왕의 왕국으로 데려간다. 〈주피터 교향곡〉은 괴테가 꿈꿨을 세상의 질서를 증명한다. 결국 음악이 멈추기 전까지 우리는 그 엄청난 질서를 믿는다.

그러나 이 음악을 작곡했던 남자는 병으로 쇠약해졌고 가난에 시달렸다. 게다가 그에게는 경쟁자와 밀고자가 있었다. 바로 정확히 그 점이 그의 예술의 미스터리다. 인생의 바닥 같은 구덩이 위에서 줄을 타는 무용수처럼 균형을 잡는 이 행복의 음악은, 현실도피는 아니지만 그렇다고 어떤 아름다운 꿈에 상응한다고 볼 수도 없다. 슈베르트의 음악처럼 우리 안에 있는 가장 잘 숨겨진 가장 섬세한 감정을 흔들지도 않고, 쇼팽의 음악처럼 더 나은

* 프랑스의 극작가이자 배우. 코르네유, 라신과 함께 프랑스 고전극을 대표하는 작가이다.

위로로 우리를 달래지도 않으며, 베토벤의 음악처럼 우리에게 없는 용기를 주지도 않는다. 그의 음악은 그저 음악일 뿐이다. 즉 소리의 세계의 완벽한 배열이다.

어느 날 이 남자의 집에 끔찍한 사자가 찾아왔다(적어도 그는 그렇게 믿었다). 더는 케루빔이 아닌, 대천사였다. 오늘날 우리는 무명 음악광의 이름으로 모차르트에게 세 번이나 레퀴엠을 완성해달라고 한 두려운 존재가 저승에서 온 것이 아니라, 그저 불법으로 곡을 사서 친구들 앞에서 자신이 만든 것처럼 자랑하려는 어느 지체 높은 귀족의 허드렛일을 하는 사람이었을 뿐이라는 사실을 알고 있다. 조금 저속한 농담을 좋아했던 이는 죽음이 치는 장난의 표적이 됐다. 그러나 늘 그렇듯, 장난 혹은 조금 수상한 거래일뿐이었던 일이 또 다른 차원에서 상징적인 면모를 갖기도 한다. 어쩌면 죽음은 우리에게 이름을 감춘 어느 위대한 왕자의 메시지였을지도 모른다. 회색 옷을 입은 하인의 간청은 환자에게 살아갈 의욕을 잃은 몸이 전하는 경고를 확인시켜줄 뿐이었다. 그는 마지막으로 번쩍이는 램프처럼 열을 이용해 죽음의 나팔 소리를 서둘러 적으며 스스로를 재촉했다. 어쩌면 그저 침묵일지 모르는 소동에 그토록 가까이 있었기에 우리는 들어본 적 없는 소리를 그는 들을 수 있었던 것이리라. 그는 마치 밤이 오기 전에 하얀 대리석 건물을 올리려는 듯 자신만의 분명한 레퀴엠을 성공시키기 위해 노력했다. 그러나 건물은 미완으로 남아야만 했고, 박공널 없는 기둥은 그림자 한 자락만을 지탱할 뿐이었다. 그렇지만 어쩌면 그는 마침내 침묵이야말로 하나뿐인 진정한 화음이고, 모든 음악은 그저 그것의 전주곡에 불과하다는 것을, 혹은 아마도 삶과 죽음은 마지막까지 고음 또는 저음의 연속이거나 물처럼 흐르고 기포처럼 터지는 음표, 여름날 벌의 윙윙대는 소리에 불과하다는 것을 알았던 것이 아닐까.

마르그리트 유르스나르(1903−1987)
벨기에 태생의 프랑스 소설가이자 수필가. 《알렉시. 은총의 일격》이라는 소설을 시작으로, 《하드리아누스 황제의 회상록》을 출간해 성공을 거뒀다. 버지니아 울프의 작품을 프랑스어로 번역했으며, 1980년에 여성 최초로 아카데미 프랑세즈의 회원이 됐다.

샤를 보들레르

바그너에게 보내는 편지

1860년 2월 17일 금요일

파리에서

선생님,

저는 항상 아무리 영광에 익숙한 예술가라도 진실한 칭찬에는 무감각하지 않을 것이리라 믿어왔습니다. 그 칭찬이 감사의 외침 같은 것이라면, 그러니까 프랑스인에게서 나온 것이라면, 음악은 물론이고 시와 그림도 모르는 나라에서 태어난, 열정을 제대로 느끼지 못하는 사람에게서 나온 것이라면 특별한 가치를 가질 수 있으리라 생각했지요. 무엇보다 제가 한 번도 느껴본 적 없었던 커다란 음악적인 기쁨을 당신에게 빚졌다는 사실을 전하고 싶습니다. 이제 저는 유명인에게 편지를 쓰며 어떤 기쁨도 느끼지 못하는 나이가 됐습니다. 아마 가능한 모든 노력을 동원하여 당신의 천재성을 헐뜯는 보잘것없고 우스운 기사들이 매일 제 눈에 들어오지 않았더라면, 당신에게 편지로 존경을 표현하기까지 오래 망설였을 테지요. 저의 조국이 부끄럽게 느껴지게 한 사람이 당신이 처음은 아닙니다만, 결국 분노가 치밀어 당신께 감사의 뜻을 표하게 되었습니다. 저 모든 바보들과는 다른 사람이 되고 싶다고 생각했거든요.

제가 처음으로 당신의 작품을 듣기 위해 이탈리아에 갔을 때, 저는 제대로 준비되어 있지 않았고, 고백하자면 편견으로 가득 차 있었습니다. 그러나 있을 수 있는 일이지요. 저는 너무 자주 속는 사람이었고 아주 거만한 싸구려 약장수들의 음악을 너무 많이 들어왔으니까요. 그런데, 선생님이 저를 단번에 넘어뜨린 것입니다. 제가 느꼈던 것을 표현할 수 없기는 하나 당신이 비웃지 않으신다면 당신께 표현해보겠습니다. 처음에는 알고 있던 음악을 듣는 것 같았지요. 나중에 그 착각이 어디서 나왔는지 알게 됐습니다. 그 음악은 마치 제 것 같았고, 모든 사람이 자신이 사랑하게 될 대상을 알아보듯이 저 역시 알아봤던 것입니다. 재기 넘치는 사람을 제외하고 다른 모든 이에게 이 문장은 엄청나게 우스워보일 것입니다. 특히 저와 같이 음악을 모르는 사람이, 배운 바라고는 베버와 베토벤의 몇몇 아름다운 곡이 전부인 사람이 이 글을 썼다는 사실이 말입니다.

그다음으로 저를 특히 놀라게 했던 특징은 바로 웅장함이었지요. 그 웅장함은 원대한 것을 표현하고 원대하게 나아갑니다. 저는 당신의 작품 곳곳에서 엄숙하게 울려 퍼지는 자연의 커다란 소리와 웅장함 그리고 인간의 위대한 열정이 가진 장중함을 봤습니다. 곧바로 마음을 뺏기고 사로잡혀버렸음을 느끼게 되지요. 저에게 새로운 음악적 감각을 가져다준 가장 낯선 곡은 종교의 황홀경을 그린 곡이었습니다. '하객들의 입장'과 '혼례의 축제'가 만든 효과는 대단했습니다. 저는 우리의 삶보다 더 너른 삶의 위엄을 느꼈습니다. 하나 더 말씀드리자면, 저는 자주 기이한 성질의 감정을 느끼곤 했는데, 그것은 바로 진정한 관능을 이해하고 그 관능이 저를 파고들어 뒤덮을 때 느끼는 오만과 쾌락입니다. 그 관능은 하늘로 올라가거나 바다 위를 구르는 듯한 느낌과 닮았지요. 그리고 음악에서는 동시에 오만이 넘치는 생명력이 흘러내렸습니다. 전반적으로 그 깊이 있는 화음들은 상상의 맥박을 더 빠르게 뛰게 하는 흥분제를 닮은 것 같습니다. 웃지 말아주십시오. 그러니까 제가 또 느꼈던 것은 그 감정이 아마도 저의 사고방식과 제가 줄곧 몰두해온 것에서 나왔을 것이라는 점입니다. 어디에나 열광시키는 것이 있고 열광에 빠지는 것이 있습니다. 더 높이 올라가기를 갈망하는 것, 과도한 것과 과장된 것이 있습니다. 예를 들어 그림에 비유하여 표현해보자면, 제 눈앞에 어두운 붉은색이 광활하게 펼쳐진 것 같습니다. 그 붉은색이 열정의 상징이라면, 제 눈에는 점차 빨강과 분홍에서 색조 변화를 거쳐 가마의 격렬한 불꽃으로 변하는 모습으로 보입니다. 그보다 더 작열하는 뜨거움에 이르는 것조차 불가능한 것처럼 보입니다만, 마지막 불꽃이 하얀 바탕 위에 그보다 더 하얀 선을 이제 막 긋습니다. 그것은 말하자면 절정에 다다른 영혼의 궁극적인 외침 같은 것이라 할 수 있겠지요.

제가 들었던 〈탄호이저〉와 〈로엔그린〉의 소곡에 대해 성찰한 것을 몇 가지 적기 시작했습니다만, 모두 말할 수 없다는 사실을 인정할 수밖에 없더군요.

그래서 저는 이 끝도 없는 편지를 계속 쓸 수 있을 것 같습니다. 이 글을 읽어주신다면 감사하겠습니다. 이제 몇 마디 덧붙일 말만이 남았네요. 당신의 음악을 들은 날부터 저는 끊임없이, 무엇보다 힘든 시간에 "오늘 저녁 바그너의 음악을 조금이라도 들을 수 있다면!"이라고 말해왔습니다. 분명 저와 같은 사람이 또 있을 겁니다. 요컨대 당신은 언론인들의 형편없는 지식보다 훨씬 더 훌륭한 직관을 가진 청중에 만족하셔야 한다는 말입니다. 새로운 곡을 추가한 공연을 하시는 것도 안 될 것 없겠지요? 당신이 우리에게 새로운 기쁨을 미리 맛보게 해주셨으니 남은 기쁨도 앗아가지는 않으시겠지요? 선생님, 다시 한 번 감사드립니다. 당신은 제가 자신을 스스로 돌아보게 해주셨고, 힘든 시간의 위대함을 생각하게 해주셨습니다.

보들레르

제 주소는 적지 않겠습니다. 혹시 제가 당신에게 무언가를 부탁하려는 것이라고 오해하실 수도 있으니까요.

샤를 보들레르(1821-1867)
프랑스의 시인. 아버지가 일찍 죽고, 어머니가 육군 소령과 재혼했다. 청소년기에 방황하여 의붓아버지가 인도로 보냈으나 레위니옹까지 갔다 돌아온다. 성인이 되어 친아버지의 재산을 상속받은 뒤로, 댄디즘의 이상을 추구하며 호화로운 탐미적 생활에 빠진다. 스물네 살 때 미술평론가로 데뷔했으며, 에드거 앨런 포의 작품을 번역 소개했다. 대표작으로 시집 《악의 꽃》, 《파리의 우울》과 평론집 《낭만파 예술》, 《심미 섭렵》 등이 있다.

샤를 보들레르

예술가, 세계인, 군중의 인간 그리고 아이

오늘 나는 독자들에게 매우 독창적이며 너무 확고하여 존재 자체로 충분한, 남에게 인정받으려 하지 않는 특이한 인물에 관해 이야기하려 한다. 많은 이들이 대충 그린 크로키 아래에 화려하게 써넣는, 위조하기 쉬운 몇 글자로 이름을 나타내는 것을 '서명'이라고 부른다면, 그는 자신이 그린 어떤 데생에도 서명하지 않는다. 그러나 그의 모든 작품은 그의 찬란한 영혼으로 서명되어 있고, 그것을 보고 높이 평가한 애호가들은 내가 하고자 하는 묘사에서 그의 작품들을 쉽게 알아볼 수 있을 것이다. 군중과 익명을 매우 사랑하는 C. G씨*는 독창성을 겸손까지 밀고나간다. 사람들에게 알려진 대로 예술적인 것에 호기심이 많고, 자신이 쓴 소설의 삽화를 직접 그린 새커리 씨가 언젠가 런던의 한 신문에 G씨를 언급한 적이 있는데, G씨는 그 일에 대해 자신의 신중함이 모독을 당한 것처럼 크게 화를 냈다. 또 최근에도 내가 그의 정신과 재능에 대한 감상평을 쓸 계획이라는 것을 알자 자기 이름을 지우고 자신의 작품을 그저 익명의 작품처럼 이야기해달라고 매우 간곡하게 부탁했다. 나는 그의 이상한 욕망을 겸허히 따를

* 콩스탕탱 기스(Constantin Guys). 프랑스 화가. 저널리스틱한 소묘 화가로 유명하다. 네덜란드 블리싱겐에서 출생하여 파리에서 사망했다. 프랑스와 영국 일간지에서 수채화가 및 일러스트레이터로 활동했다. 마네를 비롯한 인상파 화가들에게 영향을 끼쳤다.

것이다. 독자와 나는 G씨가 존재하지 않는 사람이라고 믿는 척하고, 영원히 익명으로 남아 있는 귀중한 역사적 자료를 우연히 손에 넣은 학자들처럼 그가 귀족적인 무관심을 나타내는 그의 데생과 수채화를 살펴볼 것이다. 이상하고 신비스러울 정도로 눈부신 그의 본성에 대해 내가 말하고자 하는 모든 것은 내 양심을 완전히 안심시키기 위해, 적어도 여기서 거론될 그의 작품에서 어느 정도 암시를 받았다고 추측할 수 있다. 즉 이 글은 순수한 시적 가정과 추측 그리고 상상력의 작업이라 할 수 있겠다.

G씨는 늙었다. 장자크*는 마흔두 살에 글을 쓰기 시작했다고 한다. 아마 G씨도 그 나이가 되어서 머릿속을 채웠던 모든 이미지에 사로잡혀, 흰 종이에 잉크와 물감을 던질 용기를 내게 됐을 것이다. 진실을 말하자면, 그는 야만인처럼, 어린아이처럼 그림을 그렸고, 자신의 서툰 손가락과 말을 듣지 않는 도구에 분개했다. 나는 그의 서투른 초기 작품을 많이 봤다. 그림을 잘 아는 사람들, 잘 안다고 주장하는 사람들이 수치심 없이 그의 어두운 밑그림 안에 잠재하는 천재성을 알아보지 못할 수 있음을 인정한다. 자기 일에 필요한 모든 요령을 스스로 찾아내고 누구의 조언도 없이 혼자 터득한 G씨는 자신만의 방식으로 대가가 됐으며, 초기의 순수함부터 풍부한 능력에 기발한 양념을 더하는 데 필요한 것만을 간직했다. 그는 젊을 적에 그린 습작을 발견하면, 우스운 수치심에 그것을 찢거나 태워버린다.

나는 천성적으로 여행을 매우 좋아하는 세계주의자 G씨를 10년 동안 매우 만나고 싶어 했다. 그가 오랫동안 영국 신문사에 소속되어 삽화를 담당했고, 여행하면서(스페인, 터키, 크리미아) 그린 크로키들을 판화로 찍어 신문에 발표했다는 사실을 알고

* 장자크 루소. 프랑스의 철학자.

있었는데, 그 이후로 그가 여행지에서 즉흥적으로 그린 엄청난 양의 그림을 봤고, 다른 어떤 것보다 내가 가장 좋아하는 크림전쟁 중 종군 활동을 하며 꼼꼼하게 적은 기록과 일기를 읽을 수 있었다. 그 신문에는 늘 그렇듯 서명 없이 새로운 발레와 오페라를 보고 그린 작가의 수많은 작품이 실렸다. 마침내 그를 만났을 때, 나는 내가 상대할 사람이 정확히 '예술가'가 아니라 '세계인'이라는 것을 알았다. 여기서 '예술가'란 말은 아주 좁은 의미로, '세계인'이란 말은 넓은 의미로 이해해주길 바란다. '세계인', 그러니까 세계 전체의 인간, 세계와 세계의 모든 용도에 적합한, 신비로운 이유를 이해하는 인간이고, 예술가는 전문가, 농부가 경작지에 매달리듯 자신의 팔레트에 매달리는 사람을 뜻한다. G 씨는 예술가라 불리는 것을 좋아하지 않는다. 그가 어느 정도는 옳지 않은가? 그는 세계 전체에 관심을 두고 있다. 그는 지구상에서 일어나는 모든 것을 알고 이해하고 감상하고 싶어 한다. 예술가는 도덕적이며 정치적인 세상에서 거의 보지 못하거나 혹은 전혀 보지 못한다. 브레다 지구에 사는 사람은 생제르맹 지구에서 일어나는 일을 모른다. 이름을 밝힐 필요 없는 두세 명을 제외하면, 대부분 예술가는 아주 꾀바른 무식쟁이, 단순 일꾼들, 동네에서나 똑똑하고 시골에서나 잘난 사람이라는 것을 분명히 말해둬야 하겠다. 매우 좁은 범위에서만 맴도는 그들의 대화는 '세계인', 세계적인 정신을 가진 시민에게 금세 견딜 수 없는 것이 되고 만다.

따라서 G 씨를 이해하기 위해서는 다음을 기억해두길 바란다. "그의 천재성의 출발점은 어쩌면 호기심일 수 있다."

이 시대의 가장 강력한 펜에 의해 그려진 〈군중 속의 남자〉라는 작품을 기억하는가? (사실상 이 작품은 그림이다.) 카페 유리창 뒤에서 어느 회복기의 환자가 즐겁게 군중을 바라보며, 머릿속으로는 자신의 주위에서 움직이는 다른 모든 사람의 생각과 뒤섞인다. 최근 죽음의 어두운 세계에서 돌아온 그는 생명의 모든 싹과 향기를 마음껏 들이마신다. 그는 모든 것을 잊어버릴 뻔했기 때문에, 모든 것을 기억하고 또 열정적으로 기억하고 싶어 한다. 결국 그는 언뜻 보인 모습만으로도 한눈에 매료시킨 낯선 이를 찾아 서둘러 군중 사이를 가로지른다. 호기심이 거부할 수 없는 치명적인 열정이 된 것이다!

늘 정신적 회복기에 있는 예술가를 생각해보면, G씨의 성격을 이해하는 열쇠를 손에 쥘 수 있을 것이다.

회복기는 어린 시절로의 회귀와도 같다. 회복기의 환자는 어린아이처럼 가장 시시해 보이는 사물에도 강렬하게 흥미를 느끼는 능력을 극도로 즐긴다. 가능하다면 과거로 거슬러 올라가는 상상력을 통해 가장 어렸던 시절로, 가장 처음 느꼈던 것들로 돌아가보자. 그러면 우리는 그 인상들이 육체적 병을 앓고 난 후에 얻게 되는 매우 선명하게 채색된 인상들과 특별히 유사한 관계를 맺고 있다는 사실을 알게 될 것이다. 그 병이 우리의 영적 능력을 순수하고 무구하게 남겨두었다면 말이다. 어린아이는 모든 것을 새롭게 보고 늘 '도취'해 있다. 어린아이가 형태와 색깔을 흡수하는 기쁨보다 우리가 '영감'이라 부르는 것에 더 가까운 것은 없다. 조금 더 과감하게 말해보자면, 나는 영감이란 '울혈'과 어떤 관계가 있고, 모든 빛나는 생각은 소뇌까지 울리는 어느 정도 강한 신경의 충격을 동반한다고 확신한다. 천재적인 사람은 건강한 신경을 가지고 있지만, 아이의 신경은 약하다. 한쪽은 이성이 중요한 자리를 차지하지만, 다른 한쪽은 감수성이 거의 존재의 모든 것을 차지한다. 그러나 천재는 '마음껏 되찾은 유년기', 성적 기관과 무의식적으로 축적된 재료들의 질서를 바로잡아주는 분석적인 정신으로 표현할 수 있는 유년기일 뿐이다. 그것이 얼굴이든, 풍경이든, 빛이든, 금장식이든, 색깔이든, 반짝이는 천이든, 화장으로 치장한 아름다움의 마술이든 간에, 새로운 것을 마주한 아이의 황홀경에 빠진 동물적이고 고정된 시선은 이 깊고 즐거운 호기심으로 설명할 수 있다. 어느 날 친구 중 한 명이 아주 어릴 적에 아버지가 씻는 모습을 본 적이 있다고 말했다. 그는 희열이 뒤섞인 놀라움으로 팔의 근육을, 분홍빛과 노란빛을 띠는 피부색의 변화를, 파란 핏줄을 주시했다고 했다. 외부의 생명의 모습이 그에게 경이롭게 스며들어 그의 머릿속을 사로잡은 것이다. 형태는 이미 그를 사로잡아 지배했다. 일찍이 그의 눈앞에 숙명이 모습을 드러냈다. '형벌'이 내려진 것이다. 오늘날 이 어린아이가 유명한 화가가 됐다는 사실을 굳이 말할 필요가 있을까?

조금 전에 나는 당신에게 G씨를 영원한 회복기 환자로 여겨달라고 당부했다. 당신의 이해를 위해 조금 더 보태자면, 그를 어른아이, 매 순간 유년기의 천재성, 그러니까 인생의 어떤 면도 무디게 받아들이지 않는 천재성을 지닌 사람으로 생각하라.

나는 그를 순수예술가라 부르는 데 거부감을 느끼고, 그 역시 귀족적인 조심성에서 나온 신중한 겸손함으로 그 명칭을 부인했다고 밝힌 바 있다. 나는 그를 기꺼이 '댄디'라 부르겠으며, 거기에는 몇 가지 적절한 이유가 있다. 왜냐하면 '댄디'라는 말에는 인간 성격의 본질과 이 세계의 모든 정신적 메커니즘을 향한 섬세한 통찰력이 함축되어 있기 때문이다. 그러나 한편으로 댄디는 무감각을 동경한다. 바로 그 부분에서 보고 느끼고자 하는 그치지 않는 열정에 지배당하는 G씨는 댄디즘*과 분명하게 구분된다. 성 아우구스티누스가 "나는 사랑하는 것을 사랑했었다"라고

* 19세기 영국에서 세련된 복장과 태도로 멋을 부리는 유행이 남성들에게 나타났다. 문학에서는 정신적 귀족주의 경향으로 드러났다. 프랑스에서는 보들레르가 정신적 우월함과 세속에 대한 무관심으로 댄디즘을 구현했다.

말했다면, G씨는 기꺼이 "열정적으로 열정을 사랑한다"라고 말할 것이다. 댄디는 무신경하거나 정치와 계급을 핑계로 그런 척을 한다. G씨는 무신경한 사람들을 혐오한다. 그는 그토록 어려운, 진실하지만 우습지 않은 예술(섬세한 정신의 소유자들은 내 말을 이해할 것이다)에 정통한 사람이다. 나는 조형예술로 집약된, 보이고 만져지는 것에 대한 그의 과도한 사랑이 형이상학자의 만져지지 않는 왕국을 이루는 것들에 어떤 혐오감을 불러일으키지 않는다면, 그를 기꺼이 철학자라고 부르겠다. 그러니 우리는 그를 라브뤼예르*처럼 회화적인 순수 모럴리스트로 요약하기로 하자.

새의 영역이 공중이고, 물고기의 영역이 물인 것처럼 그의 영역은 군중이다. 그의 열정, 그의 직업은 '군중과 결혼하는 것'이다. 완벽한 한량에게, 열정적인 관찰자에게 다수 속에서, 물결 속에서, 움직임 안에서, 사라짐과 무한함 속에서 거주할 곳을 고른다는 것은 커다란 기쁨이다. 자기 집 밖에 있지만 어디나 자기 집처럼 느끼는 것은 세계를 보는 것, 세계의 중심에 있으면서 세계 속에 계속 숨어 있는 것, 이런 것들은 언어가 어설프게 정의할 수밖에 없는 독립적이고 열정적이고 공정한 그 영혼들의 최소한의 몇 가지 쾌락이다. 관찰자는 곳곳에서 자신의 익명성을 즐기는 왕자다. 여성을 사랑하는 사람이 찾아낼 수 있는 보기 드문 미녀를 모두 찾아내어 가족을 만드는 것처럼, 그림 애호가가 화폭에 꿈이 그려지는 환상의 사회 속에서 사는 것처럼, 삶을 사랑하는 사람은 세상을 자신의 가족으로 만든다. 결국 보편적인 삶을 사랑하는 사람은 거대한 전기에너지 저장소에 들어가듯이 대중 속에 들어가는 것이다. 우리는 그를 군중만큼이나 거대한 거울에 비유하거나, 각각의 움직임마다 다양한 삶과 인생의 모든 요소의

* 장 드 라브뤼예르. 프랑스의 윤리 사상가, 풍자 작가.

유동적인 우아함을 나타내는 뛰어난 의식의 만화경에 비교할 수 있다. 그것은 언제나 불안정하고 순간적인 삶 자체보다 더욱 생생한 이미지로 매 순간 나를 나타내거나 표현하는, '내가 아닌 존재'에 만족할 줄 모르는 '나'이다. 언젠가 G씨는 대화 중에, 강렬한 눈빛과 무언가를 암시하는 몸짓으로 "그 본질이, 긍정적인 슬픔이 가진 힘을 흡수하지 못하고 군중 사이에서 지루함을 느끼는 사람은 바보다! 바보! 나는 그런 이를 경멸한다"라고 말했다.

G씨는 잠에서 깨어 창문을 공격하는 요란한 햇빛을 보며, 회한과 후회 섞인 목소리로 말한다. "저토록 강압적인 명령이라니! 얼마나 화려한 빛의 팡파르인가! 이미 몇 시간 전부터 사방이 빛이었는데, 잠 때문에 빛을 놓치다니! 얼마나 많이 빛나는 사물들을 볼 수 있었는데, 나는 그것들을 보지 못하였구나!" 그는 떠난다! 그리고 그는 그토록 장엄하고, 그토록 빛나는 생명의 강이 흐르는 것을 지켜본다. 그는 영원한 아름다움과 대도시의 삶 속에서 이뤄지는 놀라운 조화, 인간의 소란스러운 자유 속에서 하늘의 도움으로 유지되는 조화에 감탄한다. 대도시의 풍경을, 안개가 쓰다듬거나 태양의 입김이 강타한 돌의 풍경을 응시한다. 아름다운 마차들, 자랑스러운 말들, 마부의 빛나는 청결함, 하인들의 능숙한 솜씨, 여성들의 흔들리는 걸음, 사는 게 행복한, 옷을 잘 차려입은 예쁜 아이들, 한마디로 보편적인 삶을 즐긴다. 유행이, 옷의 재단이 살짝 바뀌었다면, 리본의 매듭이나 고리가 없어지고 모자에 꽃장식을 달았다면, 모자가 컸다면, 올린 머리가 정수리에서 목 뒤로 내려왔다면, 벨트가 허리 위로 올라가고 치마폭이 넓었다면, 아주 먼 거리에서도 그의 매의 눈은 이미 이를 간파했다고 생각하라. 세상의 끝을 향해 가는 듯한 어떤 연대가 대로에서 희망처럼 가볍고 활기찬 팡파르를 공중에 퍼뜨리며 지나간다. 그것을 목격한 G씨의 눈이 무기를, 그 연대의 모습과

태도를 이미 검열하고 분석한다. 무거운 옷차림, 반짝거림, 음악, 단호한 눈빛, 무겁고 진지한 콧수염, 이 모든 것이 그 안에 들어와 섞인다. 그리고 몇 분 후면 사실상 결과물인 시가 완성될 것이다. 그러니 그의 영혼은 복종 속에 기쁨을 느끼는, 자랑스러운 한 마리의 짐승처럼 걷는 이 연대의 영혼과 함께 사는 것이다!

그러나 저녁이 찾아왔다. 하늘의 장막이 닫히고, 도시의 불이 환해지는 이상하고 모호한 시간이다. 가스등은 자줏빛으로 지는 해에 얼룩을 남긴다. 정직하든 정직하지 않든, 이성적이든 미쳤든 사람들은 말한다. "마침내 하루가 끝났구나!" 정숙한 사람이나 불량한 사람이나 쾌락을 생각하고, 각각 망각의 잔을 마시기 위해 자신이 선택한 곳으로 서둘러 떠난다. G씨는 빛이 충만하고 시가 울려 퍼지고 생명이 북적이며 음악이 울리는 곳 어디든, 열정이 그의 눈을 위해 자세를 취하는 곳이라면 어디든, 자연인과 관습의 인간이 이상한 아름다움 속에 서로를 드러내는 곳이라면 어디든, 태양이 '타락한 동물'의 순간적인 기쁨을 비추는 곳이라면 어디든 마지막까지 남아 있을 것이다. 우리가 모두 잘 알고 있는 어떤 독자들은 "자, 오늘 하루도 잘 보냈군. 우리는 모두 이렇게 하루를 채울 수 있는 천재성을 충분히 가지고 있어"라고 말한다. 그렇지 않다! 볼 줄 아는 능력을 갖춘 사람은 드물고, 그것을 표현할 수 있는 능력을 갖춘 사람은 더 드물다. 다른 사람들이 잠든 이 시간에 이제 그는 탁자 위에서 몸을 기울이고 조금 전에 사물을 봤던 눈으로 종이를 노려보며, 컵의 물을 천장까지 튀기기도 하고 셔츠에 펜을 닦기도 하며, 마치 이미지들이 달아날까 두려워하는 것처럼, 혼자이지만 싸우는 것처럼 스스로 다그치면서 서둘러 거칠게, 활달하게 연필과 펜, 붓을 무기처럼 쓴다. 종이 위에서 자연스러운 것이 아니 자연스러움 그 이상의 것이, 아름다운 것이 아니 아름다움 그 이상의 것이, 작가의 영혼처럼 열정적이며 특별하고 타고난 재능을 부여받은 것이 탄생한다. 마술 환등은 자연으로부터 나온 것이다. 기억이 가득 채워졌던 모든 소재는 분류되고 정돈되며 조화를 이뤄, 유아적인 지각의 결과물, 그러니까 꾸밈없기에 날카로운 마법 같은 지각이 만들어낸 이 강요된 이상화를 겪는 것이다.

스탕달

첫 만남에서

상상력이 풍부한 사람은 연약하고 의심이 많으며, 가장 순수한 영혼이라고도 말할 수 있다. 이런 사람은 자신도 모르게 경계심을 품기도 하며, 인생에서 낙담할 거리를 너무 많이 발견하기도 한다. 따라서 남자를 소개받을 때 뻔하고 고리타분한 모든 것은 상상력을 달아나게 하고, 결정작용*이 일어나는 가능성으로부터 멀어지게 한다. 그러나 소설에서는 오히려 첫 만남에 사랑이 이뤄진다. 그보다 더 간단한 것은 없다. 특별한 것을 오랫동안 떠올리며 경탄하는 것으로도 뇌는 이미 결정작용에 필요한 움직임을 반쯤 마쳤으니까.

세라핀**의 사랑의 시작을 예로 들어보자. 악덕 경찰관들에게 쫓기던 돈 페르난도의 이야기다.

* 누군가 겨울에 시들어버린 나뭇가지를 잘츠부르크의 소금 광산 깊은 곳에 던진다. 2~3년 후 그것을 꺼내면 나뭇가지가 소금의 결정으로 뒤덮여 빛난다. 박새의 발만큼 작은 그 나뭇가지들은 무수히 많은 움직이는 다이아몬드로 뒤덮여 눈부시다. 결국 나뭇가지의 원래 모습을 알아볼 수 없게 된다. 결정작용도 사랑하는 대상에게서 발견되는 모든 것을 미화시켜 더 아름답게 보는 정신적 작용을 말한다(스탕달의 《연애론》 중에서).

** 알랭 르네 르사주의 장편소설 《질 블라스의 이야기》 2권에 등장하는 인물.

비가 억수같이 쏟아지던 날 깊은 어둠 속에서 골목 몇 군데를 지나 문이 열린 살롱 근처에 도착했습니다. 그곳으로 들어갔지요. 모든 것이 웅장했어요……. 한쪽 구석에 있는 문이 눈에 띄었죠. 문은 열려 있었어요. 반쯤 열린 문 사이로 방들이 쭉 이어져 있었고, 그중 마지막 방에만 불이 켜져 있었습니다. 어떻게 해야 하나 고민했죠……. 궁금함을 참을 수 없었습니다. 저는 걸음을 옮겨 여러 방을 지나 불이 켜진 방에 이르렀습니다. 대리석 탁자 위에서 촛불이 타고 있었어요. 새빨간 불꽃이었죠. 그러다가 곧 침대가 눈에 들어왔어요. 더위 때문에 커튼은 반쯤 젖혀 있었고, 어떤 대상이 저의 시선을 끌었습니다. 젊은 여자였죠. 억수같이 쏟아지는 빗소리에도 불구하고 그녀는 깊은 잠에 빠져 있었어요……. 나는 그녀에게 다가갔죠……. 홀린 듯한 느낌이었어요……. 그녀를 바라보는 기쁨에 사로잡혀 있는 사이, 그녀가 잠에서 깨어났어요. 상상해보세요. 한밤중에 전혀 모르는 남자가 자신의 방에서 자기를 보고 있는데 얼마나 놀랄지를. 그녀는 저를 보고 부들부들 떨더니 비명을 질렀죠. 저는 그녀를 진정시키기 위해 노력했어요. 무릎을 꿇고 "부인, 무서워하지 마세요"라고 말했죠. 그녀는 자신의 딸들을 불렀어요. 어린 하녀들이 오니까 조금 더 과감해지더군요. 그녀는 당당하게 제가 누구인지를 물었죠…….

그렇다, 쉽게 잊을 수 없는 첫 만남이란 이런 것이다. 이와 반대로 정식으로, 거의 감상적으로 젊은 여성에게 미래의 남편을 소개하는 우리네의 풍속은 얼마나 바보 같은가!

이 합법적인 매춘은 미풍양속을 깨기까지 한다.

《샹포르의 기록》 4권에서 그는 이렇게 말했다.

"1790년 2월 17일, 나는 오늘 오후에 말하자면, 가족 행사라고 하는 곳에 다녀왔다. 그러니까 정직하기로 유명한 남자들,

존경받는 사회 인사들이 마리유 양의 행복을 축하하는 자리였다. 그녀는 젊고 아름답고 재기발랄하며 정숙한 여인으로, R씨와 결혼을 하게 됐다. R씨는 늙고 천박하며 혐오감을 불러일으키는 사람으로, 진실하지 못하고 멍청한 사람이었지만 부자였다. 그녀는 세 번째 만남인 오늘, 결혼 서약서에 서명했다. 혐오스러운 세기를 특징짓는 어떤 것이 있다면, 그것은 이렇게 이루어지는 결혼이며, 이런 기쁨의 우스꽝스러움, 더 멀리 보자면 사랑에 빠진 불쌍한 젊은 여인의 소소한 경솔한 행동에도 경멸을 쏟아붓는, 얌전한 척하는 사회의 잔인함이다."

모든 의식은 그 본질이 가식적이며, **적절하게 행동할 수 있도록** 미리 준비되어 있기에 상상력을 무력화하거나 의식 자체가 추구하는 반대의 것을 위해서만 상상력을 깨우니 우스운 일이다. 그러니 아주 작은 농담에도 마법 같은 효과가 일어난다. 수줍고 정숙한 한 여인은 미래의 남편을 정식으로 소개받는 동안 괴로워하며, 그녀가 맡아야 하는 역할만을 생각할 수밖에 없다. 그리고 이것은 상상력을 죽이는 또 하나의 확실한 방법이다.

두 번밖에 보지 못한 남자와 교회에서 라틴어로 두세 마디를 나누고 잠자리를 갖는 것은 2년 동안 사랑한 남자에게 못 이기는 척 자신을 맡기는 일보다 훨씬 더 미풍양속을 해치는 일이다. 그러나 나는 모순적인 말을 하고 있다.

현재 우리의 결혼문화에 따르는 악덕과 불행을 번식하게 하는 원천은 남성의 성×다.* 그것은 젊은 여성들이 결혼 전에도 자유를 누릴 수 없게 막고, 그녀들이 불륜을 저질렀을 때 혹은 선택을 강요한 결혼 생활 중에 남편이 바람을 피웠을 때 이혼하지 못하게 만든다. 가정이 화목한 나라, 독일을 보자.

* 원문은 "P…"으로, 페니스라는 단어를 말줄임표로 대체했다.

상냥한 공주(Sa…… 공작부인)가 네 번째 결혼식을 올렸다. 그녀는 피로연에 세 명의 전남편을 한 명도 빠트리지 않고 초대했으며, 여전히 그들과 사이좋게 지내고 있다. 과한 경우이긴 하지만, 한 번의 이혼으로 폭군 같은 남편 한 명을 벌줄 수 있다면, 수없이 많은 가정이 불행해지는 것을 막을 수 있다. 재미있는 것은 이혼이 가장 많은 나라가 로마라는 사실이다.

사랑은 첫 만남에 한 사람의 존경할 만한 면과 동정할 만한 면을 동시에 보여주는 모습을 좋아한다.

스탕달(1783–1842)
프랑스 소설가. 발자크와 더불어 근대소설의 창시자로 불린다. 나폴레옹 시기에 군인, 군무원으로 일했고, 7월혁명 이후에 외교관을 지냈다. 나폴레옹 원정군을 따라 알프스를 넘었지만, 1814년 나폴레옹의 몰락과 함께 이탈리아로 옮겨갔고, 그곳에서 글을 썼다. 자신의 연애 경험을 바탕으로 《연애론》을 썼고, 1921년 파리로 돌아와 《라신과 셰익스피어》를 발표해 낭만주의를 대표하는 인물이 된다. 대표작으로 《파르마의 수도원》, 《적과 흑》 등이 있다.

귀스타브 플로베르

예술과 상업

예술의 무용함과 상업의 유용함이라는 말이 흔한 세상이 됐다. 사실상 사람들은 옷감은 길이로, 사물은 무게로, 색깔은 반짝임으로만 그 가치를 측정하고, 창작 가능한 모든 비극 작품보다 솜뭉치를 더 중요하게 여긴다. 그러니까 〈아탈리〉*를 보며 말브랑슈**처럼 "저 극이 증명하는 것이 도대체 무엇이란 말인가?"라고 말하는 것이다.

실제로 그들은 예술을 저녁 식사 후에 기분 전환이나 즐기기 위한 오락, 피로를 풀어주는 놀이로만 보며, 공연을 확실한 장소에 많은 사람을 붙들어놓기 위해 경찰이 만든 최고의 발명품 정도로 여긴다. 분명 그 사람들은 물건, 상품, 나무, 구리 등을 이 세상에서 제일 중요한 것으로 보며, 순수한 생각, 자유롭고 독립적인 사고, 위대한 천재 창작가, 시, 도덕, 미술을 공상 또는 환상, 무용한 것이라고 말할 것이다! 그들의 관점에서는 비명을 지르는 기계나 돌아가는 롤러, 흔들거리는 증기를 자랑으로 삼아야 하며, 남색 염료, 비누, 설탕 등 이 모든 것을 실어 나르는 선박과 수출하고 계산하고 부를 채우거나 사고파는 사람을 받들어야 한다. 그렇다면 호메로스, 베르길리우스, 셰익스피어가

* 성경 〈열왕기 하〉에 나오며, 유다왕국을 통치한 유일한 여왕인 '아탈리'의 이야기를 다룬 작품이다.

** 니콜라 말브랑슈. 프랑스의 철학자. 기회원인론자. 대표작으로 《진리의 탐구》가 있다.

증명하는 바는 무엇인가? 코르네유, 라신은 무엇을 증명한단 말인가? 시구절로 밥을 먹고, 그림으로 옷을 입으며, 조각을 먹는가? 라파엘로와 미켈란젤로는 무엇을 증명하는가? 피트*와 자카르**처럼 인간에게 유용한 일을 한 사람들의 이름을 대보자. 당신들의 시인, 예술가들, 거만한 몽상가들은 배고픔으로 죽어가면서도 조각상을 요구하고 있지 않은가!

아! 우스운 일이다! 그렇다면 영혼도 욕구와 욕망이 있지 않을까? 상품이 아닌 것으로 먹고, 나무가 아닌 것으로 몸을 따뜻하게 하고, 부드러운 옷감이 아닌 것으로 옷을 입길 원하는 이 본능을 내면에서 느끼지 못한다면, 끝없이 커다란 갈증을 느끼는 영혼을 만족시켜줄 위대한 일을 하는 것, 천재가 지핀 불에 영혼을 고양시켜줄 꿈과 운문, 선율과 흥분, 신비로운 신앙과 시, 이런 것들을 당신 안에서 느끼지 못한다면 당신이 무슨 권리로 내게 지성과 사상을 이야기할 수 있겠는가? 당신과 나 사이에는 어떤 교감도 없다.

물건을 팔고 속이며 쌓고 허물어지는 정신이라면 인정하겠다. 그러나 영혼은 아니다. 영혼은 거부하겠다. 당신은 영혼을 가지고 있지 않다.

당신은 문학에서 장터의 소극처럼 당신의 의지와 상관없이 웃기는 코미디만을 보고, 그림에서 캔버스에 발라놓은 곱게 갠 염료만을, 건축에서 세관사무소와 창고를 세울 수 있는 것만을 본다.

나는 사치와 상업, 공업과 항구와 공장, 옷감과 금속을 향한 마음을 당신에게 버린다. 그러니 내가 연극을 위해 울고 모차르트를

* 윌리엄 피트. 영국 정치가. 소(小)피트라고 불렸으며, 1783년에 역대 최연소 영국 총리가 됐다.

** 조제프 마리 자카르. 프랑스의 발명가. 복잡한 무늬의 직물을 쉽게 짤 수 있는 직조기를 발명했다.

듣고 라파엘로를 보며 온종일 바다의 파도를 바라볼 수 있게 내버려두기를! 내 꿈과 나의 무용함과 무의미한 생각들을 그냥 두기를! 당신의 양식(良識)이 나를 숨 막히게 하고 당신의 합리적인 사고는 나를 두렵게 만든다.

오늘날 우리가 별로 유용하지 않다고 여기는 것이 예전에는 매우 절박하게 쓰였다. 고대에는 예술이란 너무 숭고한 것이어서 그 기원을 거슬러 올라가면 신이 나왔다. 그리스인들에게 시는 찬가였으며 비극은 종교 축제에서 공연됐다. 3만 명의 관중은 인간이 가진 가장 위대한 것, 시를 들었으며 자연이 가진 가장 위대한 것, 신성을 찬미했다.

그러니까 예술의 호기였던 것이다. 사상을 섬기는 사제들은 신을 모시는 사제들과 서열이 같았으며 시가 종교였고, 천재에게는 자신을 섬기는 재단이 있었다.

그리스가 패망했을 때 자신의 정부(情婦)였던 로마를 연사들과 예술가들을 통해 지배하지 않았던가? 카토*는 이 패자의 승리를 예상했지만 그 사실을 알리지는 못했다. 그리고 그 역시 말년에 노예들의 언어를 배우기 시작했다.

그러니까 에트루리아가 이미 자기 민족의 무언극과 광대를 데리고 왔던 것처럼 아테네가 로마에 들어온 것이다. 세계의 안주인이었던 그 도시는 또다시 차례차례 자신이 싸웠던, 자신이 흡수해야 했던 모든 문명의 씨앗이 되는 형을 선고받았다. 정복자는 항구를 부수고 함대를 불 지르고 제조소를 무너뜨리며, 강물의 물길을 돌리고 운하를 막고 시민들을 구속할 수 있다. 그러나 정신은 가능하겠는가? 당신은 어디서 자기 목소리로

* 마르쿠스 포르키우스 카토. 고대 로마 공화정 말기의 정치가. 로마가 그리스화되는 데 반대했다.

말하는, 단어로 생각을 설명하는, 돌로 우뚝 선 프로메테우스를 멈추게 하는 사슬을 구할 수 있겠는가? 이 급류를 막을 둑은 무엇이겠는가? 이 태양을 가둘 감옥이 어디 있단 말인가?

이탈리아는 헤룰리족, 훈족, 고트족, 프랑크족, 독일인들, 노르망디 사람들, 스페인 사람들, 사라센 사람들 등 모든 민족으로부터 백번을 패하지 않았던가? 전 세계에서 그 땅을 밟으러 왔고, 그곳을 짓밟았다. 그러나 모든 민족이 그러했듯이 그들도 얼마 머물지 못했다! 그들은 남부의 태양 아래 그 자유롭고 풍요로운 땅에서 금세 죽었고, 그곳에서는 그토록 위대한 것들이 우리의 근대 국가들의 살아 있는 도시들보다 더 오만하게 폐허와 죽은 도시를 보여주고 있다! 이탈리아의 먼지는 위대하고, 재는 긍지이기 때문이다. 시인과 화가의 영혼을 가진 사람이라면, 돌멩이들이 불멸하고 잔해들이 아직 미래를 간직한 이 예술의 성지로 가기를 원하지 않겠는가?

사람들은 상업을 통해 강대국이 된 나라로 언제나 카르타고*와 베네치아를 꼽는다. 물론 이는 사실이다. 커다란 도시, 그들의 부는 역사를 통해 이제 우리에게 거대하고 대단한 것으로 보인다. 그러나 동시에 그들과 같은 정부에게서 공통된 기운과 힘, 무언가 흉악하고 잔인한 것이 느껴지지 않는가? 근대 사회에서 첩자이자 학대자였던 시민들을 가진 베네치아만큼 슬픈 왕좌와 침울하고 잔인한 영광을 가진 곳이 있었던가? 우리에게 카르타고는 공포와 파렴치함으로 가득한 이름이 아니었던가?

네덜란드도 상업으로 지위가 향상됐다. 바다와 상업의 나라의 그 작은 국민들은 먼저 대서양과 싸우고 그다음에는 유럽 전체와

* 고대 페니키아인이 북아프리카의 튀니지에 세운 식민 도시. 기원전 6세기에 서지중해의 무역을 장악하며 번성했다.

싸웠다. 그들은 먼저 위험을 이겨내며 강해졌고 그런 후에 부를 축적했지만, 이제는 조금 더 유망한 두 나라, 귀족적인 프랑스와 신비로운 독일 사이에서 치사하고 왜소한 모습을 보이지 않는가? 가볍고 경박하고 즐거운 프랑스는 여전히 우리의 황제의 칼, 나폴레옹의 칼 이전에 이미 문학으로 유럽을 정복하지 않았던가? 나라마다 그 조각을 가져갔고, 왕들은 망토를 나눠 왕좌에 올렸다. 황제와 황후는 죽었지만, 우리의 시인들은 살아 있다. 코르네유도, 라신도 살아 있으며, 볼테르는 여전히 세상을 지배하며 그의 언어, 그토록 순수하고 맑은 그의 언어는 그가 썼던 그대로 모든 왕궁에서 사용된다. 런던, 빈, 베를린, 상트페테르부르크에서 우리의 연극이 번역되어 공연되지 않았던가? 또 단테와 베르길리우스의 조국, 너무도 가난하고 슬픈 이탈리아는 영국의 함대와 인도, 수백만의 인구 그리고 오만함에도 불구하고 그보다 더 크고 웅장해 보이지 않는가? 그리고 이제 카르타고의 무엇이 남았는가? 베네치아는? 그러니까 그들의 선박과 보물, 세상의 부러움을 한몸에 받았던 힘과 부는 어디에 있는가?

아테네와 로마의 무엇이 남았는지 묻지 말기를. 그들의 기억이 세상을 점령하고 있으니.

분명 근대 국가들에게 무역은 커다란 재산이며, 인간의 이익을 위해 인간의 결합을 이용하는 경이로운 섭리다. 산업은 국가에 옛 사회의 귀족적 오만함이 무시했던 마르지 않은 부의 원천을 제공한다. 우리나라는 상업적인 관계와 정치적인 관계가 엮여 있지만, 그보다 앞서 사상으로 맺어진 관계가 있다. 동양과 서양이 상품을 교환하기 전, 유럽과 아시아, 기독교와 이슬람교 사이에서는 두 세기 동안 전투가 필요하지 않았던가? 16, 17세기 내내 북부와 남부가 개신교와 가톨릭의 동맹을 위해 30년전쟁과 천 번의 전투를 벌이지 않았던가. 우리가 영국산 장식 핀과 옷감을 끊을 때도 셰익스피어와 바이런은 우리나라*를 통과한다. 천재는 통제받지 않는다. 그들은 자유롭고 불멸하니까.

시인들은 폐허에서 발견되는 조각상과 같다. 때로는 사람들이 그들을 오랫동안 잊어버리기도 하지만, 이름 없는 먼지 속에서 흠집 하나 없이 발견된다. 모든 것이 사라져도 그들은 살아남는다.

이런 말을 들어본 적이 있을 것이다. "시인이란 공허한 영혼이다! 시란 어리석은 말이다!" 그러나 그 시인과 그 운문은 돌이 떨어져 나간 당신의 궁전보다, 분열되는 당신의 왕국보다, 사라지는 보물보다 더 영원하다. 그런 모욕적인 말은 이익이 마음과 영혼을 고갈시키는 데에서 나온다. 먼저 사람들은 거짓을 말했고, 이제 그들이 옳았다고, 산업이 시보다 더 유용하다고, 육체가 영혼보다 더 중요하다고 믿는다. 그렇지만 육체를 움직이는 것은 영혼이다. 예술이 없다면 우리는 지금 어디에 있겠는가? 자! 코르네유와 라신은 콜베르**나 루이 14세보다 프랑스를 위해 더 많은 업적을 세웠다.

줄곧 봇짐이 걸작보다 낫다고, 침대보 한 조각이 시 한 편보다 더 가치 있다고 여기는 생각에는 역겹거나 터무니없는 무언가가 있지 않은가?

그렇다면 당신은 당신의 봇짐이나 이불을 어떻게 생각하는가? 그런 것들은 다 떨어지고 닳는다. 그러나 호메로스는, 그는 늙었는가?

당신의 상점은 물건이 넘쳐난다. 그러나 내게 타르튀프, 오텔로, 시나를 주문할 수 있게 해달라고 한다면?

* 프랑스를 가리킨다.

** 장 바티스트 콜베르. 프랑스의 정치가, 루이 14세 시대 재상.

프랑스는 1년에 10억을 만들 수 있지만, 한 세기를 바쳐도 코르네유 열 명을 만들 수는 없다.

1700만 불을 버는 노섬벌랜드 공작 앞에 혹은 광대 윌리엄 셰익스피어의 저작권을 소유한 남자 앞에 나를 앉혀보라. 첫 번째 사람은 무엇을 하겠는가? 그는 내게 대리석으로 지은 궁전과 금 잔, 에메랄드빛 카펫, 영토, 수확물, 제조품, 그가 돈을 주는 하인들, 강아지, 자동차를 보여줄 것이다. 그런 것이 내게 무슨 소용이 있겠는가? 두 번째 사람은 내게 시구절을 읽어줄 것이다. 그러니까 영혼에 말을 거는 것이다. 그는 내게 칠현금의 줄을 흔들고 멜로디를 연주하며 흥분을 유도한다. 그러니까 나를 감동시키고 나를 울게 하며, 나를 위대하고 자부심 넘치게 만든다. 나는 나도 모르게 열정이 나를 감싸 안아 발을 구르고, 그 구절을, 내가 원하고 마음 깊숙이 사랑하는 그 작품을 듣는 것에 행복해하며, 그들을 위한 사원을 세우게 된다.

나 역시 첫 번째 수확물을 먹었던 것이 사실이다. 그 배들이 설탕을 가져다줬고, 저 가축들이 칼날을 줬고, 공장들이 이불을 줬다. 그러나 시인들은! 하늘의 아들이여, 당신의 이름은 축복받을지어다! 당신이 내게 상업도 권력도 부도 줄 수 없는 기쁨을 맛보게 해줬으니. 왕도 줄 수 없는 기쁨을. 당신은 내 안에 있는 영혼의 모든 관능을 깨웠다. 심장에 달콤함을 가져다줬고, 나를 울게 했다. 상업이 나의 재단사이자 구두공이라면 당신은, 당신은 나의 천사이자 사랑이다. 감사하다, 당신이 시인이라는 점이!

그러니 삶에서 그랬듯이 역사 속에서도 영혼은 언제나 육체를 지배했다.

아이들에게 필요한 것은 형상과 그림, 웃음, 유모의 이야기가 아니던가? 나중에 육체가 그에게 말을 걸고 나서야 육체는 고통받는다. 탐욕스러워지며 질투하고, 색을 밝히고, 속임수를 쓰며 속인다. 그렇게 되면 이전까지는 그저 응시하고 바라보고만 있던 그의 영혼이 이제 그를 이용해 함정을 파고, 도적질을 생각하기 마련이다.

민중 중에도 그런 사람이 있다. 그들은 일단 시인이자 목사가 되고 전사, 법학자, 상인, 기업가가 된다. 미래의 문명을 위해 그들의 씨앗을 발아하는 것은 이제 미래의 일에 속하게 된다.

산업이 인간과 자연의 싸움인 것처럼 상업은 부의 분배자이며, 기계는 지능적이고 창조적으로 변했다. 그 안에는 민중들을 위한 물질적 안위의 수액이 있으며, 그것은 대단하다. 위를 와인으로 채우고, 온몸을 다이아몬드로 휘감을 만큼 사람들을 먹이고 입혀라. 그러면 그는 타락하여 비천해져서 슬프게 죽을 것이다. 영혼에는 양식이 필요한 법이니까. 신처럼 보이지 않는 그것은 신이 자신의 창조물을 잘 아는 것처럼 우리를 잘 안다. 그러므로 예술은 가장 고귀한 영혼의 표명이며, 그것이 예술의 일이다.

예술을 모욕하지 마라, 그것은 신을 모독하는 행위이니!

귀스타브 플로베르(1821–1880)
프랑스 소설가. 19세기 후반을 대표하는 작가 중 한 명이다. 심리적 분석, 리얼리즘에 대한 고찰이 담긴 글을 썼다. 대표작으로 '보바리즘'이라는 용어를 남길 정도로 유명한 소설《보바리 부인》과《감정 교육》 등이 있고, 사실주의 소설의 계보에 이름을 새기기도 했다.

폴 발레리

망자를 향한 두려움

동물은 분명 죽음에 대한 생각을 되새김질하지 않을 것이다. 동물은 두려워해야 할 때만 두려워한다. 위험이 사라지면 죽음에 대한 강력한 예감은 자취를 감춘다. 따라서 죽음은 힘을 잃고 어떤 역할도 하지 못한다.

동물의 행동에서 상황에 맞지 않거나 불필요한 것은 아무것도 없다는 말이다. 동물은 매 순간 그 자체일 뿐이다. 상상의 가치를 사유하지 않으며, 대답할 수 없는 질문들에 고심하지 않는다. 자기 동족의 죽음을 목격하는 일이 때때로 순간적인 감정 동요나 분노를 일으킬 수 있지만, 그것이 무한한 고통의 원인이 되지는 않으며, 전적으로 긍정적인 존재 체계를 바꾸지는 못한다. 동물은 이러한 감정을 유지하고 돌보고 더 깊이 파고드는 데 필요한 것을 갖고 있지 않은 듯하다.

그러나 기억력이 더 뛰어나고 조심성이 많으며, 필요 이상으로 조합하고 예상하는 능력을 가진 인간에게는 끊임없는 경험에서 나온, 어떤 측면에서는 존재한다는 느낌과 의식하는 행위와 절대 양립할 수 없는 죽음에 대한 생각이 인생에서 중요한 역할을 한다. 이런 생각은 그것이 상상할 수 있는 한계보다 더 높은 단계의 상상을 자극한다. 만약 죽음에 대한 생각의 강도와 끊임없이 죽음이 가까이에 있다는 느낌, 한마디로 죽음을 생각하는 힘이 줄어든다면, 인류에 어떤 일이 일어날지 장담하지 못한다. 체계적인 우리의 삶은 죽음을 생각하는 독특한 속성을 필요로 한다.

죽음에 대한 생각은 법의 동기이자 종교의 어머니, 비밀 요원 혹은 무시무시한 정치적 선언이며, 명예와 사랑에 꼭 필요한 자극제이자 수많은 연구와 묵상의 기원이다.

인간의 정신을 자극하는 이 생각의 산물 중 가장 낯선 것은 망자가 죽지 않았다는 것 혹은 완전히 죽지는 않았다는 오래된 믿음이다.

이 확신의 근원의 형체를 연구하는 것, 그것이 제임스 프레이저* 경의 최신작《망자를 향한 두려움》의 주제다.

> 대부분의 인간은 죽음이 그들의 의식적인 존재를 없애지 않으며, 한동안 머물렀던 연약한 육체가 먼지가 되어버린 후에도 이 의식이 막연히 혹은 무한히 계속될 것이라 믿는다.

바로 이것이 상당한 예시를 통해 표현한 저자의 의도가 담긴 최초의 명제이자, 망자의 혼과 맺어지는 관계 속에서 이뤄지는 원시적 정치라 명명할 수 있다.

제임스 경은 문명화되지 않은 이들이 망자의 혼에서 인간이 살아 있는 피조물에게 느끼는 것과 유사한 감정을 느낀다는 사실을 보여준다. 어느 쪽은 두려움을, 또 다른 쪽은 호기심을 지배적으로 느끼며, 어떤 이들은 애정을 느끼기도 한다. 애정을 느끼는 이들에게서는 한 가정의 산 자와 망자 사이에 일종의 친밀감이 생기는 것을 볼 수 있다. 돌아가신 부모님은 두려움의 대상이 아니다. 그들의 시신은 집안에 묻혀 있고, 사람들은

* 제임스 조지 프레이저. 스코틀랜드 출신의 영국 사회인류학자. 대표작으로《황금가지》,《토테미즘과 외혼성》이 있다.

그들의 영혼이 며칠 후에 한 가정의 지붕 아래에서 새로 태어날 아이에게서 환생하기를 기대한다.

또 다른 원주민들은 영혼을 이용하려 한다. 농사 혹은 사냥과 고기잡이에 영혼의 도움이나 특혜를 받으려고 하며, 때때로 영혼들에게서 어떤 예언을 끌어내고자 애쓴다.

우연한 현상과 불길한 현상을 영혼들의 탓으로 돌리는 일도 흔하다. 기근, 가뭄, 벼락, 지진 같은 것들을 그들의 탓으로(우리가 때때로 이런 두려운 사건들을 태양의 일로 떠넘기는 것처럼) 돌린다.

그러나 사람들이 혼을 가장 탓하는 불행은 질병과 죽음이다.

이 모든 믿음은 그것에 걸맞은 숱한 의식을 낳는다.

이 책은 마치 팩트 덩어리인 양 놀라운 지식을 깊이, 가득 담고 있지만 위대한 예술가의 저서임이 분명하다. 그의 지적 간결함은 섬세한 작업의 산물이며, 하나의 믿음이 다른 믿음으로 거의 지각할 수 없을 정도로 매끄럽게 넘어가는 일만큼(변조와 유사하다) 섬세한 것은 없다. 이 두 믿음은 거의 차이가 없다고 하나 수천 마일의 거리를 두고 있으며, 그것은 거리 그리고 모든 소통의 부재가 심리적 산물의 유사성을 통해 인간의 본성이 가진 어떤 동일성을 확인할 수 있게 해주는 것과 같다.

《망자를 향한 두려움》을 읽는 독자들의 머릿속에는 조금씩 괴로움에 떨고 있는 혼을 이야기하는 토속학(그토록 오랜 세기 동안 사람들이 죽으면서 지구상에 무수히 많이 떠다니는 영혼의 인구통계와 과학)의 이상하게 시적인 사고가 그려질 것이다. 마다가스카르의 멜라네시아인, 콜롬비아와 나이지리아의 원주민들은 이 망자들을 두려워하고 회상하고 살찌우고 이용한다. 그들과 거래를 하는 것이다. 그들에게 삶의 긍정적 역할을 부여하고 기생충을 견디듯 그들을 참아내며 다소 원하던 손님들처럼

그들을 맞이하고 그들에게 욕구와 의지와 권력을 빌려준다. 그 결과
이런 수많은 의미 부여와 관찰과 관행이 인간에게 강요되며,
이 저명한 작가는 자신의 작품에서 그런 점들을 유사점과 차이점에
따라 연관짓고 상술한다. 마치 망자의 존재와 힘에 대한 자각이
불러일으키는 태도에 사로잡힌 모든 인종의 예술과 지식의
포획물이 나타나는 지성의 현수막처럼 말이다.

마르그리트 유르스나르

과거의 힘, 미래의 힘

앤 린드버그*는 현대문학이 낳은 두 편의 훌륭한 작품을 미국에 남겼다. 빛나는 작가, 지난 몇 개월 동안 정치적으로는 악역을 맡았지만, 항공 모험가로서는 변함없이 명성을 지킨 조종사의 아내이자 그녀 자신도 조종사이며, 불행한 어머니인 이 여성은 이 시대의 전설에 속한다. 그녀의 신작에서 옹호할 수 없는 견해에 이용될 우려가 있는 주장을 발견한 것이 서글플 따름이다.

"그리하여 나는 이 전쟁을 전적으로 단순하게 선의 힘 대(對) 악의 힘의 싸움이라 여길 수 없다. 만약 모든 것을 한 문장으로 요약해야 한다면, 차라리 과거의 힘 대 미래의 힘의 싸움이라 말하겠다. 불행은, 과거의 힘에는 너무 많은 선이 있고 미래의 힘에는 너무 많은 악이 있다는 사실이다."

처음 읽었을 때는 의심할 여지 없이 현명하고 균형 잡힌 생각이라 여겼다. 그렇지만 이런 사고에 어떤 위험이 있는지를 헤아리기 위해서는, 미국에서 '미래'라는 단어는 가장 중요한 말이자 문명 전체의 핵심어라는 사실을 기억해야 한다. 미국은 선구자들의 신화적 시대를 이제 겨우(분명 아쉬워했겠지만) 빠져나왔을 뿐이다. 그 시절, 아직 적대적이었던 자연에 정착한 새로운 이주민들에게 과거는 아무것도 제공해주지 않았다.

* 앤 모로 린드버그. 비행기로 대서양을 단독 횡단한 찰스 린드버그의 부인으로, 시인이자 수필가이다.

현재는 힘겨운 노력의 연속이었을 뿐이며, 갑자기 모든 것을 조직하고 창조해야 하는 나라에서 성공과 안전을 향한 모든 희망은 자연스레 미래로 미뤄졌다. 미국은 이제 그 영웅적인 시대를 살고 있지 않다. 다른 나라들처럼 미국 역시 미래 못지않은 과거를 갖고 있지만, 미국의 자손들은 ipsofacto* 미래를 과거의 발전이라 여기는 관습을 버리지 못했다. 전체주의 국가에서 과거와 싸우는 미래의 힘을 보여주는 것은, 영국이 그랬던 것처럼 이 국가들에 유리하도록 사람들의 정신에 혼란을 주입하는 일이며, 원하든 원치 않든(앤 린드버그는 아마도 반만 원했던 것 같다) 역사의 이름으로 그들의 손을 들어주는 것이다.

그러나 히틀러의 독일이 미래를 상징하는가? 히틀러의 독재 방식에는 그 어떤 새로움도 없다. 전쟁, 과장된 민족주의, '열등하다'라고 여기는 인종의 몰살, 고문, 비밀경찰, 급진파 군인의 손에 집중된 권력, 혁명과 궁전의 몰살, 도덕적이고 종교적인 불관용, 강요된 노동, 지도자를 맹신하는 문화, 이 모든 것 중에서 역사의 어두운 태양 아래서 어느 것도 새로운 것은 없다. 이미 폴란드는 분열된 상태였을 뿐 아니라 타타르의 침략 때 겪었던 끔찍한 혼란 속으로 돌아가는 모습을 그리고 있고, 패배하고 모욕당한 프랑스는 백년전쟁의 처참했던 시간을 다시 산다. 시민의 자유가 가장 아름답게 열매 맺었던 나라뿐만이 아니라 네덜란드, 벨기에, 발트해 국가 그리고 몇몇 스칸디나비아 국가가 속국이었던 이전 상황으로 다시 돌아가게 됐지만, 승리한 독일은 그들의 18세기와 19세기 일부를 부정하며, 현재의 이상향도 없지만

* 입소팍토. 라틴어 법률 용어로 '자연스럽게, 필연적인 결과로'라는 뜻을 가진다. 작가는 본문에 입소팍토라는 라틴어를 사용했고, 이는 라틴어로 단어를 강조하려 했던 작가의 의도라 판단하여 이를 살려 번역하지 않고 그대로 남겼다.

구약시대의 독일을 최선을 다해 흉내 내지도 않는다. 만약
세 독재자의 탱크로 상징되는 미래의 힘이 약속하는 방향이 이런
것이라면, 몇 바퀴만 돌아도 인류는 석기시대로 되돌아갈 것이다.

이 절망의 시대에 분명 모두가 한 번쯤 오늘날 미쳐 날뛰는
야만성이 인류의 하나뿐인 진짜 미래를, 어쩌면 유일한 현실을
상징한다고 생각한 적이 있을 것이다. 우리는 문명의 개념까지
의심하고 있다. 불행이 그것을 허락한 것이다. 그러나 과거를
돌이켜보자. 유럽의 역사에서 또 하나의 비극적인 시기, 어쩌면
그 어느 때보다도 가장 절망적이었던 5세기, 야만인들의 침입을
예로 들어보자. 그 일은 약 400년 동안 산발적으로 되풀이됐다.
어느 누구도 로마가 무너진 시기에 평화를 사랑하던 절망한 귀족들
또는 성직자들이 이제 싸움은 하나 마나 한 일이며, 그 야만인들이
미래를 상징한다고 말하게 될 줄은 몰랐다. 그 사람들은 아직
자신들이 대표하고 있던 고대문명이 저지른 실수에 민감했고,
아마도 그 문명이 짓밟히게 된 것은 당연한 일이라고, 정당하다고
생각했을 것이다. 그들은 희생된 삶에, 잃어버린 예술과 과학에
신음하면서도 아틸라*와 함께 행진하며 미래를 향해 손을 흔들었다.
그 귀족들과 성직자들은 틀렸다. 겉으로 보기에 옳았을지라도
그들이 틀린 것이다. 그리스 로마는 약탈당했고, 우리 모두의 기억
속에 폐허가 된 사원과 황폐한 궁전의 모습으로 남았다. 그러나
이 재앙이 일어나고 몇 세대가 지난 후, 미래라고 했던 무리는
그들의 숲 혹은 초원으로 돌아가거나 혹은 그곳에 남아 패배자들을
닮아갔다. 시민의 삶은 로마법에 따라 규제됐고, 로마가 임명한
주교들은 마지막 게르만족 혹은 슬라브족 이교도들에게 세례를

* 볼가강에서 나타난 훈족의 왕. 5세기 전반의 민족대이동 시기에 유럽의
여러 나라를 격파하고 라인강 변까지 영토를 넓혔다.

내렸다. 아이들은 스페인과 발트해 국가 사이의 학교에서 고트어 혹은 훈족의 언어가 아닌 라틴어를 배웠다. 사라질 운명이라고 믿었던 귀족들과 성직자들은 부패한 문명을 끝내는 임무를 신으로부터 부여받은 백인 야만족들보다 훨씬 더 미래의 인간에 가까웠다.

시간이 한참 흘러 몇 세기 동안 무슬림과 슬라브족들에 맞섰던 옛 비잔틴 제국이 결국 무너질 차례가 되자, 사람들은 미래의 힘을 상대로 한 이 고된 싸움이 불필요하다고 생각하게 됐다. 사실 생존하고자 했던 비잔틴 제국의 오랜 고집은 고대문화의 씨앗, 솔직히 말하자면 비잔틴 제국 역시 힘없는 보존자였을 뿐이었던 그 말라비틀어진 씨앗이 르네상스라는 새로운 부식토에서 싹을 틔울 수 있게 했다. 그리고 비잔틴에서도 지나치게 경직됐다고 느꼈던 종교적인 전통 혹은 순수한 형식의 전통이 이번만큼은 슬라브 민족들과 소통하며 놀라운 부활을 경험하게 했다.

우리에게 자신 있는 모습으로 큰소리를 치며 나타나는 미래와 맞서기 위해서는, 아직 싹을 틔우고 있거나 우리가 성장을 지켜줘야 하는 또 다른 미래를 늘 염두에 둬야 한다. 집단적 폭력성의 위기는 역사의 한때일 뿐이다. 그 위기는 수확물이 자라나는 데 돌풍이 도움이 되지 않는 것만큼 인간의 보잘것없는 발전을 돕지 않는다. 폭풍우가 한바탕 휩쓸고 간 후에 인류는 매번 중단됐던 일을 겸허히 다시 시작했고, 그렇게 과거의 생생한 힘을 보존하고 미래를 향해 느린 변화를 이끌었다.

앤 린드버그는 그 자신도 깜짝 놀랄 만한 발견을 했다. 그녀는 선과 악이 하나의 당 혹은 한 민족의 속성이 아니라는 것과 인간의 모든 일에는 고락이 존재한다는 사실을 깨달았다. 누구나 그것에 동의한다. 그리고 교리 교육이 존재한 이후로 사람들은 오직 신만이 완벽하다고 말해왔다. 그러나 지금 중요한 것은, 늘 그래왔듯이,

악의 비율이 더 높은 쪽이 어디인지를 아는 것이다. 과거의 무거운 부채를 안고 있지 않은 나라는 어디에도 없다. 그러나 영국이나 프랑스 같은 나라는 과거에 어떤 잘못과 실수를 저질렀든, 아니 현재 실수를 저지르고 있다고 해도 언제나 제대로 정의 내릴 수 없는 아름다운 말, '자유들' 혹은 '자유'를 말할 수 있을 만큼 국민에게 최소한의 질서와 안전, 문화를 어느 정도 지속적으로 보장하며 자신들을 증명해왔다. 그러나 우리가 그 대신 얻은 것은 무차별적인 힘, 체계적이면서 동시에 정말로 찬양받는, 필요하다면 위선을 감추기도 한 잔인성이었으며, 결국 역사에서 반론의 여지 없이 가장 악한 모습인 야만적인 독단주의였다.

분명 아무도 어느 젊은 나치의 격렬한 흥분에, 그가 사랑하는 상관을 위해 모든 것을 바치겠다는 희생에 아름다움이 있다는 사실을 부인하지는 못할 것이다. 이런 흥분과 희생이 그들에게 독이 된다고 할지라도 말이다. 게다가 결국 히틀러는 누구와 다를 것 없는 사람이었고, 분명 그에게도 다른 사람들처럼 감춰진 덕이 어느 정도 있었을 것이다. 그러나 살인자의 죄를 그가 가진 몇 가지 장점으로, 희생자의 몇 가지 단점으로 사해줄 수는 없다.

"전쟁으로 문명을 구할 수 없다"라는 앤 린드버그의 말은 아주 적절했으나, 문명의 반대되는 것에 문명이 사로잡히도록 내버려두는 것 또한 문명을 구할 수 없다. 그녀는 "두려워하던 나라들이 침략당한 것이다"라고 덧붙였다. 기만적인 문장이다. 침략당한 그리스나 핀란드처럼 가난하고 용맹한 작은 나라들 앞에서 두려움을 말하는 것은 뭐라 형용하기 어려운 모욕적인 면이 있기 때문이다. 이는 자신들이 믿는 것 앞에 세계를 굴복시키길 두려워하지 않는 강대국도 마찬가지다. 그들의 힘은 의식을 가진 수많은 이들이 봉기하게 했으나, 너무도 많은 요구와 정당한 이익을 침해하면서 결국 무너지고 만다. 미래의 파도와 바다의 파도를 비교하는 것은 너무도 쉬운 은유다. 바다의 파도에 대해 가장 사실적으로 말하자면, 그것은 부서지고 때리며, 때때로 파도가 크게 밀려오는 날에는 연안에 큰 피해를 입히고 다시 냉혹하게 흐른다. 결국 물결을 지배하는 신이 그것을 원한 것이다.

기 드 모파상

권태

나는 파리를, 아니 프랑스를 떠났다. 마침내 에펠탑이 너무 지겨워졌기 때문이다.

그것은 사방에서 보일 뿐만 아니라 익숙한 모든 소재로 만들어져 진열대에 전시되어서 어디서나 발견되니 피할 수 없는 악몽이자 고문이다.

당분간 혼자 살고 싶다는 저항할 수 없는 욕구를 내게 심어준 것은 단지 에펠탑만이 아니라 에펠탑을 둘러싼 모든 것들, 그것의 안과 밖, 그 주변이기도 하다.

어떻게 모든 언론이 그 금속 구조물을 두고 감히 새로운 건축물이라 말할 수 있었단 말인가? 오늘날 예술 중 가장 이해받지 못하고 잊힌 건축이야말로 어쩌면 가장 심미적이고 가장 신비스러우며, 가장 많은 사상이 내포된 예술이 아니었던가?

건축은 몇 세기를 거쳐 매우 소수의 고유한 건축물을 통해, 말하자면 각 시대를 상징하고 한 인종과 문명이 사고하고 느끼고 꿈꾸는 방식을 요약하는 특권을 누려왔다. 세계 곳곳의 사원과 교회, 몇몇 궁전과 성들은 거의 모든 예술사를 담고 있으며, 선의 조화와 장식의 매력으로 책보다 더 우리의 눈높이에 맞게 시대의 멋과 위대함을 드러내고 있다.

그러나 앞으로 어떤 봉기가 일어나 본래 거대한 키클롭스 기념비를 받치기 위해 세웠으나 우스꽝스럽고 가녀린 공장 굴뚝 같은 실루엣만을 유산시킨, 저 높고 초라한 철 사다리 피라미드를,

저 볼품없이 거대한 뼈대를 철거하지 않는다면, 과연 우리 세대가 어떤 평가를 받게 될지 걱정스럽다.

이미 끝난 일이라고 한다. 좋다(그래봐야 아무짝에도 쓸모가 없었지만!), 그러나 나는 이 시대에 뒤떨어진 발상보다 12세기부터 바벨탑을 재현하고자 했던 피사의 사탑 건축가들의 순진한 시도가 더 마음에 든다.

항상 무너질 듯 기울어져 있는 그 얌전한 8층 대리석 탑을 보며 아연실색하는 후대에 중력의 중심은 기술자들의 쓸데없는 편견일 뿐이며, 기념비적인 건축물들은 그것이 없어도 매력적일 수 있고, 7세기가 지난 후에도 에펠탑이 7개월 동안 유인한 것보다 더 많은 방문객을 불러들인다는 것을 증명하겠다는 생각은, 인디언의 눈처럼 도료를 발라놓은 저 거대한 주물보다 분명 더 독창적인 문제를 (문제가 있는 것은 사실이니까) 안고 있다고 할 수 있을 것이다.

사탑이 혼자 기울어졌다는 해석이 있다는 것은 나도 알고 있다. 누가 알겠는가? 여전히 논란거리인 그 멋진 건물이 이해할 수 없는 비밀을 간직하고 있는지.

어쨌거나 에펠탑은 내게 별로 중요치 않다. 그것은 즐기는 인파에 진저리 치는 남자에게 끔찍한 광경이 실제로 눈앞에 펼쳐진 것처럼, 악몽처럼 나를 괴롭힐 추억을 남길 국제박람회의 간판일 뿐이다.

나는 프랑스라는 놀라운 국가의 힘과 생산력, 활력 그리고 고갈되지 않는 부를 적절한 순간에 전 세계에 보여준 국제박람회를, 그 거대한 정치적 업적을 비판하지는 않을 것이다.

민중과 부르주아들에게 커다란 기쁨과 유희를 줬고 대단한 본보기가 됐다. 그들은 진심으로 즐겼고, 잘 만들었고 잘 누렸다.

다만 나는 첫날부터 그것이 나를 위한 즐거움이 아니라는 사실을 확인했을 뿐이다.

기계 전시실과 과학과 역학, 물리와 근대 화학의 환상적인 발견을 깊이 감탄하며 관람하고 나니, 벨리댄스가 배를 내놓고 흔드는 나라에서만 재미있다는 것을, 다른 아랍춤이 알제리의 하얀 요새에서만 그 매력과 색을 갖게 된다는 것을 확인하고 나니, 가끔 그곳에 간다면 피곤하긴 하겠지만 기분 전환이 될 수 있으니, 집에서 혹은 친구들의 집에서 휴식을 취하면 된다고 결론을 내렸다.

그러나 전 세계인들에게 침범을 받은 파리가 어떻게 될지를 전혀 생각하지 않았던 것이다.

해가 뜨자마자 거리는 인파로 가득 차고, 보도에는 불어난 급류처럼 인파가 밀려 나온다. 모든 사람이 전시장을 향해 내려가거나, 그곳에서 돌아오거나 혹은 되돌아가는 중이다. 도로에는 마차들이 열차 칸처럼 끝이 보이지 않게 줄을 섰다. 어느 한 곳도 빈자리가 없으며, 어느 마부도 전시장이나 마차를 교대하기 위한 곳이 아닌 다른 곳으로 당신을 데려가주지 않는다. 다른 마차는 없다. 그들은 이제 화려하게 꾸민 수상한 이방인들을 위해서 일한다. 식당에는 자리 하나 없으며 자신의 집에서 저녁을 먹는 친구도 혹은 당신의 집에서 저녁을 먹는 데 동의하는 친구도 없다.

친구를 초대하면 그는 에펠탑에서 식사하겠다는 조건으로 받아들인다. 그게 더 즐겁다고 한다. 그리고 구호를 외치듯 모두가 당신을 매일 점심 혹은 저녁에 기어코 그곳에 데려가려 한다.

그 열기 속으로, 먼지 속으로, 악취 속으로, 얼큰하게 취했거나 땀을 흘리는 군중 속으로, 이리저리 굴러다니고 날아다니는 기름진 종잇조각들 사이로, 벤치에 펼쳐져 있는 돼지 가공육과 와인 냄새 속으로, 상한 음식물 냄새를 풍기는 30만의 입 냄새 속으로,

팔꿈치의 부딪침 속으로, 가벼운 스침 속으로, 뜨거워진 모든 살갗의 얽힘 속으로, 좌석과 길에 벼룩을 심어놓는 모든 이의 뒤섞인 땀 속으로.

나는 혐오와 호기심에 한두 번 정도 공중에 있는 그 싸구려 간이식당의 음식을 먹으러 가는 것은 괜찮다고 생각했으나, 상류사회, 우아한 집단, 엘리트 집단, 보통은 인간의 피로한 냄새가 나는 고단한 사람들 앞에서 구역질을 느낀다던 세련된 집단이 그러는 것처럼 매일 저녁 그 더럽고 사람 많은 곳에서 저녁을 먹는 것은 어처구니없다고 판단했다.

다른 관점에서 보면, 그것은 민주주의의 완전한 승리를 명백하게 증명한다. 더는 신분제도, 인종도, 귀족의 껍데기도 없다. 우리나라에는 부자들과 가난한 사람들만 있을 뿐이며, 근대사회의 계층은 다른 어떤 부류로도 나뉠 수 없다.

다만 또 다른 차원의 특권층이 생겨났다. 그들은 이 국제 박람회에서 만장일치로 승리를 거둔 과학 엘리트층, 더 정확히 말해 산업과학 엘리트층이다.

예술의 경우 특권층이 사라졌다. 결국 국내 엘리트들 사이에서 그 의미조차도 지워졌다. 그들은 중앙 돔과 몇몇 인근 건물에서 짜증스러운 장식을 아무런 저항 없이 바라봤다.

이탈리아의 모던한 취향이 우리를 이긴 것이다. 이제 막 문을 닫은 대중적이고 부르주아적인 거대한 난장판 속에서 예술가들에게만 허락된 공간들 역시 광고판이나 장터의 진열대 같은 모습을 띠게 됐다.

만약 그들의 작품과 발견의 본질이 무엇보다 상업에 정통한 것이라는 사실을 내게 들키지 않았더라면, 나는 이 과학자들의 출현과 군림에 조금도 반대하지 않았을 것이다. 어쩌면 그들의 잘못이 아닐지도 모르겠다. 그러나 인간의 영혼이 공업과 상업이라는 넘을 수 없는 두 벽 사이에 억눌려 있는 것만 같다.

문명이 탄생했을 때, 인간의 영혼은 예술을 향해 돌진했다. 사람들은 인간을 질투한 어느 여신이 이렇게 말했다고 믿었다.

“나는 네가 그것들에 대해 더 많이 생각하는 것을 금한다. 그러나 네가 오직 너의 동물적인 삶, 그것 하나만을 생각한다면, 네가 많은 것을 발견할 수 있게 내버려둘 것이다.”

그렇다, 사실상 요즘은 다양한 종류의 기계와 놀라운 기구들, 생명이 있는 육체만큼 복잡한 역학을 발명하거나 물질의 조합으로 기가 막힐 정도로 경이로운 결과물을 얻어내는 또 다른 차원의 정신이 깨어나는 동안, 세기를 대표하던 예술가들의 매력적이고 강렬한 감정들은 사라져버린 듯하다. 이 모든 것이 인간의 육체적 필요를 위한 것이거나 그것을 죽이기 위한 것이다.

우리의 상상력이 투기를 향한 욕망으로 생활에 유용한 발견에 점점 더 강하게 반응하는 동안, 순수하고 이해관계가 없는 과학, 갈릴레오, 뉴턴, 파스칼의 과학 같은 이상적인 개념은 우리에게 금지된 듯하다.

그러나 갑자기 떠오른 생각으로 사과의 낙하에서 세계를 지배한 위대한 법칙까지 만들어낸 천재는 초인종, 메가폰, 조명기기를 만든 미국의 기적적인 발명가의 날카로운 정신보다 더 신성한 싹에서 탄생한 것 같지 않은가?

거기에 근대정신의 비밀스러운 악과 승리 안의 열등한 표식이 있는 게 아닐까?

어쩌면 내가 완전히 틀렸을 수도 있다. 어쨌든 우리의 흥미를 끄는 이것들은 옛 사상의 표현 양식만큼이나 인생을 붙들고 망치는, 우아한 아름다움을 향한 꿈에 과민한 노예인 우리를 열광시키지 않는다.

피렌체를 다시 보는 게 좋을 것 같았다. 그래서 나는 떠났다.

기 드 모파상(1850-1893)
프랑스의 소설가. 1880년 서른 살에 등단했다. 사실주의를 대표하는 작가로, 그가 건조한 문체로 표현하는 고독감은 인생의 허무와 싸우는 작가의 불안을 잘 드러낸다. 대표작으로 《비곗덩어리》, 《여자의 일생》 등이 있다.

앙드레 지드

나르시스론

I

낙원은 크지 않았다. 완벽했다. 그곳에서 모든 형상은 한 번만 무르익었다. 하나의 정원이 모든 것을 품었다. 그것이 존재했든 존재하지 않았든, 뭐가 중요하겠는가? 그러나 낙원이 존재했다면 낙원은 그랬을 것이다. 모든 것이 그곳에서 필요한 꽃피움으로 결정(結晶)됐고, 모든 것이 원래 그래야 하는 것처럼 완벽하게 존재했다. 어느 것도 더 나아지길 바라지 않았으므로 모든 것은 부동의 상태로 머물렀다. 조용한 중력만이 혼자 천천히 전체의 혁명을 일으켰다.

과거에도 미래에도 비약을 멈추지 않으므로 낙원은 낙원이 된 것이 아니다. 단지 늘 존재했을 뿐.

순결한 에덴! 상념의 정원! 율동적이고 확실한 형상이 애쓰지 않고 그들의 숫자를 드러내는 곳, 모든 것이 보이는 그대로이며 증명이 불필요한 곳.

에덴! 선율이 아름다운 미풍이 정해진 곡선으로 일렁이는 곳, 대칭을 이루는 잔디밭 위로 하늘이 푸른빛을 펼치는 곳, 새는 시간의 색을 입고 꽃밭의 나비가 신의 섭리에 따라 조화를 이루고 장미는 장미였기에 녹색 잔꽃 무지가 찾아와 앉는 곳. 모든 것은 숫자처럼 완벽했고 정상적으로 박자에 맞춰 연주됐다. 화음은 선을 따라 나왔다. 변함없는 교향곡이 정원을 떠다녔다.

에덴의 중심에 우주수*가 있었다. 복잡한 그 나무는 생명의 뿌리를 땅속에 박고, 잔디밭 그리고 나뭇잎이 밤에만 펼쳐지는 짙은 그림자 주변을 산책했다. 그림자 속에는 신비의 책(알아야 할 진실을 읽을 수 있는)이 나무에 기대어 있었다. 그리고 나뭇잎 사이로 부는 바람이 필요한 상형문자를 온종일 소리 내어 읽었다.

경건한 아담은 들었다. 하나뿐인 인간, 아직 중성이었던 그는 커다란 나무 그늘에 앉아 머물렀다. 인간! 엘로힘**의 실사, 신의 고용인! 그를 위해, 그에 의해 형상이 나타난다. 그 모든 선경의 중심에서 그는 부동의 자세로 풍경이 펼쳐지는 모습을 지켜본다.

그러나 언제나 지켜보는 역할밖에 할 수 없는 관객은 어쩔 수 없이 지겨워지고 만다. 모든 것이 그를 위해 연기한다는 것을 알고 있지만, 그 자신은……. 그러나 그는 그 자신을 보지 못한다. 그러니 나머지가 무슨 소용이 있단 말인가? 아! 자신을 보는 일! 분명 그는 강하다. 창조했고, 세상 전체가 그의 시선에 달려 있다. 그러나 자신의 힘이 명확하게 드러나지 않은 채로 있다면 그가 그 힘에 대해 무엇을 알 수 있을까? 너무 깊이 생각하다 보니 더는 판단할 수가 없다. 어디서 멈춰야 하는지를 알지 못하는 것! 어디까지 가는지 알지 못하는 것! 조화를 깨지 않기 위해 어떤 몸짓을 강행하지 않는다면, 그것은 결국 예속된 상태이니까. 그렇다면 어쩔 수 없다! 이 조화가, 늘 완벽한 화음이 나를 짜증나게 한다. 몸짓! 알기 위한 작은 몸짓! (악마의 불협화음!) 아! 그렇다면 약간의 예측하지 못한 일이 필요한데!

* 북유럽 전설에 나오는 거대한 물푸레나무. 우주를 뚫고 솟아 있어 우주수다. 나무 자체가 세계를 의미하며, 가지 끝에 각각의 세계가 열려 있다고 한다.

** 히브리어로 신이라는 뜻.

아! 움켜잡는다! 그는 우쭐한 손가락 사이로 우주수의 가지를 붙든다! 그리고 가지를 꺾는다…….

일은 벌어졌다.

먼저 미세한 균열, 비명이 시작된다. 비명은 퍼지고 분노하여 휘파람 같은 날카로운 소리를 내다가 곧 폭풍우로 운다.
시든 우주수가 비틀거리다가 갈라진다. 미풍이 가지고 놀던 흔들리는, 오그라든 나뭇잎들이 일어나는 돌풍에 뒤틀린다. 바람이 그들을 멀리 데려간다. 미지의 밤하늘을 향해 위대하고 신성한 책에서 찢겨나간 페이지들이 흩어져 달아나는 위험한 해안으로.

수증기가 하늘로 올라간다. 눈물, 구름이 눈물로 떨어지고 밀운(密雲)으로 다시 올라간다. 그렇게 시간이 탄생했다.

둘로 나뉜 양성의 인간은 겁에 질려 불안과 공포에 눈물을 흘린다. 그는 새로운 성(性)과 함께 자신과 다를 바 없는 반쪽을 향한 불안한 욕망이 솟아남을 느낀다. 그는 갑자기 나타난, 되찾길 원하는 그 여인에게 입을 맞춘다. 여인은 자신을 통해 완벽한 존재를 재창조하려는, 여기서 이 종(種)을 멈추고자 하는 눈먼 노력 속에서 자신의 가슴으로 새로운 미지의 종족을 뛰놀게 할 것이며, 곧 아직 완전하지도 충분하지도 않은 다른 존재를 시간 속으로 밀어낼 것이다.

땅거미 내려앉은 이 기도의 땅에 흩어질 슬픈 종이여! 낙원의 기억은 너의 도취를 짓밟으러 올 것이다. 그리고 여기, 알아야만 하는 진실을 읽는 태고의 책에서 찢겨 나간 페이지들을 경건하게 모을 선지자들과 시인들이, 네가 사방에서 찾아 헤맨 낙원을 다시 말하러 올 것이다.

II

나르시스가 뒤를 돌아봤다면, 나는 그가 어느 푸른 둑길을, 어쩌면 하늘을, 나무를, 꽃을 봤으리라 생각한다. 마침내 안정적이고 지속적인 것이 물에 비쳐 부서지고, 물결의 순간성은 여러 모습으로 변한다.

그렇다면 이 물은 언제 흘러감을 멈출까? 물은 결국 흐르는 것을 포기하고 고인 거울이 되어 상(像)을 꼭 닮은 순수성으로 (상과 헷갈릴 정도로 똑같은) 이 숙명적인 형상의 선을 (마침내 그 선 자체가 될 때까지) 말할까?

그렇다면 시간은 언제 흘러감을 멈추고, 이 흐름이 쉴 수 있도록 내버려둘까? 형상, 신성하고 오래 변함없는 형상! 다시 나타나기 위해 휴식만을 기다리는 당신, 오! 언제, 어느 밤에, 어느 침묵에 당신은 자신을 다시 결정(結晶)하시렵니까?

낙원은 항상 다시 세워져야 한다. 그것은 저기 멀리 북극에 있는 것이 아니다. 그것은 어떤 모습을 가장한 채로 있다. 소금마다 자신만의 결정체가 있는 것처럼, 각각의 잠재적인 사물은 존재 안에 내면의 조화를 보유하고 있다. 더 농축된 물이 내려오는 무언의 밤이 온다. 동요 없는 심연 속에서 비밀스러운 소금의 결정이 피어날 것이다…….

모두 잃어버린 자신의 형상을 향해 애쓴다. 형상은 자신을 드러내지만 더러워지고 뒤틀리기에 스스로에게 만족하지 못한다. 주변의 형상에 몰리고 방해를 받기 때문에 늘 다시 시작하니까. 그 형상들도 각자 드러내기 위해 역시 애쓰고(존재하는 것만으로는 충분하지 않기 때문에 자신을 증명해야만 한다) 각자 오만에 빠진다. 흐르는 시간은 모두를 혼란에 빠트린다.

시간은 사물의 흐름으로만 달아나기 때문에, 모든 것이 이

경주를 조금이라도 늦추려고, 모습을 더 잘 드러내려고 붙잡고 매달린다. 어떤 것이 더 천천히 이뤄지고 시간이 쉬는 시대가 있었다(그렇게 믿는다). 소리가 움직임과 함께 멈추면 모두가 입을 다문다. 사람들은 기다린다. 사람들은 그 순간이 비극적이며 움직임이 없어야 한다는 것을 이해한다.

'하늘이 침묵했다'는 것은 종말의 전조다. 그렇다, 비극적이다. 새로운 시대가 시작하는, 하늘과 땅이 묵상하는, 일곱 개의 인장으로 봉인된 책이 펼쳐지는, 모든 것이 영원한 자세로 멈추는 비극적인 시대다. 그러나 시간이 끝날 것이라고 믿는 선별된 땅에 몇몇 성가신 아우성이 나타난다. (옷을 나눠 입는, 제복 내기로 주사위 놀이를 하는 탐욕스러운 군인들 몇몇이 늘 그곳에 있다.) 성녀들이 황홀감에 움직이지 못할 때 찢어진 베일은 사원의 비밀을 전해줄 것이다. 모든 창조물이 마침내 궁극의 십자가에 못 박히는 그리스도를 응시할 때, 그는 마지막 말을 내뱉는다. "모든 것이 완성됐다……."

그리고 아니다! 모든 것을 다시 만들어야 한다! 다시! 영원히. 주사위 놀이를 하는 어떤 이가 헛된 몸짓을 멈추지 않았으므로, 병사가 보상으로 제복을 얻길 원했으므로, 누군가 보지 않았으므로.

언제나 똑같은 실수로 낙원을 다시 잃어버리기에. 그리스도가 스스로 수난을 받아들이는 동안에 자기만을 생각하는 인간, 그 오만한 하수인은 그를 따르지 않는다.*

* 진실은 형상-상징 뒤에 있다. 모든 현상은 진실의 상징이다. 그것의 유일한 의무는 진실을 드러내는 것이다. 그것의 유일한 죄는 자신을 더 사랑하는 것이다. 우리는 드러내기 위해 산다. 도덕과 미학의 규율은 같다. 드러내지 않는 작품은 모두 무용하다. 그 자체로 나쁘기도 하다. 드러내지 않는 인간은 무용하고 나쁘다(눈을 조금만 들면, 모든 것이 자신을 드러내고 있다는 것을 알 수 있을 것이다. 그러나 우리는 그것을

그리스도를 다시 사경에 빠트리기 위해 매일같이 이어지는 끝없는 미사와 기도하는 자세의 청중……. 하나의 청중! 인류 전체를 엎드리게 하려면, 한 번의 미사로 충분할 것이다.

우리가 주의를 기울일 줄 안다면, 볼 줄 안다면…….

III

시인은 보는 사람이다. 그렇다면 그는 무엇을 보는가? 바로 낙원이다.

낙원은 사방에 있으니까. 겉모습을 믿지 말자. 겉모습은 불완전하다. 겉모습은 자신이 은닉한 진실을 우물쭈물 말한다. 시인은 다 말하지 않은 것을 이해해야만 하고, 다시 진실을 말해야 한다. 그렇다면 학자는 아무것도 하지 않는가? 그도 사물의 원형과 계승의 법칙을 연구한다. 그는 마침내 모든 것이 정상적으로 정돈된, 이상적으로 단순한 세상을 재구성한다.

지나고 나서야 알게 된다). 생각을 드러내는 모든 것은 그가 드러내는 생각보다 자신을 더 사랑하는 쪽으로 기운다. 자신을 더 사랑하는 것, 그것이 실수다. 예술가, 학자는 자신이 말하고자 하는 진실보다 자신을 더 사랑해서는 안 된다. 그것이 모든 도의다. 단어도, 문장도 아닌 그들이 보여주고자 하는 생각. 나는 그것에 거의 모든 미학이 있다고 본다. 이 이론이 새로운 것이라고 주장하지는 않겠다. 금욕주의도 마찬가지이니까. 예술가에게 도덕의 문제는 그가 드러내는 생각이 덜 도덕적이거나 많은 이들에게 유용한 데 있는 게 아니라, 그가 그것을 잘 드러내는 데 있다. 모든 것은, 가장 비통한 것조차도 드러나야 하기 때문이다. '스캔들이 난 이에게는 안타까운 일이지만, 스캔들은 일어나야 한다.' 예술가와 인간, 무언가를 위해 사는 진짜 인간은 먼저 자신을 희생해야만 한다. 일생은 그것을 향해 가는 길에 지나지 않는다. 그렇다면 이제 무엇을 드러내야 하는가? 우리는 그것을 침묵 속에서 배운다. (원주)

그러나 학자들은 이 원형을 셀 수 없이 많은 예시를 통해, 느리고 소심한 유추로 연구한다. 그들은 확실함을 바라는 이들로 겉모습에 집중하고, 추측을 거부하기 때문이다.

무언가로부터 창조하고 추측할 줄 아는 시인은 상징 하나만으로도 충분히 원형을 밝혀낸다. 시인은 겉모습은 구실이며, 세속적인 눈이 집중하는, 원형을 감추지만 동시에 그것이 거기 있음을 보여주는 옷일 뿐임을 알고 있다.

경건한 시인은 응시한다. 그는 상징을 연구하고, 조용히 사물의 중심으로 깊숙이 내려간다. 예언자, 사상, 불완전한 형태를 지지하는 존재의 조화로운 여러 내면을 지각했을 때 그는 그것을 이해하고, 시간 속에서 일시적인 옷을 입은 그 형태를 염려하지 않는다. 그는 그것을 다시 영원한 형태로 진정한, 마침내 최후의 형태(천국 같은, 투명한)로 만들 줄 안다.

왜냐하면 예술 작품은 사라진 에덴에서 그랬듯이 정상적인 질서와 필요한 질서가 상호적이고 대칭적인 종속 관계 안에서 모든 형상을 갖추는, 말의 오만이 생각의 자리를 대신하지 않는, 문장은 리듬감이 있고 분명하며 상징은 그보다 더하지만 순수한, 말이 투명해지고 계시자가 되는 크리스털(낙원의 일부와 이념이 더 높은 순도로 다시 꽃핀다)이기 때문이다.

어떤 작품들은 침묵 속에서만 명확해진다. 그러나 가끔 시나이반도의 모세처럼 사물과 시간으로부터 도망쳐 스스로 고립시킨 숨은 예술가가, 수선스러운 사람들 위로 빛의 후광에 둘러싸인 군중 속 침묵에서 나오기도 한다. 이념은 그 안에서 천천히 다시 세워지고 분명해지며 시간 밖에서 무르익는다. 그러니 시간 속에 있지 않은 그 이념에 시간은 아무것도 할 수 없을 것이다. 더 이야기해보자. 낙원이 그 자체로 시간 밖에 있다면, 어쩌면 반드시 거기에만 존재해야 했던 것이 아닐까(그러니까 이상적으로……) 생각한다.

그러나 나르시스는 강에서 사랑의 욕망이 이 시선을 변질시키는 것을 응시한다. 그는 꿈꾼다. 외롭고 미숙한 나르시스는 이 연약한 상(像)과 사랑에 빠진다. 그는 사랑의 갈증을 해소하고자 그것을 쓰다듬기 위해 강 위로 몸을 숙인다. 그가 몸을 기울이자 갑자기, 자, 그 환상은 사라져버린다. 그는 자신의 입술을 맞이하러 강에서 나온 내민 두 입술과 두 눈, 그것을 보는 자신의 두 눈만을 본다. 그는 그것이 자신이라는 사실을 깨닫는다. 욕망으로 뻗었던 힘없는 그의 팔이 부서진 외형을 통과하여 텅 빈 푸르름을 뚫고 낯선 요소 속으로 처박힌다.

그는 이제 몸을 조금 일으킨다. 얼굴이 멀어진다. 물의 수면은 이미 그랬듯이 알록달록 자신을 꾸미고, 상은 다시 나타난다. 그러나 나르시스는 그것에 입을 맞추는 것이 불가능하다고 생각한다. 하나의 상을 갈망해서는 안 된다. 그것을 소유하려는 몸짓이 그것을 찢는다. 그는 혼자다. 무엇을 해야 하겠는가? 그저 바라볼 뿐.

근엄하고 경건한 그는 본래의 침착한 태도를 되찾는다. 그는 그대로 머물러(커지는 상징) 세상의 모습에 몸을 기울이고, 자신 안에서 희미하게 서서히 흡수되어 흘러가는 인류의 생성을 느낀다.

어쩌면 이 이론은 꼭 필요한 것이 아닐지도 모른다. 몇 가지의 신화만으로도 충분했으나 사람들은 설명을 원했다. 사랑받기 위해 신비를 밝혀내려는 신부의 오만으로 혹은 경쾌한 호의로, 사원의 가장 비밀스러운 보물을 혼자 감상하는 것을 괴로워하고 다른 사람들이 좋아하기를 바라며, 그것을 밝히고 드러내어 더럽히는 사도(使徒)의 사랑으로.

앙드레 지드(1869–1951)

프랑스의 소설가이자 비평가. 열아홉 살 때부터 창작 활동을 시작해 1891년에 자전적인 첫 작품 《앙드레 발테르의 수첩》을 발표했다. 프랑스 문단에 새로운 기풍을 불어넣어 20세기 문학에 큰 공을 세웠다. 대표작 《좁은문》으로 노벨문학상을 수상했고, 그 외에 《지상의 양식》, 《배덕자》, 《한 알의 밀알이 죽지 않는다면》 등이 있다.

다른 나라에서

기 드 모파상

태양 아래에서

너무도 짧고 너무도 긴 인생이 이따금 견딜 수 없어진다. 인생은 종국에 맞을 죽음과 함께 늘 똑같이 흐르고, 우리는 그것을 멈출 수도 바꿀 수도 없으며, 이해할 수도 없다. 우리의 무력한 노력 앞에 분개한 저항이 때론 당신을 사로잡는다. 무슨 짓을 해도 죽음을 피할 수는 없다! 무엇을 믿는다고 해도, 무엇을 생각한다고 해도, 무엇을 시도한다고 해도 우리는 죽음을 맞게 될 것이다. 알고 있는 모든 것에 넌더리가 났다고 해도, 여전히 아무것도 알지 못한 채로 내일 죽음을 맞이할 것 같다. 그래서 사람들은 '모든 것의 영원한 불행'이라는 감정에, 인간의 무능력함과 행위의 단조로움에 짓눌린다고 느낀다.

일어나 걷는다. 창에 팔꿈치를 괸다. 앞집 사람들이 점심을 먹는다. 어제 그랬던 것처럼, 내일도 그럴 것처럼. 아버지, 어머니, 네 아이. 3년 전에는 그곳에 아직 노모가 있었다. 이제 노모는 없다. 우리가 이웃이 된 이후로 그 집의 아버지는 많이 변했으나 정작 그는 알아채지 못한다. 그는 만족스러워 보인다. 행복한 듯하다. 어리석은 사람!

그들은 결혼과 장례를, 그들의 연한 닭고기를, 정직하지 못한 하녀를 이야기한다. 그들은 쓸데없는 수많은 것들을, 바보 같은 일들을 걱정한다. 어리석은 사람들!

그들이 18년째 사는 그 집의 풍경은 나를 혐오와 분개로 가득 채운다. 이것이 인생이란 말인가! 벽 넷, 문 둘, 창문 하나, 침대

하나, 의자, 탁자, 그래, 감옥이다, 감옥! 오래 산 모든 집은 감옥이 된다! 오, 달아나자! 떠나자! 익숙한 곳을, 사람들을, 같은 시간의 같은 움직임을, 그리고 무엇보다 똑같은 생각을 피하여.

지겨움이 느껴진다면, 아침부터 저녁까지 흘리는 눈물이, 일어나 물 한 잔을 마실 힘도 없다는 사실이, 너무 자주 봐서 거슬리는 벗들의 얼굴이, 가증스럽고 평온한 이웃이, 익숙하고 단조로운 것들이, 집이, 거리가, 단이 너덜너덜한 더러운 치마를 입고 걸을 때마다 상스럽게 굽 소리를 내며 "주인님, 저녁으로 무엇을 드시고 싶으세요?"라고 묻는 하녀가, 너무도 충실한 개가, 지워지지 않는 벽의 얼룩이, 규칙적인 식사가, 늘 같은 침대에서 자는 잠이, 매일 반복되는 모든 행동이 지겹다고 느낀다면, 자신이 지겹다면, 자신의 목소리가, 끊임없이 반복되는 일들이, 좁은 생각의 범위가, 거울에 비친 얼굴이, 면도할 때, 머리를 빗을 때 짓는 표정이 지겹다면, 떠나야 한다, 새로운 삶, 변화하는 삶으로 들어가야만 한다.

여행은 꿈을 닮은 미지의 현실로 들어가기 위해 익숙한 현실로부터 빠져나오는 문과 같다. 기차역! 항구! 첫 번째 증기를 내뿜는, 내뱉는 기차! 천천히 그러나 조바심에 숨을 헐떡거리며 부두를 통과하여 저기 수평선으로, 새로운 세상을 향해 달아나는 거대한 선박! 누가 부러움에 몸을 떨지 않을 수 있겠는가! 누가 자신의 영혼 안에서 긴 여행을 향한 떨리는 열망이 깨어나고 있음을 느끼지 않고 그것을 볼 수 있겠는가?

우리는 항상 자신이 가장 사랑하는 나라들을 꿈꾼다. 누구는 스웨덴을, 누구는 인도를, 그리스를, 일본을. 나로 말하자면, 절대적인 욕구와 가본 적도 없는 사막에 대한 향수로 어떤 열정이 탄생할 것 같은 예감처럼 아프리카에 끌림을 느꼈다.

1881년 7월 6일, 나는 파리를 떠났다. 한여름에 그 태양의 땅이, 사막의 땅이 보고 싶었다. 숨 막히는 더위를 느끼며, 격렬하게 찬란한 빛 속에서.

모두가 위대한 시인, 르콩트 드릴*의 이 아름다운 시를 알고 있을 것이다.

> 정오, 초원에 뿌려진 여름의 왕,
> 은을 씌운 무덤, 파란 하늘의 높이
> 모두가 입을 다문다. 공기는 입김 없이 타오르다 옥죈다
> 불의 옷을 입은 대지는 선잠이 들었다.

사막의 정오다. 끝없는 부동의 모래 바다에 뿌려져 있는 정오, 그것은 나를 데슐리에르 부인이 노래했던 센강의 꽃피는 강기슭과 아침의 시원한 목욕, 숲의 푸른 그림자를 떠나 불타는 고독을 건너게 했다.

요즘 특별히 알제리에 끌리는 다른 이유는 절대 붙잡히지 않는 부아마마** 때문이다. 그는 환상적인 작전을 이끌었고, 그의 작전은 그토록 많은 헛소리를 지껄이고 쓰게 했으며 바보짓을 저지르게 했다. 사람들은 무슬림들이 대대적인 반란을 준비하고 있으며 마지막까지 노력할 것이라고, 라마단이 끝나자마자 알제리 전체에 단번에 전쟁이 터질 것이라고 주장했다. 그러한 상황에서 아랍을 보며, 식민지 개척자들을 전혀 신경 쓰지 않는 그들의 영혼을 이해하고자 하는 것은 매우 이상한 일이 되고 말았다.

* 샤를마리르네 르콩트 드릴. 프랑스의 19세기 고답파 시인.

** 알제리 저항군이자 역사적 인물. 미스터리한 투쟁가로 알려졌다. 1881년에서 1908년 사이 프랑스의 알제리 식민지 지배에 반대하여 저항군을 이끌었다.

플로베르는 때때로 이렇게 말했다.

"우리는 사막을, 피라미드를, 스핑크스를 보지 않고도 상상할 수 있지만, 자기 집 문 앞에 웅크리고 앉아 있는 터키 이발사의 머릿속은 전혀 상상할 수 없다."

그 이발사의 머릿속에서 무슨 일이 일어나는지를 아는 것이야말로 훨씬 더 흥미로운 일이 아닐까?

앙드레 지드

아민타스*

I

엘 칸타라**

아침부터 우리 쪽을 향해 뻗어 있던 바위가 마침내 열린다. 이것이 문이다. 우리는 문을 넘는다.

저녁이다. 그림자 속을 걸었다. 저물던 낮의 충만함이 다시 나타났다. 갈망하던 아름다운 고장이여, 너는 어떤 도취와 무슨 휴식을 베풀 것인가. 아! 뜨거운 황금색 햇빛 아래 너의 광야여.

우리는 멈춰서 기다리며 지켜본다.

다른 세계가 펼쳐졌다. 낯설고 미동 없는, 무덤덤한, 색이 바랜 세계. 즐겁냐고? 아니다. 슬프냐고? 아니다. 말하자면 고요하다. 우리는 종려나무 그늘에 다가간다. 미지근한 물이 동요하듯이 한 발 한 발 앞으로 향한다……. 피리 소리다. 하얀 몸짓, 조용히 속삭이는 물. 물가에서 어린아이의 웃음소리가 들린다. 그리고 아무것도 없다. 불안 혹은 생각에 가깝다. 휴식조차도 아니다.

* 《아민타스》는 앙드레 지드가 1896년에서 1904년에 북아프리카를 여행하면서 적었던 기록을 수록한 작품이다. 총 4장(몹소스, 로드맵, 비스크라에서 투구르까지, 여행의 포기)으로 구성되어 있으며, 각 장은 독립적이면서 얽혀 있다. 다음은 《아민타스》의 첫 번째 장 〈몹소스〉를 번역한 글이다.

** 알제리 비스크라의 소도시.

이곳에서는 그 어떤 것도 전혀 움직이지 않는다. 날이 따뜻하다. 오늘 저녁까지 내가 원했던 것은 무엇이었나? 무엇을 걱정했단 말인가?

II

날이 저문다. 양 떼들이 돌아간다. 우리가 조용하다고 믿었던 것들은 무기력과 무감각 상태였을 뿐이다. 그 순간 놀란 오아시스가 몸을 떨며 살고 싶어 했다. 매우 가벼운 바람이 종려나무를 만진다. 땅 위의 집마다 파란 연기가 올라오고, 양 떼가 돌아가 잠들 준비를 하는, 죽음처럼 달콤한 밤으로 파고드는 마을을 증발시킨다.

III

부단한 삶은 얼마나 더 이어질 것인가. 노인은 소리 없이 죽고, 어린아이는 흔들림 없이 자란다. 마을은 여전히 그대로이며, 아무도 더 나은 것을 바라지 않기에 노력을 기울여 새로운 것을 가져오지 않는다. 길이 좁은 마을. 이곳은 어떤 사치도 필요로 하지 않고, 어떤 가난도 알지 못한다. 모두 자신의 소박한 지복(至福) 안에서 쉼을 얻고 미소를 짓는다. 단순한 밭일, 황금시대! 그리고 저녁이 되면 문지방에 서서 노래하고, 이야기를 나누며 느린 저녁의 여가를 즐긴다.

IV

저기, 조명이 어두운 방의 특징 없는 무거운 기둥 사이에서 여자들이 춤을 춘다. 여자들은 크고, 예쁘기보다는 낯설며 지나치게 많이 꾸몄다. 여자들이 느리게 움직인다. 그녀들이 파는 관능은 죽음처럼 장중하고 강하며 비밀스럽다. 카페 근처, 공동 뜰에는 달빛이 환하거나 밤이 깊고 집마다 문이 반만 닫혀 있다. 그들의 침대는 낮다. 무덤에 내려가는 것처럼 그곳을 향한다. 생각에 잠긴 아랍인들이 흐르는 물결처럼 끊기지 않는 음악이 이끄는 구불구불한 춤을 바라본다. 카페 주인이 아주 작은 잔에 커피를 내온다. 망각을 마시는 것 같다.

V

모든 무어 양식의 카페 중에 가장 외지고 어두운 곳을 골랐다. 무엇에 끌렸느냐고? 아무것도, 그림자, 순환하는 유연한 형태, 노래 그리고 밖에서는 눈에 띄지 않는다는 것, 은밀한 느낌. 나는 아무것도 방해하지 않기 위해 소리 없이 들어가서 재빨리 자리에 앉아 읽는 척을 한다. 지켜볼 것이다…….

그런데 아니다, 아무것도 없다. 한 아랍 노인이 구석에서 잠을 잔다. 낮은 목소리로 부르는 또 하나의 노래, 긴 의자 아래에서 개 한 마리가 뼈를 물어뜯는다. 카페 주인인 어린아이는 벽난로 근처에서 짠맛이 나는 내 몫의 커피를 데우기 위해 재를 휘저어 등걸불을 찾는다. 이곳에서 흐르는 시간은 특정한 시각이 없으나, 각자의 무위가 완벽하므로 절대 지루할 수 없다.

VI

저녁까지 나는 무엇을 원했던가? 무엇 때문에 애를 썼던가? 아! 나는 이제 시간 밖의 시간이 쉬는 정원을 알고 있다. 닫힌 나라, 평온한 아르카디아! 나는 쉴 곳을 찾아냈다. 이곳에서는 태평한 몸짓이 순간순간을 좇지 않고 취한다. 순간이 한없이 반복된다. 시각은 시각과 날과 낮을 되풀이해서 말한다. 저녁의 양 떼 울음소리, 종려나무 아래 떠다니는 피리의 노래, 끝도 없는 산비둘기의 구구구 울음소리, 오! 목적도 애도도 없는 변함없는 자연이여. 가장 다정한 시인에게 그렇게 미소를 보냈던 것처럼 나의 경건한 눈에도 그렇게 미소를 지으리라……. 나는 오늘 저녁 식물의 목마름을 해소하기 위해 가둬놓은 물을 뿌려 정원을 식히는 것을 봤다. 한 흑인 아이가 운하에 맨발을 담그고 제대로 마련된 관개시설을 마음대로 움직였다. 아이는 진흙 속에서 작은 수문들을 열거나 닫았다. 나무마다 수문이 있고, 나무의 기둥에서 물이 쏟아진다. 나는 금이 가 움푹 팬 곳에서 물이 올라오는 모습을 봤다. 무겁고 미지근한 흙 그리고 햇빛이 노래졌다. 마지막에 넘친 물이 곳곳에 흘러내리면서 보리밭이 잠겼다……. Claudite jam rivos, pueri, sat prata biberunt(흐르는 물을 막아라, 노예여, 초원은 충분히 마셨으니).

VII

너무 강렬한 태양이 강을 거의 말려버렸다. 그러나 여기, 나뭇잎이 만든 둥근 천장 아래로 고곡(涸谷)*이 흐르며 깊어진다. 그리고 그것은 더 멀리 활기를 잃어가는 태양을 향해 모래사장 위로 거슬러 올라간다. 아! 아! 저 황금빛 물속에 손을 담근다! 물을 마신다! 그 물에서 맨발로 헤엄을 친다! 몸을 완전히 담근다……. 아! 평안이란! 그늘 속에서 저기, 저 물결은 저녁처럼 시원하다.

* 건조지역에서 평소에는 마른 골짜기이다가 큰비가 내리면 홍수가 되어 물이 흐르는 강.

움직이는 빛 한 줄기가 나뭇잎들이 뒤얽힌 곳을 뚫고 그림자에 구멍을 내며 활처럼 진동한다. 빛은 더 깊이 파고들어 물결의 깊은 곳에 스며들어, 가장 깊은 곳에서 물결을 웃게 한다. 고집을 피우는 것이 아니다. 움직이는 모래를 슬쩍 만질 뿐……. 아! 헤엄을 친다!

나는 모래사장 위에 나체로 눕고 싶다. 모래는 뜨겁고, 부드럽고 가볍다. 아! 태양이 나를 익히고, 내 안에 들어온다. 나는 터지고 녹고 증발하여 쪽빛 물속에서 나를 다듬는다. 달콤한 화상 자국이여! 아! 아! 그토록 흡수된 빛이 내 열기에 새로운 식량을, 내 열정에 더 큰 풍부함을, 내 키스에 더 뜨거운 열기를 줄 수 있다니!

VIII

우리는 모래로 가득 찬 구두를 벗고 무척 힘들게 사구를 올라갈 수 있었다. 우리가 도달했던 사구는 지평선을 막았다. 움직이는 사구, 우리는 그곳에 이르리라는 것을 알고 있었다. 얼마나 황량한 고장인가, 얼마나 메마른 계곡인가, 꽃 한 송이 없는 가시덤불이라니. 바람이 우리 쪽으로 내몬 모래가 시야를 가렸다. 우리가 사구를 올라가야 했을 때 바람이 멎었고, 우리의 발자국 아래로 모습을 감췄다. 발이 들어갔다. 우리가 부동의 상태로 있거나 사구 전체가 뒤로 물러난 것 같았다. 사구는 높지 않았지만 올라가는 데 시간이 많이 걸렸다. 사구 반대편에 있는 고장은 더 광대하다는 점을 제외하고는 똑같았다. 지친 우리는 그늘의 주름 안에 앉아 잠시 바람을 피했다. 사구의 정상, 바람이 일어나 사구를 밀고 끊임없이 능선을 바꿨다. 모래가 무너지는 소리가 우리 주변에서, 우리 위에서, 모든 것 위에서 침묵처럼 가볍게, 아주 미세하게 들려왔다. 모래가 곧 우리를 덮칠 것 같았다……. 우리는 다시 길을 떠났다.

IX

그림자의 길과 오후의 길이 울타리 닫힌 정원 사이로 구불구불하다. 점토 벽이여! 나는 당신을 찬양할 것이다. 당신에게서 정원의 풍성함이 넘쳐흐르기에. 낮은 벽이여! 가지를 치지 않은 살구나무의 가지가 벽을 넘어 솟아오른다. 나의 오솔길 위로 가지가 떠다닌다. 흙으로 만든 벽이여! 당신 위로 기울어진 종려나무가 몸을 흔든다. 종려나무는 나의 오솔길에 그늘을 만든다. 이쪽 정원에서 저쪽 정원까지 내 오솔길을 지나 당신들, 무너지는 벽들을 두려워하지 않고! 이리저리 날아다니는 산비둘기가 서로를 찾아다닌다. 어느 틈으로 포도나무 가지가 미끄러지다가 다시 몸을 일으켜 세워 종려나무 밑동 위로 뛰어오른다. 가지는 둥글게 웅크리고, 밑동을 감싸고 누르다가 살구나무에 이르러 자리를 잡고 흔든다. 몸을 굽히고 갈라진다. 넓게 잔가지들을 펼친다. 아! 어느 뜨거운 달에 어떤 날렵한 아이가 나무를 타고 올라가 갈증을 해소해줄 주렁주렁한 포도송이를 내 손을 향해 내밀 것인가?

점토 벽이여, 당신이 멈추기를 바라며 지치지 않고 당신을 따라간다. 수로*는 점토 벽을 쫓고 오솔길을 따라 흐른다. 벽은 그늘진 오솔길로 가득 찼다. 정원에서 웃음소리, 매력적인 말소리가 들린다……. 오 아름다운 정원이여! 갑자기 물이 빠르게 흘러 벽을 뚫고 들어간다. 물은 정원을 향해 전진한다. 지나가던 빛 한 줄기가 물줄기를 뚫고 정원에는 햇살이 가득하다. 점토 벽! 미워하던 벽이여! 나의 끊임없는 욕망이 당신을 포위한다. 나는 결국 들어가고 말 것이다.

* 북아프리카의 관개용 수로.

X

흙으로 된 벽의 움푹 들어간 곳에 작은 나무 문이 숨겨져 있다. 우리는 어느 아이가 열쇠를 쥐고 있을 낮고 작은 문 앞에 도착할 것이다. 우리는 그곳에 들어가기 위해 몸을 숙여 키를 작게 만들 것이다. 아! 우리는 이렇게 말하리라, 오, 이곳이야말로 평온한 곳이로구나. 오, 이렇게 편히 쉴 수 있다니, 지상에서 이렇게 조용한 장소를 찾을 수 있을지 몰랐는데……. 우리에게 피리와 우유를 가져다주기를. 우리는 돗자리에 앉아 들을 것이다. 종려나무 술과 대추야자, 우리는 이곳에서 저녁 때까지 머물 것이다. 가벼운 바람이 종려나무 사이로 지나간다.

그림자가 망설이고 태양이 웃는다. 거대한 살구나무 아래로 흐르는 도랑의 누런 물이 푸르게 변한다. 무화과나무가 덩굴손을 뻗지만, 우리를 매료시킨 것은 무엇보다 협죽도의 우아함이다. 움직이지 말자. 물결처럼, 자갈을 던지면 일렁이는 물결처럼 몸을 움츠릴 시간을 주자. 이곳에 들어오며 우리가 일으켰던 혼돈이 파동의 주름처럼 벌어진다. 표면이 곧 시간인 이 세계에서 움츠리게 두자.

XI

오늘 아침 우리는 더위가 시작되기 전에 일찍 일어나서 아주 멀리까지 갈 수 있었다. 오! 이토록 끝없이 펼쳐지는 오아시스라니! 언제까지 걸어야 할까, 언제까지 정원의 벽 사이에 있어야 하는 걸까? 나는 오아시스의 끄트머리에서 모든 벽이 끝난다는 사실을 알고 있다. 길은 종려나무의 자유로운 몸통 앞에서 망설이고, 종려나무들은 조금씩 간격을 벌린다. 그 나무들은 마치 그들이 꾸물거리는 것 같다. 아니면 절망했거나. 잎이 적은 나무 밑동은 황량하게 흔들린다……. 드문드문 몇 개만. 나무 사이로 고장이 열린다. 오아시스는 끝났다. 이제 어떤 것도 우리들의 눈에서 텅 빈 수평선을 떼놓지 못한다. 멈추자! 여기 거대한 사막이 펼쳐진다.

멈추자. 보아라! 부동의 홍해 위로 섬을 닮은 부동의 오아시스가 떠 있다. 우리 뒤로 북풍이 멈추는, 불타는 바위산의 능선이 있고, 때때로 구름이 지나간다. 하얗고 폭신한 뭉치, 구름은 망설이다 풀어지며 헝클어져 파란 하늘 속에 스며든다. 더 멀리 뜨거운 벽 위로, 우리 뒤로 파란 하늘이 흐르는 산이 있다. 우리 앞에는 아무것도 없다. 사막의 음영이 있는 공허다.

XII

몹소스*가 메나이크**에게 말했다. 다몽이 또다시 다프니스***를 위해 운다면, 갈루스 리코리스****가 온다면, 나는 그들을 망각으로 안내할 것이다. 이곳에서는 어떤 것도 그들의 고통에 먹이를 주지 않기에 그들의 머릿속에 커다란 평온이 찾아온다. 이곳에서 인생은 더 향락적이고 더 무용하며, 죽음은 덜 어렵다.

* 그리스신화에 나오는 예언자.

** 그리스의 사냥꾼.

*** 다몽과 다프니스는 로마의 시인. 베르길리우스의 전원시에 등장하는 인물이다. 앙드레 지드는 북아프리카의 풍경을 보며 이 전원시를 암시하는 글을 썼다.

**** 로마의 여배우. 로마의 정치가 가이우스 코르넬리우스 갈루스가 시를 통해 그녀를 찬양하고, 애정을 나타냈다.

조르주 상드

전쟁 중에 쓴 여행자의 일기

강렬한 태양이 찬 공기를 가로지르는 것이 남부의 봄과 닮았다. 그러나 말라비틀어진 식물들이 우리가 메마른 땅에 있음을 상기시켜준다. 이곳에서는 물을 구하기가 어렵고, 물이 맑지 않다. 마을에 있는 보잘것없는 작은 샘으로 동물과 사람들을 겨우 먹인다. 강은 더 이상 흐르지 않는다. 오늘 사람들이 우리를 라타르드의 구렁으로 데려갔다. 라타르드는 고원에 형성된 급류인데, 넘을 수 없는 그 지대를 우리는 겨울에 통과한다. 그곳은 물길이 두 갈래로 갈라지거나 미로처럼 엉켜 서로 만나며, 물줄기가 아주 맹렬하게 흐르는 화강암으로 이뤄진 좁은 협곡에 묻혀 있다.

우리가 내려간 동굴에는 위로 솟은 바위 밑으로 다시 깊게 고인 물이 있었다. 그곳에 물고기들이 숨어 있다. 두 걸음 더 가자 라타르드가 이곳저곳에서 사라졌다가 다시 나온다. 마치 다시 살아나 바람에 물결치며 함께 걷는 듯했다. 그러나 라타르드는 늘 멈췄다가 사라진다. 우리는 곳곳에서 사라진 물의 힘을 증명하기 위해 굴러온 부서진 바위를 밟으며 마른 발로 성난 물길을 건넌다. 꽁꽁 묶여 잠든 그 물보다 더 슬픈 것은 없다. 뿌옇고 우중충한 그것은 가파른 연안에서 봄의 상쾌함을 조금 간직하고 있긴 했지만, "오늘 나를 더 마셔요, 내일 나는 존재하지 않을 테니"라고 말하는 듯하다.

나는 우리의 고통을 조금 잊었다. 꽃이 아직 당신에게 미소 짓는 매력적인 공간들이 있었고, 우리는 무위 안일한 어느 날

어제의 기억과 내일의 불안을 잊고, 그곳을 혼자 건너기를 꿈꾼다. 맞은편에는 화강암으로 된 멋진 벽이 나무 왕관을 쓰고, 가시덤불에 둘러싸여 있다. 뒤로는 풀로 덮인 가파른 경사지에서 아름다운 호두나무가 자란다. 오른쪽, 왼쪽, 급류 위로 무질서한 나뭇조각들이, 발밑으로는 그 깊은 구렁이 있는데, 우기에는 억눌려 있던 두 물줄기가 그곳에서 만나 우렁찬 소리를 내며 싸우지만, 지금은 완벽한 고요가 떠돈다. 잠자리가 날아와 괴어 있는 물을 스치는 모습이 그의 비참함을 비웃는 듯하다. 염소 한 마리가 벽 위로 솟아난 가시덤불을 뜯어먹는다. 저 염소는 어디서 왔으며, 어디로 가는 것일까? 염소는 생각하지 않는다. 염소는 당신을 바라보고, 당신이 놀랐다는 사실에 놀란다. 내가 염소를 바라보고 잠자리의 날갯짓을 쫓으며 체꽃을 따고 있을 때, 곁에 있던 누군가가 말했다.

"프러시인들의 공격에 단련된 퇴직자가 여기 있었네!"

모든 것이 자취를 감췄다. 자연은 사라졌다. 더 이상 사색은 없다. 우리는 잠깐 즐겼다는 사실에 자신을 질책한다. 잊어서는 안 되는 것이다. 시여, 가거라! 너는 아무짝에도 쓸모가 없으니!

내 영혼은 다른 이들보다 더 비탄에 빠져 있는가? 나는 오래전에 가족과 편안한 일상의 돌봄을 포기하고 다시 어린아이가 됐다. 나는 할 수 있는 한, 당장에 일어날 수 있는 일을 넘어 가능한 영원만을 생각하며 살았다. 분명 나는 완벽한 진실 속에 있었다. 그것은 상대적 진실은 아니었고, 나도 그 점을 잘 알고 있었다. 내게 맞지 않는 상대적 진실은 나와 상관없으며, 어떤 힘도 발휘할 수 없으니 엮이지 않는 편이 현명하다고 생각했다. 오늘날 유럽 전체가 인간이 행한 모든 행위에 퍼져 있는 생각을 알지 못하고, 국가들은 이기주의적이며 난폭한 법에 지배당하는 듯하다. 그 국가들은 우리 같은 문명이 참수되는 것에 무감각하며, 독일은 마치 진보적인

법과 연대 개념에 입문하지 않고 반세기가 흘러갔다는 듯이
우리의 승리에 복수하고 있다. 눈먼 왕자의 실수를 우리를 파괴할
핑계로 삼는다. 독일은 프랑스를 소멸시키려는 게 분명하다!
모두 이 흉악한 싸움에서 빠져나갈 난폭한 출구에 이르기 위해
행동하는데, 나는 아직도 이곳에서 내 영혼이 죽어가는 느낌에
질겁하며 두려워한다.

알베르 카뮈

과거가 없는 도시들을 위한 간단한 안내서

알제의 온난함은 이탈리아에 가깝다. 오랑의 혹독하고 강렬한 광채에는 스페인적인 어떤 것이 있다. 륌멜 협곡 위의 바위에 올라앉은 콩스탕틴*은 톨레도**를 떠올리게 한다. 그러나 스페인과 이탈리아에는 추억과 예술작품 그리고 귀감이 되는 유적지들이 차고 넘친다. 그렇지만 톨레도에는 그레코***가 있었고 바레스****도 있었다. 내가 말하는 도시들은 이들과는 반대로 과거가 없는 곳이다. 그러니 버림도 동정도 없는 도시들인 것이다. 낮잠을 자는 시간, 그 권태의 시간에 그곳의 우수 없는 슬픔은 달랠 길이 없다. 아침의 빛, 혹은 밤의 호화로운 자연 속에서 기쁨은 오히려 달콤하지 않다. 이 도시들은 성찰을 위해서는 아무것도 주지 않으나 열정을 위해서는 모든 것을 내준다. 지혜를 위한 곳도, 섬세한 취향을 위한 곳도 아니다. 바레스와 그를 닮은 사람들은 그곳에서 부서져버릴 것이다.

열정의(다른 이들에게 열정적인) 여행자들, 지나치게 예민한

* 알제리 북동부에 위치한 도시 콩스탕틴주의 주도. 알제리의 상업 중심지다.

** 마드리드에서 남쪽으로 70킬로미터 떨어져 있는 스페인 중부 톨레도주의 도시이며, 카스티야라만차 자치 지역에 포함된다.

*** 엘 그레코. 그리스 태생의 스페인 화가. 주로 종교화를 그렸다.

**** 모리스 바레스. 프랑스의 작가이자 정치가.

지식인들, 탐미주의자들과 신혼부부들은 알제리 여행에서 어떤 것도 얻을 것이 없다. 절대적인 소명이 있는 것이 아니라면, 누구에게도 그곳에서 영원히 퇴직 생활을 하라고 권할 수 없을 것이다. 때때로 파리에서 내가 존중하는 사람들이 알제리에 대해 물으면, 나는 이렇게 외치고 싶어진다. "그곳에 가지 마세요." 뼈 있는 농담이다. 그들이 무엇을 기대하는지 잘 알고 있고, 그들이 그것을 얻지 못하리라는 것도 알고 있기 때문이다. 그러나 동시에 나는 그 고장들의 마력과 은근한 힘, 꾸물거리는 사람들을 꼼짝 못 하게 붙들어놓고 일단 질문을 못 하게 한 후, 결국 매일의 삶 속에서 잠들어버리게 하는 그 솜씨 좋은 꾀임을 잘 알고 있다. 너무 눈부셔서 검게, 하얗게 번지는 그 빛의 시현에는 일단 숨 막히게 하는 무언가가 있는데, 우리는 그 빛에 자신을 내맡기고 그것을 뚫어지게 바라보다가 너무 기다란 그 광채가 영혼에 아무것도 주지 않음을, 그저 과도한 쾌락일 뿐임을 깨닫게 된다. 그러고 나면 다시 정신적인 것으로 되돌아오고 싶어지는 것이다. 그러나 그 고장의 사람들은(그것이 그들의 힘이겠지만) 정신보다는 마음을 더 가진 듯하다. 그들은 당신의 친구가 될 수 있으나 (얼마나 대단한 친구인지!) 당신이 속내를 털어놓는 사람은 아닐 것이다. 영혼이 너무 많이 소비되고 분수 사이로, 조각상들과 정원 사이로 비밀의 물이 졸졸 소리를 내며 끝도 없이 흐르는 이 파리에서라면, 그런 점은 어쩌면 위험하다고 여겨질 수 있으리라.

그 땅은 스페인을 가장 많이 닮았다. 그러나 전통이 없다면 스페인은 그저 아름다운 사막일 뿐이다. 어쩌다 그곳에서 태어나 산다면 몰라도 영원히 사막에 들어가 살겠다고 생각하는 부류의 인간은 하나뿐이다. 어쨌든 나는 사막에서 태어났으므로 방문객처럼 그 고장에 관해서 이야기할 수는 없다. 너무 사랑하는 여자의 매력을 일일이 다 댈 수는 없지 않겠는가? 아니, 굳이 말하자면 가장 좋아하는 뾰로통한 얼굴이나 고개를 흔드는 방식 같은 감동을 주는 구체적인 모습을 꼽으며, 그녀를 송두리째 사랑할 뿐이다. 나는 그런 식으로 알제리와 오랜 관계를 맺어왔고, 아마도 이 관계는 끝나지 않을 것이며, 그런 점에서 나는 이 고장을 아주 예리하게 볼 수 있는 사람이 되지는 못한다. 그저 열의를 다한 끝에 어쩌면 추상적인 방식으로, 자신이 사랑하는 대상에서 좋아하는 모습의 세세한 부분들을 구별해낼 수는 있을 것이다. 나는 이곳에서 알제리에 관한 이야기를 학교에서 문제를 풀 듯이 시도해보려 한다.

일단 그곳의 청춘은 아름답다. 당연히 아랍인들이 있고 또 다른 인종들이 있는데, 알제리의 프랑스인들은 뜻밖의 혼혈로 탄생한 잡종들이다. 스페인 사람들, 알자스인들, 이탈리아인들, 몰타섬 사람들, 유대인들 그리고 그리스인들을 그곳에서 만났다. 이 갑작스러운 만남은 아메리카 대륙에서 그랬듯이 다행스러운 결과를 낳았다. 알제를 걸으면서 그곳의 여성들과 젊은 남성들의 손목을 보며 파리 지하철에서 만난 이들을 생각해보라.

아직 젊은 여행자들도 그곳의 여성들이 아름답다는 사실을 알게 될 것이다. 그 점을 확인하기에 가장 좋은 곳은 알제의 미슐레 거리에 있는 대학 카페의 테라스인데, 4월 일요일 아침에 그곳에 있어야 한다는 조건이 따른다. 샌들을 신고, 화려한 색깔의 가벼운 천으로 된 옷을 입은 젊은 여자들이 무리 지어 거리를 오르내린다. 우리는 거짓된 수치심 없이 그녀들을 보며 감탄할 수 있다. 그녀들이 그곳에 온 것은 자신들을 드러내기 위해서니까. 오랑의 갈리에니 대로변에 있는 생트라바 또한 관찰하기 좋은 장소다. 콩스탕틴에서는 언제나 야외음악당 주변을 산책할 수 있다. 그러나 바다가 수백 킬로미터 떨어져 있어서인지 그곳에서 만나는 사람들은 어쩐지 무언가 부족해 보인다. 일반적으로 그리고 또 그곳의 지리적인 위치 때문에 콩스탕틴의 매력이 더한 것은 사실이지만, 그곳에서는 권태의 질이 매우 섬세하다.

여름에 오는 여행객들이 첫 번째로 할 일은 당연히 도시를 둘러싼 해변에 가는 것이다. 그곳에서도 똑같은 젊은이들을, 아니 옷을 덜 걸쳤기에 더 빛나는 젊은이들을 보게 될 것이다. 태양은 그들의 눈빛을 커다란 동물의 졸린 눈으로 만든다. 그런 점에서 오랑의 해변이 가장 아름답다. 자연과 여자들이 더 야성적이기 때문이다.

그림 같은 풍경으로 알제는 아랍 도시를 보여주고, 오랑은 흑인촌과 스페인 동네를, 콩스탕틴은 유대인 동네를 보여준다. 알제의 바닷가에는 긴 목걸이처럼 이어지는 대로가 있는데, 그곳은 밤에 산책해야 한다. 오랑은 나무가 별로 없지만 세상에서 가장 아름다운 돌들이 있다. 콩스탕틴에는 구름다리가 있는데, 사람들이 그곳에서 사진을 찍는다. 바람이 많이 부는 날에는 뤼멜의 깊은 협곡 위의 다리가 흔들려서 위험한 느낌을 받는다.

나는 감수성이 풍부한 여행자들에게 알제에 간다면, 항구의 궁륭 아래에서 아니스 술을 마시고, 아침에는 어장 식당에서 막 잡아 올린 생선을 숯가마에 구워 먹으라고 권한다. 라리르 거리의 이름이 기억나지 않는 어느 작은 카페에서 아랍 음악을 듣고, 저녁 여섯 시 구베르네망 광장의 오를레앙 대공상(像) 아래 땅바닥에 주저앉아보고(대공을 보기 위해서가 아니다. 많은 사람들이 그곳을 지나다니고, 그곳에 앉아 있으면 기분이 좋아지기 때문이다), 인생이 언제나 쉽기만 한 것 같은 바닷가 물속에 기둥을 박아 세운 일종의 무도회장인 파도바니 식당에서 점심을 먹고, 아랍 공동묘지에 가서 먼저 평화와 아름다움을 만나고, 그다음은 우리가 죽은 이들을 안치한 저 역겨운 도시들의 가치를 이해하며, 카스바의 정육점 거리로 가서 비장이며 간장, 장간막, 사방에서 피가 뚝뚝 떨어지는 허파 사이에서 담배 한 대를 피우라 말한다(담배는 필요하다. 그 중세의 거리는 냄새가 지독하니까).

그 외에도 오랑에 가면 알제에 대해 나쁘게 말할 줄을 알아야 하고(오랑 항구의 상업적인 우월함을 강조한다), 알제에서는 오랑을 조롱할 줄 알아야 하며(오랑 사람들이 사는 법을 모른다는 생각을 주저하지 않고 수용한다), 어떤 경우라도 알제리가 프랑스보다 우월하다는 것을 겸손하게 인정해야 한다. 이런 양보가 이뤄지면 프랑스인들보다 알제리인들이 실제로 더 우월하다는 것, 즉 그들의 무한한 너그러움과 천성적으로 사람을 환대하는 기질을 깨달을 기회가 생길 것이다.

아마도 바로 여기서 이 모든 아이러니를 멈출 수 있을 듯하다. 결국 자신이 사랑하는 것을 말하는 최고의 방법은 그것에 대해 가볍게 말하는 것이다. 나는 알제리에 관한 것이라면 늘 나와 연결돼 있는 내면의 끈을, 내가 잘 알고 있는 맹목적이고 무거운 노래의 현을 누르게 될까봐 두렵다. 그러나 적어도 그곳이 나의 진정한 조국이라고, 세계 어느 곳에서도 내 조국의 아들을, 내 형제들을 그들 앞에서 터져나오는 그 우정의 웃음으로 알아볼 수 있다고 말할 수 있다. 그렇다, 알제리의 도시에서 내가 사랑하는 것은 그곳에서 살아가는 사람들을 떼어놓고 생각할 수 없다. 바로 그런 이유로 나는 사무실과 집에서 아직 어둑한 거리로 쏟아져나온 떠들썩한 군중들이 바다 앞 대로까지 흘러들어가, 밤이 다가오고 하늘의 불빛과 등대와 도시의 불빛이 분간할 수 없는 똑같은 박동 속에서 천천히 만나자 잠잠해지고마는 이 저녁 시간에 그곳에 가는 것을 좋아하는 것이다. 그렇게 모든 사람이 물 앞에서 명상에 잠기고 수천 개의 고독이 군중 속에서 솟구친다. 그때 아프리카의 거대한 밤이, 호화로운 망명이, 고독한 여행자를 기다리는 절망적 열광이…… 시작된다.

아니, 당신의 마음이 미적지근하다 느낀다면, 당신의 영혼이 불쌍한 짐승에 불과하다면, 그곳에 가지 말아라! 그러나 긍정과 부정, 정오와 자정, 저항과 사랑 사이에서 찢어지는 듯한 갈등을 아는 사람들을 위해서, 바다 앞에서 피우는 모닥불을 사랑하는 사람들을 위해서 그곳에서는 어떤 불꽃이 그들을 기다리고 있다.

프랑수아즈 사강

눈 속에서 쓰다

자, 이제 끝났다. 가식적으로 들떴던 낮과 하얗게 지새운 밤, 파리에서의 시간 낭비는 이것으로 충분하다. 겨울은 지나갔고 아무 일도 일어나지 않았다. 무슨 일이든 일어났어야 했다. 글로 쓰인 어떤 것 말이다. 잃어버린 낙원이기를 멈춘 책과 전설이 되기를 그만둔 주인공들. 물론 그런 것을 생각했다. 특히 새벽에 자동차가 달리기 시작하는 소리에 잠이 깨면, 피로에 몽롱했던 정신이 돌아와 어김없이 썰물처럼 빠져나간 자리에 장면에 장면을 전개하거나, 누군가 "요즘 뭐 하세요?"라고 물으면, 우리의 어깨 위로 이 계획의 중압감이 부드럽게 내려앉고는 했다. 메모를 하기도 하고 아무것도 하지 않기도 했지만, 그 어떤 것도 익어가지 않았다는 것과(진부한 표현이다), 하얀 종이와 첫 대면 전까지는 아무것도 익지 않을 것이라는 사실을 알고 있었다. 그래서 큰 결심을 한 것이다. 출발이다. 눈 속에 고립된 오두막으로. 전시 내각을 옮긴다. 나처럼 작업에 몰두하기로 한, 전화에 질린 친구들이다. 여행하는 동안 효율적이고 단순한 '엘르' 조직을 만들었다. 우리는 매우 기뻐했다. 파리에서는 자주 볼 수 없었지만, 서로 비슷한 점을 발견하고 작업물에 대해 꾸밈없이 이야기를 나누며, 스키에 지친 이들 앞에서 작은 화강암 조각들로 게임을 할 수도 있을 테니까. 모든 것을 계획했다. 열 시에 일어나기(아주 충분하다, 소설은 쓰지 말자), 태양, 스키, 오후 그리고 다섯 시에는 모자 달린 점퍼와 장갑 같은 유니폼을 벗어던지고 튀어본다. 오래된 거위 깃털을 꽂고, 제일 좋아하는 낡은 스웨터를 입고, 나쁜 습관을 되찾고 별난 짓을 다시 해보는 것이다. 스위스의 이 모던하고 편안한 오두막에서 우리는 작가마다 간직하고 있는 싸락눈보다 더 미세한 광기를 받아들인다. 당연히 술은 어떤 종류도 허용되지 않는다. 위스키와 몽테스키외 와인은 추방된다. 우리에게 허용되는 것은 들쩍지근한 사과주스와 해들리 체이스*의 책이 전부다. 점심 식사는 이제 만남의 기회가 아니라 열량의 공급원이다. 모두의 얼굴은 마침내 황금빛이 되고 장딴지는 나무토막처럼 단단해지며, 아이디어가 셀 수 없이 넘친다. 저녁이 되면 피로한 몸과 가득 채워진 의식으로 솜털 이불 위에 쓰러진다.

그러나 이 모든 것은 플로리앙**의 우화였다. 마법의 등을 훔친 원숭이가 친구들을 위해 대단한 상영회를 준비한다. 스크린은 마련됐고 친구들은 즐거워한다. 아! 이럴 수가…… 조명을 잊어버린 것이다. 그 원숭이처럼 우리도 우리의 빛나는 자유와 빛나는 게으름을 잊고 말았다. 애통하여라……. 시간은 이제 두 바늘 사이 예각에 걸려 있지 않다. 지각할 수 없는 그것이 우리의 계획과 시간에 따라 숨 막히게 눈처럼 내리고 있었다. 그때가 몇 시였고 우리는 무엇을 하고 있었던가? 졸음은 우리를 너무 늦게 놓아줬다. 추리소설이 우리의 오후를 차지했고, 여섯 시에는 흥미로운 신문들이 파리에서 마을로 들어왔다. 가끔은 아무리 노력해도 우리 중 하나는 방에 틀어박혀 있었다. 창밖으로 보이는 눈은 아름다웠고, 스위스의 다람쥐에게 익숙해졌다. 풍경에 비하면 종이는 더러워진 하얀색 같았고, 우리가 정렬해놓은 표식들은 맞은편 언덕에서 스키를 타는 사람들의 까맣고 어수선한

* 제임스 해들리 체이스. 영국 작가. 범죄소설을 썼다.
** 장피에르 클라리스 드 플로리앙. 시인이자 소설가, 극작가.

실루엣을 연상시켰다. 맑은 하늘, 파란 바다, 조용한 호텔, 우리에게 그 주변 환경은 신혼여행 같았지만, 불만족스러웠던 젊은 신부 같은 우리들의 문학은 웃음거리가 되어 있었다. 우리는 안온함과 시간의 공허함에, 중앙난방의 스팀에, 짓궂은 장난에 비틀거렸다. 우리는 카드놀이를 하는 것 말고는 아무짝에도 쓸모가 없었다.

계획이 우리의 뒤통수를 치고 속인 것은 이번이 처음은 아니다. 우리는 그것을 알았어야 했다. 우리의 신경은 늘어져 있는 것을 견디지 못했고, 예민한 상태로 매질을 원하는 노예처럼 있어야만 했다. 우리는 남부 바다의 커다랗고 밍밍한 망고 대신에 새콤달콤한 그 귀한 열매를 맺기 위해 도시로부터, 바보 같은 짓으로부터 시간을 빼앗아야 했고, 무용한 일과로부터 훔쳐 와야 했다. 꿈에 그리던 은둔 생활과는 거리가 멀었다. 더는 우리가 부러워했던 플로베르가 아니었다. 발자크, 그가 하얗게 지새운 밤과 그의 커피였다. 평온한 생활도 머리를 쓰는 계획도 없었다. 지겨운 눈에 갇힌 누에고치가 되고 만 것이다. 누군가 발레리에게 이 세상에서 가장 바라는 것이 무엇인지 물었을 때, 그는 "깨어나는 것"이라고 대답했다. 우리는 언제 우리의 불면증에서 깨어나게 될까?

출처 목록

Colette, "La naissance du jour", *La naissance du jour*, GF-Flammarion, 1981.
Colette, "Le Cactus Rose", *La naissance du jour*, GF-Flammarion, 1981.
Alphonse Daudet, "Les Oranges", *Lettres de mon moulin*, Gallimard, 1997.
Marcel Proust, "Au Seuil du printemps", *Vacances de Pâcqes*, Gallimard, 2019.
Marcel Proust, "Rayon de soleil sur le balcon", *Vacances de Pâcqes*, Gallimard, 2019.
François René de Chateaubriand, "Ma vie solitaire à Paris", *Mémoires d'outre-tombe Tome 1*, Gallimard, 1997.
Denis Diderot, "Regrets sur ma vieille robe de chambre", *Diderot Œuvres*, Gallimard, 2019.
© Françoise Sagan, "Le clochard de mon enfance", *La petite robe noire*, L'Herne, 2008.
© Marguerite Duras, "1", *l'été, 80*, Les Éditions Minuit, 1980.
© Marguerite Duras, "3", *l'été, 80*, Les Éditions Minuit, 1980.
Paul Verlaine, "Nevermore", *Paul Valéry Œuvres complètes*, Gallimard, 1957.
Paul Valéry, "inspirations méditerranéennes", *Paul Valéry Cahiers Tome 1*, Gallimard, 1975.
Alphonse Daudet, "Arrivée", *30 ans de Paris*, Marpon et Flammarion, 1888.
Albert Camus, "La mer au plus près", *Noces suivi de l'été*, Gallimard, 1959.
Alfred de Musset, George Sand, "Lettre d'Alfred de Musset", *ô mon George, ma belle maîtresse ....*, Gallimard, 2010.

Antoine de Saint-Exupéry, "La Fin de l'Emeraude", *Aviateur et autres écrits*, Babelio, 2015.
Antoine de Saint-Exupéry, "Souvenirs de Mauritanie", *Aviateur et autres écrits*, Babelio, 2015.
François René de Chateaubriand, "Mes joies de l'automne", *Mémoires d'outre-tombe Tome 3*, Gallimard, 1997.
François René de Chateaubriand, "Deux années de délire", *Mémoires d'outre-tombe Tome 3*, Gallimard, 1997.
Paul Bourget, "Un sentiment vrai", *Physiologie de l'amour moderne*, Hachette BNF, 2016.
Robert Desnos, "Les profondeurs de la nuit", *La liberté ou l'amour*, Gallimard, 1982.
George Sand, Gustave Flaubert, "Lettre de George Sand", *Tu aimes trop la littérature, elle te tuera Correspondance*, Le Passeur, 2018.
© Marguerite Yourcenar, "Mozart à Salzbourg", *En pèlerin et en étranger*, Gallimard, 1989.
Charles Baudelaire, "Lettre de Charles Baudelaire à Richard Wagner", *Sur Richard Wagner*, Les Belles Lettres, 1994.
Charles Baudelaire, "L'artiste, homme du monde, homme des foules et enfant", *Sur Richard Wagner*, Les Belles Lettres, 1994.
Stendhal, "De la première vue", *De l'amour*, Flammarion, 1993.
Gustave Flaubert, "Les arts et le commerce", *Œuvres de Jeunesse*, Gallimard, 2001.
Paul Valéry, "La peur des morts", *Paul Valéry Cahiers Tome 1*, Gallimard, 1975.
© Marguerite Yourcenar, "Force du passé et Force de l'avenir", *En pèlerin et en étranger*, Gallimard, 1989.
Guy de Maupassant, "lassitude", *La vie errante, Guy de Mauppassant Œuvres Complètes*, Gallimard, 2014.
André Gide, "Le Traité du Narciss", *André Gide Romans et récits*, Gallimard, 2009.
Guy de Maupassant, "Au soleil", *Au soleil, Guy de Mauppassant Œuvres Complètes*, Gallimard, 2014.
André Gide, "Amyntas, Mopsus", *Amyntas*, Gallimard, 2009.
George Sand, "le 23, septembre", *Journal d'un voyageur pendant la guerre*, Flammarion, 2004.

Albert Camus, "Petit guide pour des villes sans passé", *Noces suivi de l'été*, Gallimard, 1959.
© Françoise Sagan, "J'écris dans la neige", *La petite robe noire*, L'Herne, 2008.

옮긴이의 말

우연은 우리를 목적지 바깥으로 이끌 것이다

그 도시에서 나는 자주 길을 잃었다. 지하철역을 빠져나오면 늘 비슷한 풍경이 눈에 들어왔다. 분수가 있는 광장, 오스만식 건물, 테라스가 있는 카페 그리고 좁은 길. 파리다. 나는 지금 파리 이야기를 하고 있다. 10여 년 넘게 살았던 그곳은 내 머릿속에 언제나 커다란 실타래처럼 엉켜 있다.

파리에서 길을 자주 잃었던 이유에 대해 생각해봤다. 지도의 부재, 더 정확히는 지도를 보는 능력의 부재였을까? 다소 엉뚱한 고백이지만, 나는 지도를 볼 줄 모른다. 몇 차례 지도를 보는 법을 배울 수 있었으나 실패했다. 핑계를 대자면 많다. 타고난 길치라든가, 공간 감각의 상실이라든가. 그러나 진짜 이유는 내가 갈 수 있는 길의 한계를 알고 있어서였을 것이다. 뻔한 나의 길을 벗어나고 싶을 때마다 나는 그저 우연을 따라 걸었다. 그것이 나를 목적지로 데려가줄 것이라는 기대와 또 나를 목적지 바깥으로 데려가줄 것이라는 기대로.

우연은 운명과 다르다. 우연은 비장하지 않다. 약간의 장난기는 있지만 의도와 목적이 없다. 사람으로 치면 나를 한없이 무장해제시키는 유형이다. 우연 앞에서 나는 속수무책이 되고 만다. 운명은 믿지 않지만 우연은 믿는다. 내가 그 도시의 어느 길을 빙빙 돌았던 것은 운명이 아닌 우연의 장난이었을 것이다. 그것은 장난처럼 언제나 나를 처음 가는 길로 데려다놓았다.

길을 걷다가 정신을 차려보면 처음 가는 길이 펼쳐졌다. 어제 걸었던 길도, 삼십 분 전에 돌아 나온 길도 다시 처음 가는 길이 됐다. '다시'와 '처음'은 썩 어울리지 않는 말이지만, 우연은 그 모순을 허락했다. 나는 다시, 처음 가는 길을 걸었다. 우연의 의도는 아니지만, 내가 처음 가는 길에서 마주했던 것은 세계의 무한함과 어디에도 이를 수 없을 것 같은 불안함, 그리고 서둘러 가고 싶은 조급함이었다. 그렇게 헤매던 길에는 몇 번이고 '다시', '처음' 만나는 내가 있었다.

지도가 필요하다고 느끼던 순간이 있었다. 발이 아파서……. 나를 만나고, 다시 나를 까맣게 잊고, 또 나를 찾아 헤매는 일에 나는 발이 아팠다. 어쨌든 지도가 있으면 조금 낫지 않을까 생각했다. 내가 알아볼 수 있는 지도를 만든다면 길을 찾는 데는 몰라도 길을 잘 헤매는 데는 도움이 될 것이라고. 동서남북은 팔을 휘저을 때마다 헷갈리니 방위는 필요 없고, 거리의 폭을 가늠하지 못하니 거리의 단위도 됐고, 선을 반듯하게 그릴 줄 모르니 선도 빼고, 그렇게 남은 것은 이런 것.

리용역 근처, 디드로 대로, 싸라기눈, 입김 뜨거운 연인들.

남은 것은 이름, 이름을 덮는 온도뿐. 나는 지도를 그렸다, 아니 지도를 썼다. 그 도시의 지도는 그렇게 쓰였다.

잠시 그 도시에 관해 이야기하자면…….

그곳에서는 길을 사람처럼 불렀다. 디드로 대로, 마르그리트 뒤라스 길, 프루스트 골목. 오래된 길을 오래된 이름으로 부르며 걸을 때 어떤 기억들이 내게 왔다. 살아본 적 없는 시대, 날씨, 이미 세상에 없는 사람의 숨결 같은 것들. 파리는 그런 식으로 시간을 기록하는 도시인지도 모르겠다. 오래된 것들을 부르고 또 오래된 것들로 불리우며……. 그렇게 어떤 이름들은 사라지지 않았다.

길을 헤맬 때마다 영수증 뒷면에, 부끄러운 점수를 받은 시험지 귀퉁이에, 바스락거리는 빵 봉투에 지도를 썼다. 빨간색 샌들을 신은 여자와 알렉상드르 뒤마 길, 달마티안 강아지와 빅토르 위고 광장. 나는 가방 속에 파리를, 처음 가는 길을 담았다. 그리고 그 조각들은 헤맨 시간만큼 쌓여갔다.

이제 또 다른 우연을 이야기해볼까.

우연히 나는 이 책의 기획과 번역을 맡게 됐다. 얼마나 엄청난 일인지도 모르고, 그저 '봄날의책'이라서, 세계산문선 시리즈로 사랑받았던 《슬픈 인간》과 《천천히, 스미는》이 걸었던 길을 믿고 용감하게 달려들었다(길치의 전형적인 특징이다. 심사숙고해도 모자랄 순간에 쓸데없이 과감해진다). 너무 방대한 자료와 복잡한 저작권 문제를 고려하여 1962년 12월 이전에 사망한 작가들로 제한을 두고(단, 몇몇 여성 작가는 예외다. 20세기 초반까지 여성 작가들의 활동이 많지 않았다는 점과 그 이후에 등장한 여성 작가들이 프랑스 문학사에 남긴 커다란 의미를 그냥 지나칠 수는 없었다) 목록을 만들었다. 플레야드 전집에 수록된 그들의 산문, 여행 에세이를 중심으로 글을 찾았고, 전자 도서관을 통해 신문에 연재했던 기록을 살폈다. 작업을 시작할 때만 해도 다시 파리의 프랑수아 미테랑 도서관에 갈 수 있으리라 생각했지만, 안타깝게도 코로나19라는 변수가 찾아왔다. 더 많은 자료를 만나지 못한 것은 여전히 아쉬움으로 남는다.

지난 몇 개월 동안 정말 헤맨 기억뿐이다. 온통 다시, 처음 가는 길이었다. 짧은 경험 탓인지, 모자란 실력 탓인지 번역이라는 작업이 늘 괴롭다. 프랑스의 비평가 앙리 메쇼닉은 번역가를 뱃사공에 비유했다. 중요한 것은 건너오게 하는 것이 아니라 운반한 것이 어떤 상태로 오느냐, 그것이라고. 그의 말처럼 카론*도 뱃사공이다. 죽은 자, 잃어버린 기억을 나르는 사공. 열심히 노를

* 그리스신화에서 죽은 자를 저승으로 건네준다는 뱃사공.

저었는데 내가 건너오게 한 것이 죽은 언어였는지, 살아 숨 쉬는 언어였는지 그런 질문을 스스로에게 던질 때면 마음이 무겁다. 단어와 단어 사이의 호흡, 문장의 우아한 움직임, 구두점의 무게 같은 것들이 무사히 건너왔을까? 언어가 품고 있는 생명력을 옮기고 싶다. 그것의 향기와 색깔, 온도 같은 것들 말이다.

번역만큼 어려웠던 것은 글을 고르는 일이었다. 시대가 다르고 문화가 다르다. 어떤 작가의 글은 비석이 화려한 무덤 같았고, 또 어떤 작가의 글은 영원히 죽지 않는 우주 같았다. 무엇을 담는 게 옳았을까, 지금도 잘 모르겠다. 다만 아무리 깊고 멀어도 생생한 감각으로 만져지는 글이기를 바랐다. 그저 먼 나라의 먼 이야기가 아닌, 발바닥 아프게 헤맬 수 있는 글. 그러나 이 고단한 삶에 긴 시간을 건너온 그 말들이 어떻게 전달될지 나는 알지 못한다. 만약 누군가 이 책의 목적지를 묻는다면 그런 것은 없다고, 어쩌면 헤매는 시간이 전부가 될지도 모른다고 대답해야 할 것이다. 너무 빨리 사라져버리는 것들 사이에서 오래된 이름을 가만히 부르는 일, 그게 전부가 아닐는지…….

그러니 이 책은 길치가 만든 조각 지도가 아닐까. 방위가 없고, 거리 표시, 약속된 기호 따위가 없는 우연에 기댄 지도. 어느 날의 뒤라스의 이야기가, 디드로의 목소리가, 프루스트의 독백이 길을 헤매다 만난 싸라기눈이나 빨간 샌들처럼 담겨 있다. 뒤돌아서 한참을 걸어도 쉬이 사라지지 않는 것들, 그런 말과 그런 풍경이 있는 글들을 그냥 흘려보내고 싶지 않았다. 폴 발레리의 지중해와 알퐁스 도데가 던진 오렌지, 생텍쥐페리의 다 자란 어린 왕자의 고독한 밤, 그러니까 나는 이곳에 먼저 길을 걸었던 사람들의 기억을 담고 싶었다. 누군가의 기억에 내 기억을 포개어보는 일이 실타래처럼 엉킨 이 삶에 작은 위안이 될 수 있을 것이라는 믿음으로.

맞추지 못한 퍼즐 조각 같은 이 지도도 영 무용하기만 한 것은 아닐 것이다. 얼마 전의 일이다. 가방 속에 넣어두었던 지도를 발견했다. 꼬깃꼬깃 접힌 영수증을 펼쳐 뒷면을 읽는 순간, 나는 별 수고로움 없이 단번에 그 길로 돌아갔다. 디드로 대로……. 여름 끝이었는데 싸락눈이 내렸고, 연인들의 입김을 본 것도 같았다. 결국 그 조각 지도 한 장으로 길을 찾아낸 것이다. 나는 다시 처음의 눈과 마음으로 그 길로 돌아갔다. 그런 여정에 무슨 의도나 목적이 있을까. 다 우연의 장난이다.

여기, 의도나 목적 없이 우연으로 엮인 글들이 있다. 나는 운명은 믿지 않으나 우연은 믿는다. 당신과 이 책이 만난 것은, 그러니까 모두 우연이다.

작업을 마무리하는 지금, 나는 염치없이 이 조각 지도를 내밀며 또 이렇게 우연에 기대어본다. 우연은 우리를 다시 처음의 길로 안내할 것이다. 우연은 우리를 목적지 바깥으로 이끌 것이다. 우연은 목적지 없이 우리를 헤매게 할 것이다.

어디까지 갈 수 있을지 알 수 없지만, 헤매는 시간 동안 아름다운 것들을 만난다면 그것 또한 산책이 되지 않을까.

오래된 길에서 오래된 이름을 부르며.

2021년 봄

신유진

추천사

'호화로운 선물'처럼 아껴가며 읽은 책

백수린(소설가)

이 책에는 프랑스 문학사에 별자리처럼 박혀 있는 이름들이 한데 모여 있다. 귀스타브 플로베르와 마르그리트 뒤라스, 샤를 보들레르와 프랑수아즈 사강 같은 불멸의 이름들. 우리가 무거운 고개를 들어 밤하늘의 별을 바라보는 건 과거로부터 날아와 현재를 비추는 빛의 눈부심에 감탄하기 위해서다. 마음을 빼앗겨버리기 위해서다.

이 한 권의 책에는 대가들이 예민한 감각으로 일상에서 발굴해낸 "시간 밖에서 영원한 기쁨"(프루스트)의 순간들과 그들이 예술을 바라보는 시선이 모두 담겨 있다. "나는 사치와 상업, 공업과 항구 그리고 공장, 옷감과 금속을 향한 마음을 당신에게 버린다. 그러니 내가 연극을 위해 울고 모차르트를 듣고 라파엘로를 보며 온종일 바다의 파도를 바라볼 수 있게 내버려두기를! 내 꿈과 나의 무용함과 무의미한 생각들을 그냥 두기를!"(플로베르)

태어난 시기와 성별, 세계관이나 글 쓰는 스타일마저도 저마다 다른 작가들의 글을 옮긴이가 일일이 골라 번역한 이 책은 색색의 들꽃을 꺾어 모은 꽃다발보다 더 정성스럽고, 모양과 크기가 다른 보석들을 엮어 만든 목걸이보다 값지다. 작가가 되기 전, 여기에 실린 작가들은 나를 꿈을 꾸게도, 절망하게도 했다. 그런 이들의 글을 단 한 권의 책에 모아 읽는 호사를 누릴 날이 올 거라고는 한 번도 상상해본 적이 없던 까닭에 나는 이 산문선을 호화로운 선물처럼 아껴가며 읽었다. 그리고 마지막 페이지까지다 읽고 난 후 나는 조금 더 순정한 마음으로 글을 쓰고 싶어졌다. 시간과 국경을 가로질러 영속하는 글이 지닌 불가항력적인 힘을 다시금 실감했기 때문에.

추천사

다채롭게 '영혼의 관능'을 자극하는 책

한정원(작가)

생에 대한 감각은 살아 있는 것만으로 얻어지지 않고 오히려 벼려 쓰는 연장에 가깝다. 부지런히 달구고 두드리고 다듬어야 그 후에 실감되는 것. 정제의 방법은 다양할 텐데 그중에 쉬운 선택이라고 한다면 그러한 감각을 앞서 기록한 글을 읽는 것이 아닐까.

북풍이 부는 새벽 홀로 잠이 깨어 바깥에서 들려오는 모든 소리에 확장하는 사유로 화답하는 콜레트의 산문이 시작이다. 지병인 천식으로 빛과 향기에 민감해진 탓에 나중에는 코르크로 밀폐된 방에 살았던 프루스트는 처음 사랑하는 꽃을 만났던 유년의 기억을 반짝이는 빛과 아찔한 향기에 꿰어 불러온다. 열여섯 살의 사강은 부랑자와 나눈 짧은 우정을 여름의 열기와 빗소리 그리고 그를 만나러 달려갈 때 차오르던 숨에 기대어 세밀하게 옮긴다. 해질녘 돌 위에 가만히 앉아 나무와 별을 바라보고 버려진 길을 따라 산책하는 샤토브리앙은 사실 그 정지와 고요가 비밀한 고통에서 비롯되었다고 고백해오고, 사랑에 실패한 뮈세의 편지에서는 고독이 검은 돌기처럼 만져진다. 오로지 글을 쓰고 싶어 낯선 도시로 떠나온 가난한 청년 도데가 선명하게 전하는 배고픔과 추위도 있다. 책에 실린 스물한 명의 작가들은 이렇듯 다채롭게 '영혼의 관능'을 자극한다. 책장을 넘길수록 잊고 있던 감각이 불거지고 납작하던 마음은 입체적으로 변모한다. 삶의 이모저모가 보여주는 관능에 굼떠지는 때마다 나는 이 책을 유용한 연장처럼 꺼내 들 것이다.

가만히, 걷는다

초판 1쇄 발행 2021년 5월 13일
초판 4쇄 발행 2024년 4월 30일

엮고 옮긴이 신유진

발행인 박지홍
발행처 봄날의책
등록 제311-2012-000076호(2012년 12월 26일)
서울 종로구 창덕궁4길 4-1, 401호
전화 070-4090-2193 전자우편 springdaysbook@gmail.com

기획·편집 박지홍
디자인 전용완
인쇄·제책 세걸음

ISBN 979-11-86372-84-5 03860